젊은 날의 책 읽기

KB208032

젊은 날의 책 읽기

2013년 2월 25일 초판 1쇄 발행
지은이 · 김경민

펴낸이 · 박시형
책임편집 · 정현미, 이혜진 │ 디자인 · 박보희

경영총괄 · 이준혁
마케팅 · 장건태, 권금숙, 김석원, 김명래, 탁수정
경영지원 · 김상현, 이연정, 이윤하
펴낸곳 · (주)쌤앤파커스 │ 출판신고 · 2006년 9월 25일 제406-2012-000063호
주소 · 경기도 파주시 회동길 174 파주출판도시
전화 · 031-960-4800 │ 팩스 · 031-960-4806 │ 이메일 · info@smpk.kr

ⓒ 김경민 (저작권자와 맺은 특약에 따라 검인을 생략합니다)
ISBN 978-89-6570-132-3(03810)

쌤앤파커스(Sam&Parkers)는 독자 여러분의 책에 관한 아이디어와 원고 투고를 설레는 마음으로 기다리고
있습니다. 책으로 엮기를 원하는 아이디어가 있으신 분은 이메일 book@smpk.kr로 간단한 개요와 취지,
연락처 등을 보내주세요. 머뭇거리지 말고 문을 두드리세요. 길이 열립니다.

젊은 날의 책읽기

남다른 청춘을 보내는
36가지 방법

김경민 지음

쌤앤파커스

초등학생 시절 나는 '장학사'가 어마어마하게 대단한 존재인 줄 알았다. 그가 온다고 하면 며칠 전부터 학교가 뒤집어졌으니까. 교사와 학생 모두 정작 수업은 뒷전이고 하루 종일 청소를 해야 했다. 유리창을 얼룩 하나 없이 닦고, 복도와 교실 바닥을 파리가 낙상할 만큼 문질러댔다. 선생님은 청소만 시킨 것이 아니었다. 복도에서 어른을 마주치면 모르는 사람이라도 무조건 깍듯하게 인사를 해야 한다고 학생들에게 신신당부를 했다. 그럴 때마다 나는 어린 마음에도 '이게 뭔 짓인가' 싶었다. 그가 얼마나 대단한 사람인지는 모르겠지만 오로지 그에게 '잘 보이기 위해' 벌이는 이 야단법석이 뭔가 좀 부자연스럽고 무의미하고 부도덕하게까지 느껴졌던 것이다.

초등학교 4학년 어느 날 아침이었다. 그날은 바로 오전에 장학사가 오기로 예정되어 있던 날이었고, 담임선생님은 비록 청소는 완벽하게 끝냈지만 여러 가지로 준비할 것이 많아 바쁘니까 자습을 하라고 했다. 선생님도 없는 교실에서 초등학생들이 자습을 하는 건 불가능한 일이다 보니 교실은 순식간에 아수라장이 되었고, 나는 자습 시간이 생기면 읽을 요량으로 집에서 가져온 책을 읽고 있었다. 그 와중에 선생님이 들이닥쳤고 교실은 이내 조용해졌다. 선생님은 눈

치를 보며 멍하니 앉아 있는 학생들을 한참 노려본 후, 갑자기 나를
향해 이런 말을 하며 화를 냈다. "야! 너 지금이 책 읽을 때야?"

선생님이 저렇게 화내는 걸 보니 지금은 책 읽을 때가 아닌 모
양인데, 어찌하여 그런 것인지는 알 도리가 없었다. 딱히 할 일이 없
어도 지금처럼 뭔가 긴장되고 마음이 바쁜 상황에선 책을 읽으면 안
된다는 것 같은데, 그냥 가만히 앉아 있는 건 괜찮고 책 읽는 건 안
된다는 논리를 이해할 수 없었던 것이다.

어른이 되고 난 후, 나는 종종 '지금 이 땅'에서 살아가는 일이
'장학사 방문 준비' 같다는 생각을 할 때가 있었다. '누군가'에게 잘
보이기 위해, 검사받고 평가받기 위해 억지로 고군분투하는 삶 말이
다. 문제는 나를 포함해 그렇게 살아가는 사람들 대부분이 정작 그
'누군가'가 누구인지를 명확히 알지 못한다는 사실이다. 초등학생 시
절의 내가 몇날 며칠 청소를 했음에도 오로지 장학사가 왔다는 말만
전해 들었을 뿐 정작 그의 얼굴은 단 한 번도 보지 못한 것처럼 말이
다. 반면 더 잘 보이기 위해 노력하라며 닦달하는 사람들, 더 높은 점
수를 얻어야 한다고 압박하는 사람들, '지금이 한가하게 책이나 읽
고 있을 때냐'며 화를 내거나 비웃는 사람들은 차고 넘쳤다.

원대한 '야심'을 갖고, 그럴듯한 '비주얼'과 빵빵한 '스펙'으로 무장해, '자존심' 상하지 않게 사는 삶. 이 땅의 청춘은 이런 삶을 강요받는다. 이런 와중에 '야심'이 아닌 '진심'을, '비주얼'이 아닌 '스토리'를, '스펙'이 아닌 '통찰'을, '자존심'이 아닌 '자존감'을 이야기하는 건 어쩌면 터무니없이 이상적이고 비현실적인 일로 치부될지 모른다. 하지만 나는 이 진심, 스토리, 통찰, 자존감이야말로 청춘을 진정한 성공으로 이끄는 키워드라고 생각한다. 진정한 성공이란 결국 누군가에게 '잘 보이기'가 아니라 나 자신을, 그리고 세상을 더 '잘 보는' 것이기에. 그리고 이 잘 보게 되는 것이야말로 다름 아닌 '성장'이기에.

생각해보면 비주얼이나 스펙, 야심이나 자존심의 공통점은 어디까지나 상대적인 그 무엇이라는 것을 알 수 있다. 즉 '비교'가 필수적인 개념인 것이다. 내가 아무리 뛰어난 비주얼과 스펙을 갖추었다 해도 나와 비교해서 월등한 비주얼과 스펙을 갖춘 사람은 어디에나 있다. 나의 자존심을 세우고 꺾는 주체는 내가 아닌 다른 사람이며, 나의 야심이란 것도 알고 보면 남과의 상대적 비교 우위일 때가 많다. 이에 반해 스토리와 자존감, 진심과 통찰은 절대적이며 자기 충족적이다. 그것은 굳이 남과의 비교를 필요로 하지도 않으며, 그 자체로 독자적인 가치를 지닌다는 점에서 성장의 다른 이름이라고 할 수 있다. 다른 사람과 자신을 끊임없이 비교해가며 성공이라는 것을 했다고 하더라도, 정작 내면이 성장이 멈춘 채로 황폐해져 있다면 그것을 진정한 성공이라 말할 수는 없지 않겠는가.

　사실 나는 성장하기 위해 책을 읽지는 않았다. 그렇다고 성공하기 위해 읽지도 않았다. 그런 야무진 포부나 치밀한 목적의식은 애초부터 없었다. 나에게 독서는 취미나 특기가 아닌, 굳이 이름을 붙이자면 '습관'에 가까웠다. 어렸을 적부터 약간의 활자중독 증상이 있었고, 그 중독을 충족시키는 쾌감이 책을 읽게 한 가장 큰 동력이었다. 그 쾌감으로 나는 성장했고 지금도 성장 중이다. 나는 여전히 많은 약점과 결점을 갖고 있고 그로 인해 시시때때로 고민하고 실수하는 인간이지만 아주 조금씩이나마 더 '잘 보는' 사람이 되어가고 있는 것 같다. 잘 보이기 위한 욕심은 예전보다 줄어들고, 잘 보고 싶은 열망은 점점 커지고 있다. 또한 그 열망이 한가하고 심심할 때만 나오는 것이 아니라 바쁘고 심란할 때도 유지되고 있음을 확인할 때 기쁨과 안도감을 느낀다.

　'내 마음 속의 장학사'는 이제 점점 희미해져가고 있다. 어릴 적부터 그를 의식해야 한다고 강요받았고, 내가 거기에 순응했기에 커 보였던 것일 뿐, 그는 사실 처음부터 아무것도 아닌 존재였던 것이 다. 언젠가 그를 내 마음속에서 완전히 내보내고 나면 그 자리는 오 롯이 나 자신과 내가 좋아하는 사람들로만 채워질 것이다. 그리고 그 작업을 책 읽기가 도와줄 것이라고 믿는다. 진짜 행복은 바로 그때 완성될 것이다.

나의 첫 책 《시 읽기 좋은 날》이 많은 사랑을 받았다. 얼굴도 모 르는 사람들이 내 책을 좋아해주었고, 그들이 인터넷에 올린 리뷰들 을 읽을 때마다 내 가슴은 벅차올랐다. 이 책도 많은 이들이 읽어주 면 좋겠다. 특히 8년이라는 시간 동안 나를 선생으로 만났던 아이들 (이제는 더 이상 아이도 학생도 아니겠지만)에게 이 책이 미약하나마 힘 이 될 수 있길 소망한다. 교직에 있는 동안 나는 그들에게 나름 최선 을 다했다고 생각했다. 적어도 몇 푼의 돈에 직업적 양심을 파는 짓 은 하지 않았고, 훌륭하지는 못하더라도 최소한 불성실한 수업은 하 지 않았으며, 어떤 도달하지 못하는 능력을 이유로 그들을 모욕하거 나 무시하지는 않았다고 자부했다. 하지만 고백하지 않을 수 없다. 나 는 엄밀히 말해 그들에게 교사였지 스승은 아니었다. 한때 나는 그것을 잘못된 시스템 탓이라고 여겼지만 지금은 나 자신의 능력과 노력 또한 부족했음을 부끄럽지만 겸허하게 받아들인다.

　이 책을 쓰는 내내 나는 내가 가르쳤던 아이들, 어느덧 지금은 스물셋부터 서른한 살이 된 그들을 떠올렸다. 이 책을 나에게 국어를 배웠던, 책만큼이나 나를 성장시키고 나에게 과분한 사랑을 준 그들에게 바친다.

PART 2

자존심이 아닌 자존감

+

PART 3

야심이   아닌   진심

+

PART 4

스펙이   아닌   통찰

+

한 사람 한 사람의 삶은 자기 자신에게로 이르는 길이다.
길의 추구, 오솔길의 암시다.
일찍이 그 어떤 사람도 완전히 자기 자신이 되어본 적은 없었다.
그럼에도 누구나 자기 자신이 되려고 노력한다.
어떤 사람은 모호하게 어떤 사람은 보다 투명하게,
누구나 그 나름대로 힘껏 노력한다.

– 헤르만 헤세, 《데미안》 중에서

비주얼이 아닌 스토리

+

PART 1

뭐라도
되겠죠

+

호밀밭의 파수꾼
_J. D. 샐린저

중학교 2학년 때 교무실에서 무슨 심부름인가를 하고 있는데, 옆에 있던 수학 선생님이 나에게 별안간 이런 질문을 던졌다.

"넌 나중에 뭐가 되고 싶으냐?"

겉보기에는 그럴듯한 모범생이었을지 몰라도 사실 내면은 원대한 비전을 지닌 청소년과는 한참 거리가 멀었던 나에게 이런 질문은 정말이지 당혹스러운 것이었다. 당장 코앞으로 다가온 중간고사를 '방어'할 생각에 귀찮고 심란한 기분이었던 열다섯 살에게 '장래 희망'은 다음 생의 일처럼 아득하게 느껴지기까지 했다. "글쎄요, 잘 모르겠는데요……"라며 얼버무리자 선생님은 왜 그걸 모르냐며 다그쳤다. 무슨 대답이라도 해야 이 어색한 상황을 모면할 것 같은 예감이 들었고, 그때 내 입에서 얼떨결에 튀어나온 말은 바로 이거였다.

"뭐라도 되겠죠."

나는 선생님한테 (혼났다기보다는) 와장창 깨졌다. 당시 교무실에 있던 모든 선생님들과 학생들이 쳐다볼 정도로 소리소리 질러가며 선생님은 '그따위 건방진 대답이 어디 있느냐', '어디서 배워먹은 말버릇이냐'며 나를 쥐 잡듯 잡았다(얻어맞지 않은 것이 그나마 다행이었다). 지금 생각해보면 내 말투가 선생님 귀에 거슬렸을지도 모르고, 그렇다고 그 정도에 자신이 무시당했다고 여긴 걸 보면 그 선생님의 자존감이 낮았던 모양이라고 이해해줄 수도 있지만, 그 당시 나는 정말이지 억울하기 짝이 없었다. 맹세코 나는 선생님을 불쾌하게 할 의도가 없었다. 게다가 그 선생님은 평소 나에게 별로 관심도 없었다. 겨우 일곱 살 먹은 내 아이도 어른들이 자신에게 무언가를 물어볼 때면 진심으로 궁금해서 물어보는 것인지, 아니면 그냥 심심해서 말을 거느라고 물어보는 것인지 직감적으로 안다. 가벼운 질문에 좀 가볍게 대답했다고 해서 이런 인격 모독까지 당해야 하다니. 교실로 돌아와 울면서 결심했다. 정말 진지한 관심을 갖고 필요한 도움을 줄 게 아니라면 아이들에게 그따위 성의 없고 하나 마나 한 질문은 아예 하지 않는 어른이 되겠노라고.

"뭐가 되고 싶으냐"는 질문에 열 살 무렵엔 "뭐가 되고 싶어요"라고 해맑은 표정으로 대답할 수 있었다. 그러다가 "뭐라도 되겠죠"라며 심드렁했던 열다섯 살 무렵을 거쳐, '뭐가 된다는 건 어떤 의미일까' 혼란스러웠던 스무 살 무렵과 '뭐가 되긴 된 건가' 싶어 반신반의했던 스물다섯 살 무렵을 지나, 어느덧 '뭐가 되는 것보다 중요한 게 있지 않을까' 심각하게 자문하는 서른 살이 되어 있었다. 그리고 그 각각의 시기를 견디게 해준 책들이 있었다.

나에게 《호밀밭의 파수꾼》은 말하자면 '뭐라도 되겠죠'의 상징이
라고 할 수 있다. 난 이 작품을 열다섯 살에 처음 읽었고, 교사가 된
직후인 스물다섯 살에 두 번째로 읽었으며, 이 글을 쓰기 위해 서른
일곱 살인 지금 세 번째로 읽었다. 10년 간격을 두고 띄엄띄엄 읽은
셈인데, 그럼에도 이 작품은 읽을 때마다 나를 '뭐라도 되겠죠'의 시
기로 데려다준다.

제롬 데이비드 샐린저가 1951년에 발표한 이 소설은 뭔가 극적
이고 흥미진진한 서사를 보여주지는 않는다. 한 명문 사립 고등학교
에 다니는 열여섯 살 소년 홀든 콜필드가 영어를 제외한 모든 과목에
서 낙제해 퇴학(그것도 무려 네 번째 퇴학)을 당한 후에 학교 기숙사를
나와 뉴욕 시내에서 방황하는 2박 3일 동안의 여정이 이 소설의 내
용이다. 낙제를 했다고 해서 홀든이 머리가 안 좋으냐 하면 그건 아
니다. 오히려 그 반대에 가깝다. 홀든은 굉장히 예민하고 나름의 통
찰력도 갖고 있다. 다만 문제는 그가 '질풍노도 시기의 청소년'이라
는 것. 그는 자신을 둘러싼 주변 사람들과 상황을 견디기 힘들어 한
다. 그가 보기에 이 사회와 기성세대는 위선과 가식으로 가득 차 있
다. 학교라는 공간은 그런 사회와 한 치도 다를 바 없다고 생각하고,
또래 친구들마저 하나같이 '구역질이 날 만큼' 철저한 속물이라고 여
겨 경멸한다. 그는 전혀 반갑지도 않은 사람에게 늘 '만나서 반가웠
습니다' 같은 인사말을 해야 하는 일이 '환장할 노릇'인 뻐딱하고 까
칠한 캐릭터다. 그는 매사를 냉소적으로 보고 툭하면 빈정거리는 데
다가 술도 마시고 담배도 피우는, 우리 사회의 언어로 명명하자면 '비
행 청소년'이다. 그럼에도 작품을 읽어나가다 보면 누구라도 그를 절

대 미워할 수 없게 된다. 그는 비록 긍정적 자아 개념으로 무장한 건전한 사회인의 싹수는 없어 보이지만 '센트럴 파크의 연못에서 사는 오리들은 겨울이면 어디로 갈까'를 진심으로 걱정할 정도로 여린 마음을 갖고 있으며, 강박에 가까울 정도로 순수함에 집착하는 인물이다. 그가 시종일관 긍정적으로 평가하고 애정을 보내는 사람은 딱 두 명인데, 백혈병으로 죽은 남동생 앨리와 열 살짜리 여동생 피비다.

"그렇게 욕 좀 하지 마. 좋아. 그럼 다른 걸 말해 줘. 앞으로 뭐가 되고 싶은 건지 말이야. 예를 들면 과학자나 변호사 같은 거."
"과학자는 못 될 것 같다. 과학은 정말 못하니까."
"그럼 아빠 같은 변호사는?"
"변호사는 괜찮지만…… 그렇게 썩 끌리는 건 아니야. 그러니까 죄 없는 사람들의 생명을 구해준다거나 하는 일만 할 수 있다면 좋겠지만, 변호사가 되면 그럴 수만은 없게 되거든. 일단은 돈을 많이 벌어야 하고, 몰려다니면서 골프를 치거나, 브리지를 해야만 해. 좋은 차를 사거나, 마티니를 마시면서 명사인 척하는 그런 짓들을 해야 한다는 거야. 그러다 보면, 정말 사람의 목숨을 구해주고 싶어서 그런 일을 한 건지, 아니면 굉장한 변호사가 되겠다고 그 일을 한 건지 모르게 된다는 거지. 말하자면, 재판이 끝나고 법정에서 나올 때 신문기자니 뭐니 하는 사람들한테 잔뜩 둘러싸여 환호를 받는 삼류 영화의 주인공처럼 되는 거 말이야. 그렇게 되면 자기가 엉터리라는 걸 어떻게 알 수 있겠니? 그게 문제라는 거지."

나는 하필 서른다섯 살에 '뭐가 되고 싶다'는,
열 살 이후로 들지 않던 생각이 25년 만에 들어버렸다.
그건 바로 '글을 쓰는 사람이 되고 싶다'는 열망이었다.

(중략)

"내가 뭘 하고 싶은지 알고 싶어? 내가 뭐가 되고 싶은지 말해 줄까? 만약 내가 그놈의 선택이라는 걸 할 수 있다면 말이야."

"뭔데? 말 좀 곱게 하라니까."

(중략)

"그건 그렇다 치고, 나는 늘 넓은 호밀밭에서 꼬마들이 재미있게 놀고 있는 모습을 상상하곤 했어. 어린애들만 수천 명이 있을 뿐 주위에 어른이라고는 나밖에 없는 거야. 그리고 난 아득한 절벽 옆에 서 있어. 내가 할 일은 아이들이 절벽으로 떨어질 것 같으면, 재빨리 붙잡아주는 거야. 애들이란 앞뒤 생각 없이 마구 달리는 법이니까 말이야. 그럴 때 어딘가에서 내가 나타나서는 꼬마가 떨어지지 않도록 붙잡아주는 거지. 온종일 그 일만 하는 거야. 말하자면 호밀밭의 파수꾼이 되고 싶다고나 할까. 바보 같은 얘기라는 건 알고 있어. 하지만 정말 내가 되고 싶은 건 그거야. 바보 같겠지만 말이야."

　작품 후반부에 나오는 홀든과 피비의 대화를 읽은 열다섯 살의 나는 '호밀밭'을 순수와 자유의 세계로, '절벽'을 위선과 가식의 세계로 이해했다. 그리고 '난 지금 어디에 있는가'를 생각해봤는데, 아무래도 이미 절벽 밑으로 떨어진 것 같았다. 불만은 있었지만 그걸 밖으로 표출할 용기 따위는 애초부터 없었고, 어떻게 하면 어른들의 인정을 받을 수 있을까 머리를 굴리는 속물. 그게 열다섯 살의 내 자화상이었다. 그러다 보니 홀든은 나에게 감정이입이 아닌 대리 만족의 대상이었고, 나와 너무나도 다른 그를 동정하면서 동경할 수밖에 없었다. 그리고 10년 뒤 교사가 된 스물다섯 살에 두 번째로 이 책을 읽었을 때 나는 주어진 여건에서 최선을 다해 '호밀밭의 파수꾼'이 되겠노라 결심했지만, 그로부터 10년이 흐른 뒤 파수꾼은커녕 아이들을 절벽 밑으로 밀어버리는 내 모습을 고통스럽게 직시할 수밖에 없었다.

언젠가 〈하녀〉, 〈돈의 맛〉 등을 연출한 영화감독 임상수의 인터뷰를 읽었는데, '부드러운 반항아'를 양성하는 것이 교육의 목적이 되어야 한다는 임 감독의 주장이 인상적으로 다가왔다. 불합리한 사회구조엔 문제의식을 갖고 있으면서도 사회적 약자에겐 연대 의식과 연민을 느끼는 시민을 기르는 교육, 이 땅의 교육은 여기에서 얼마나 멀어져 있는가.

모두 알다시피 우리나라의 입시 위주 교육은 '부드러운 반항아'와 정반대라고 할 수 있는 '강퍅한 현실 순응주의자'를 길러내고 있지 않은가. 오로지 내 성공과 내 가족의 안녕 말고는 그 무엇에도 관심을 두지 않는 소시민 말이다. 그런 교육의 한복판에 서서 난 아이들에게 이 세상이 얼마나 위험하고 냉정한지 아느냐며 협박하기를 서슴지 않았다. 공부를 하면 평범한 삶을 살지만 공부를 안 하면 '평범 이하의 삶'을 살게 된다고. 그러니 닥치고 공부나 하라고. 이런 말을 지껄이고 있는 내 모습이 스스로도 부끄럽고 또 부끄러웠지만 이 사회의 시스템이 원래 이러니 어쩔 수 없다며 나 자신을 합리화했다.

생각해 보니, 그 애를 보는 것도 이번이 마지막이 될지도 모르는 일이었다. 피붙이를 만나는 일은. 언젠가는 다시 만날 수 있을지 모르겠지만, 당분간은 어려울 것이었다. 한 서른다섯 살쯤 되면 돌아오게 될지도 몰랐다.

홀든에게 서른다섯 살은 기성세대의 기점 같은 것이었나 보다. 사실상 지금 우리 사회에서도 서른다섯 살은 당연히 '어른의 삶'을 살아야 하는 나이로 간주된다. 하지만 나는 하필 서른다섯 살에 '뭐가 되고 싶다'는, 열 살 이후로 들지 않던 생각이 25년 만에 들어버렸다. 그건 바로 '글을 쓰는 사람이 되고 싶다'는 열망이었다. 물론 그 전에도 글을 안 쓴 건 아니었다. 하지만 그 전까지 내가 쓴 것은 '숙제로 제출'해야 하는 글이거나, 골방에서 나 혼자 보려고 쓰는 글이거나, 기껏해야 나와 친한 몇몇 사람들이 읽을 수 있는 글이었다. 내가 알지도 못하는 불특정 다수에게 내 이야기를 늘어놓는 건 내게 무척이나 남세스럽고 엄청난 용기를 필요로 하는 일이었다. 하지만 이제부터 용기를 내기로 했다. 비록 지질한 후회나 반성이 글의 대부분을 차지하더라도, 난 그것들이나마 다른 이들과 나누기로 결심했다.

서른다섯 살이 되어서야 내가 진짜로 원하는 것이 무엇인지, 그걸 위해 어떤 노력을 해야 하는지 알게 된 나로서는 '뭐가 되고 싶다'는 확고한 꿈을 갖고 있는 열다섯 살, 스무 살을 보면 부럽기도 하고 신기하기도 하다. 그렇지만 뭐가 되고 싶은지 도통 모르겠는, 또는

'뭐라도 되겠지, 그런데 그 뭐가 뭘까' 불안해하는 청춘들이 더 자연스럽고 사랑스러워 보인다.

호밀밭의 파수꾼 _J.D. 샐린저

샐린저가 1951년에 발표한 자전적 성장소설로 출간 당시 엄청난 화제와 논쟁을 불러일으키며 베스트셀러가 되었다. 당시 일부 보수주의자들로부터는 고등학교 도서관에서 추방해야 할 책으로 공격받기도 했으나, 현재 미국의 도서관에서 가장 많이 대출되고 있는 책으로 알려져 있으며 20세기 최고의 미국 현대소설로 평가받고 있다.

내
마음을
채운 것들

+

청춘의 문장들
_김연수

정확한 날짜까지는 기억이 안 나지만 1990년 10월 하순경이었고, 토
요일 밤이었으며, 정확히는 10시에서 11시 사이였다. 내가 기억하는
1990년은 대략 이런 시절이었다. 방송에서는 21세기가 10년밖에 남
지 않았다며 호들갑을 떨어댔고, 나는 중학교 3학년이었으며, 전국
모든 시·도의 중학교 3학년들이 고등학교에 가려면 '고입선발고사
(당시엔 고입연합고사)'를 치러야 했고, '대마왕' 신해철이 (놀랍게도)
'아이돌 스타'였던 시절.

한창 사춘기를 겪고 있던 나를 짜증나게 만드는 상황과 인간들
은 도처에 깔려 있었지만 어디까지나 '체제 순응적' 중학교 3학년생
이었던 나는 고등학교에 화려한(?) 성적으로 입학하고 싶은 욕심에
그날 밤 라디오를 들으며 문제집을 풀고 있었다. 내가 그 시간에 공
부에만 집중하지 않고 라디오를 들었던 이유는 오직 하나, '아이돌
스타' 신해철이 〈밤의 디스크쇼〉라는 라디오 프로그램을 진행했기 때
문이다. 계산해보면 당시 신해철은 겨우 스물세 살이었음에도 누구

도 흉내 내기 힘든 저음의 목소리를 지닌 매우 노련한 디제이였다. 그 프로그램엔 매주 토요일마다 디제이가 에세이나 소설의 일부를 읽어주는 코너가 있었는데, 나는 그 코너를 아주 좋아했다.

사건은 그날 밤 일어났다. 별생각 없이 듣고 있었는데 갑자기 온몸에 소름이 쭉쭉 끼쳤다. 거의 한 시간을 숨도 제대로 못 쉬고 초집중해서 신해철의 목소리에 귀를 기울였던 것 같다. 신해철이 그때 그 특유의 저음으로 읽어준 글은 바로 〈무진기행〉이라는 김승옥의 단편소설이었다. 그리고 아마 그때가 처음이었을 것이다. 소설의 내용이나 주제가 아니라 '소설을 이루는 모든 문장' 하나하나가 내 마음에 꽂혀버렸던 것은.

다음 날 바로 서점으로 달려갔으나 안타깝게도 그 작품을 찾을 수 없었다. 서점 주인아저씨한테 그 책을 꼭 구해달라고 부탁했더니, 아저씨는 그런 나를 좀 신기하게 쳐다보면서 일주일쯤 뒤에 다시 와보라고 했다. 지금처럼 인터넷 검색창에 제목만 치면 5초 만에 작품 전문을 다운로드할 수 있는 시절이 아니었고, 전국 방방곡곡에 도서관이 있는 시절도 아니었으니 일주일을 꼬박 기다릴 수밖에 없었다. 그렇게 기다린 끝에 난 그 작품 전체를 처음부터 끝까지 눈으로 읽을 수 있었다.

작품을 다 읽고 난 뒤 나는 무엇을 했나. 그 작품의 첫 문장부터 마지막 문장까지 노트에 베껴 썼다. 아무런 이유도 없었다. 누가 시킨 것도 아니었고, '나도 이런 문장을 쓰고 싶다'는 야무진 포부 같은

것도 없었다. 그냥 무엇에 홀린 듯 그러고 싶어서 했다. 사실 그때 난
작가가 이 소설을 통해 정확히 무슨 말을 하고 싶은 건지도 파악되지
않았다. 그럼에도 어떤 쓸쓸함 같은 것이 문장 사이사이에서 흘러나
와 내 안의 쓸쓸함과 만나는 기분이었다. 이 소설이 발표된 연도를 확
인해보니 1964년이었다. 1964년이라니. 풍문으로나마 보릿고개 시
절로 알고 있던, 나에겐 호랑이 담배 먹던 시절과 거의 동급인 그 시
절에도 이런 문장이 있었다는 게 신기했다. 이 소설을 읽고 나니 이
차함수 문제를 풀어내거나 관계대명사가 들어간 영어 문장을 해석하
는 일 따위가 너무나도 시시하고 하찮게 여겨져 견딜 수 없었다. 두
달도 남지 않은 연합고사로 '열공 모드'였던 교실의 맨 뒷자리에 앉
아 선생님의 눈을 피해가며 난 다음과 같은 문장들을 베껴 썼다.

무진에 명산물이 없는 게 아니다. 나는 그것이 무엇인지 알고 있
다. 그것은 안개다. 아침에 잠자리에서 일어나서 밖으로 나오면,
밤 사이에 진주해 온 적군들처럼 안개가 무진을 뺑 둘러싸고 있
는 것이었다. 무진을 둘러싸고 있는 산들도 안개에 의하여 보이
지 않는 먼 곳으로 유배당해 버리고 없었다. 안개는 마치 이승에
한恨이 있어서 매일 밤 찾아오는 여귀女鬼가 뿜어 내놓은 입김과
같았다. 해가 떠오르고, 바람이 바다 쪽에서 방향을 바꾸어 불어
오기 전에는 사람들의 힘으로써는 그것을 헤쳐 버릴 수가 없었
다. 손으로 잡을 수 없으면서도 그것은 뚜렷이 존재했고 사람들
을 둘러쌌고 먼 곳에 있는 것으로부터 사람들을 떼어놓았다. 안
개, 무진의 안개, 무진의 아침에 사람들이 만나는 안개, 그것이

내 마음을 조금씩 채워 나를 허깨비가 아닌 나 자신일 수 있게 만들고
동시에 '내가 아닌 다른 사람이 되'게 만든 것은 바로 문장들이었다.
그 문장들을 외우고 베껴 썼던 시간들이었다.

무진의 명산물이 아닐 수 있을까!

(중략)

한 번만, 마지막으로 한 번만 이 무진을, 안개를, 외롭게 미쳐 가
는 것을, 유행가를, 술집 여자의 자살을, 배반을, 무책임을 긍정
하기로 하자. 마지막으로 한 번만이다. 꼭 한 번만. 그리고 나는
내게 주어진 한정된 책임 속에서만 살기로 약속한다. 전보여, 새
끼손가락을 내밀어라. 나는 거기에 내 새끼손가락을 걸어서 약속
한다. 우리는 약속했다.

소설가 김연수가 2004년에 낸 《청춘의 문장들》이라는 책은 제목
그대로 10대와 20대였던 시절 작가 자신을 사로잡았던 문장들과 그
에 얽힌 자신의 이야기를 풀어낸 에세이집이다. 내 나이 스물아홉 살
에 나온 이 책을 난 몇 번 읽었는지 정확히 모른다. 지금도 이런저런
잡념으로 잠이 안 올 때 이 책의 아무 페이지나 펼쳐 조금씩 천천히
읽는 습관이 있다. 글이 워낙 따뜻하면서 유머러스한 데다가, 무엇보
다 이 책을 읽다 보면 〈무진기행〉을 베껴 썼던 1990년 늦가을을 생
생하게 떠올릴 수 있기 때문이다.

'벽癖'이란 병이 될 정도로 어떤 대상에 빠져 사는 것. 그게 사람
이 마땅히 할 일이라면 내가 문학을 하는 이유는 역시 사람답게
살기 위해서다. 그러므로 글을 쓸 때, 나는 가장 잘 산다. 힘들고
어렵고 지칠수록 마음은 점점 더 행복해진다. 새로운 소설을 시
작할 때마다 '이번에는 과연 내가 어디까지 견딜 수 있을까?' 궁

금해진다. 나는 세상을 살아가기에는 여러모로 문제가 많은 인간이다. 힘든 일을 견디지 못하고 싫은 마음을 얼굴에 표시 내는 종류의 인간이다. 하지만 글을 쓸 때, 나는 한없이 견딜 수 있다. 매번 더 이상 할 수 없다고 두 손을 들 때까지 글을 쓰고 난 뒤에도 한 번 더 고쳐본다. 나는 왜 문학을 하는가? 그때 내 존재는 가장 빛이 나기 때문이다.

이 부분을 처음 읽었을 때 살짝 눈물이 났다. 난 사실 글씨 쓰는 걸 매우 싫어하는 인간이다. 그러다 보니 학교 다닐 때는 필기를 제대로 해본 기억이 없다. 뭔가를 쓰는 게 너무 귀찮아 그다지 좋지도 않은 머리로 어지간하면 외우고 끝내려는 만용을 부리기도 했고, 시험 때가 되면 친구 노트를 복사했으며, 선생님이 노트 검사를 한다고 해야 부랴부랴 말하는 속도와 비슷한 빠르기로 대충 갈기는 짓을 했다. 그런데 그런 내가 누가 시키지도 않았는데 소설 전체를 베껴 썼던 것이다. 한동안 잊고 있었던, 그 쓸모없지만 순정했던 열정이 가슴을 저리게 만들었고, 그 열정으로 모든 것을 견딜 수 있다고 말하는 작가가 정말이지 가슴 시리도록 부러웠다.

내 마음 한가운데는 텅 비어 있었다. 지금까지 나는 그 텅 빈 부분을 채우기 위해 살아왔다. 사랑할 만한 것이라면 무엇에든 빠져들었고 아파야만 한다면 기꺼이 아파했으며 이 생에서 다 배우지 못하면 다음 생에서 배우겠다고 결심했다. 하지만 아무리 해도 그 텅 빈 부분은 채워지지 않았다. 아무리 해도. 그건 슬픈 말

이다. 그리고 서른 살이 되면서 나는 도넛과 같은 존재라는 걸 깨
닫게 됐다. 빵집 아들로서 얻을 수 있는 최대한의 깨달음이었다.
나는 도넛으로 태어났다. 그 가운데가 채워지면 나는 내가 아닌
다른 사람이 되는 것이다.

　지금 내 마음의 한가운데를 채운 것은 무엇인가. 남들에게 칭찬
받고 인정받고 싶은 욕망, 그 욕망을 채우기 위해 필요했던 '그럴듯
한 비주얼'에 대한 집착, 있어도 그만 없어도 그만이던 이런저런 물
건들, 잘난 척하고 싶어 몸이 달아 해댔던 온갖 짓거리들로는 결국
마음이 채워지지 않았다. 그것들은 물거품처럼 반짝하다가 순식간에
사라져갔다.
　내 마음을 조금씩 채워 나를 허깨비가 아닌 나 자신일 수 있게
만들고 동시에 '내가 아닌 다른 사람이 되'게 만든 것은 바로 문장들
이었다. 그 문장들을 외우고 베껴 썼던 시간들이었다. 그 시간들이
만들어낸 어떤 이야기였다.

청춘의 문장들 _김연수
소설가 김연수가 2004년에 낸 산문집. '작가의 젊은 날을 사로잡는 한 문장
을 찾아서'라는 부제가 달린 이 책의 서문에서 작가는 "내가 사랑한 시절들,
내가 사랑한 사람들, 내 안에서 잠시 머물다 사라진 것들, 지금 내게서 빠져
있는 것들을 적어 놓았다"고 고백하고 있다.

나를 지키는 집, 나를 바꾸는 주문

+

나를 바꾸는 글쓰기 공작소
_이만교

몇 년 전 하버드대학 우수졸업생들을 대상으로 '어떤 사람이 되고 싶은가'라는 설문조사를 한 적이 있었는데, 가장 많은 대답은 '돈 잘 버는 사람'도 아니고 '유명한 사람'도 아닌, 놀랍게도 '글을 잘 쓰는 사람'이었다고 한다. 그 정도까지는 아니더라도 시중에 '글쓰기'와 관련한 각종 책들이 엄청나게 쏟아져 나와 있는 걸 보면 우리 사회도 글을 잘 쓰고 싶은 사람들이 많은 것 같긴 하다. 하지만 안타깝게도 '이렇게 하면 글을 잘 쓴다'고 주장하는 책들 대부분은 글쓰기에 별 도움이 되지 않는 것 같다. 글쓰기가 무슨 요리도 아니고 레시피대로 한다고 해서 좋은 글이 써질 리는 만무하지 않은가(사실 요리도 오로지 레시피대로만 하면 그다지 맛이 없다).

소설가 이만교가 자신이 진행한 글쓰기 강의를 정리해 펴낸 《나를 바꾸는 글쓰기 공작소》는 이런 '레시피'와는 거리가 먼 글쓰기 책이다. 이 책은 그동안 내가 글을 좀 잘 써보고 싶은 욕심에 읽어댔던 수많은 글쓰기 책 가운데 글쓰기의 태도와 본질에 관해 가장 깊이 성찰하고 있다. 저자는 프롤로그에서 타르코프스키 감독의 영화 〈잠입자〉를 소개하면서 이야기를 시작한다. 그 영화엔 소원을 들어주는 '금지구역 속 비밀의 방'이 나오는데, 등장인물 가운데 하나가 비밀의 방에 이르러 소원을 빌고 난 뒤에 엄청난 부자가 된다. 그런데 그는 돌연 자살하고 만다. 바로 이어지는 저자의 말을 인용한다.

왜냐하면 그가 비밀의 방에 들어간 목적은 그가 사랑하는 아픈 동생을 살려 달라고 하는 소원 때문이었는데, 정작 동생은 죽고 자신은 벼락부자가 된 것이다. 그의 무의식 속의 진짜 소원은, 그 자신조차 부인하고 싶었겠지만, 동생의 건강보다도 자신이 부자가 되었으면 하는 바람이었던 것. 금지구역 못지않게 인간의 욕망 또한 심연이고 미로였던 셈이다.
우리가 다른 것에 대해서는 무지할지라도 자신에 대해서는, 그것도 자신이 가장 원하는 것이 무엇인지에 대해서는 뻔할 정도로 명백히 알 수 있지 않을까? 그러나 알고 보면 인간은, 자신이 정말로 원하는 것이 무엇인지 알지 못하며, 또 자신이 진정 원하는 것이 자신이나 주변 사람에게 정말로 도움 되는 일인지를 알지 못하는 존재다. 자신이 정말 원하는 것이 무엇인지 모르고, 자기 소원이 자기 인생에 도움이 되지 않을 수 있다니, 이 얼마나 놀랍고 끔찍한 노릇인가.

작가로 등단하기 위해, 시험에서 좋은 점수를 받기 위해, 다른 사람의 환심을 사기 위해, 돈을 벌기 위해 등등 글을 잘 쓰고 싶어 하는 이유는 사람마다 다를 수 있다. 그렇지만 글쓰기가 사람에게 선사할 수 있는 가장 큰 선물은 바로 진짜 자신의 모습을 발견하고 성찰하게 만드는 것이 아닐까.

우리는 흔히 어떤 감정이나 생각이 먼저 있고 글쓰기는 단지 그것을 밖으로 꺼내는 작업일 뿐이라고 생각하지만, 과연 그럴까. 글을 쓰다 보면 자신도 미처 알지 못하고 느끼지 못했던 생각과 감정들, 또는 애써 묻어두었던 기억과 상념들이 저 내면 깊은 곳에서 꿈틀댈 때가 있다. 그러기에 글을 쓰기 위해서는 가장 먼저 자신의 욕망과 꿈, 감수성과 사고방식, 가치관과 습관 등을 치열하고도 정직하게 들여다볼 필요가 있는 것이다. 그 과정을 통해 자신이 어떤 사람인지, 자신이 가장 원하는 것이 무엇이며 어떨 때 가장 행복한지 알게 되는 것, 이것이야말로 글쓰기의 본질이 아니겠는가.

사실 이런 말을 하고 있는 나 역시 과연 그 본질에 부합하는 글쓰기를 하는지 의심스러울 때가 가끔 있고, 그럴 때마다 어렸을 적 나에게 트라우마를 남겼던 사건 하나가 떠오르면서 우울해지기도 한다. 초등학교 4학년 때였는데, 하루는 담임선생님이 '반공'을 주제로 글을 써 오라는 숙제를 내줬다. 뭐 사실 이런 숙제는 당시엔 워낙 흔한 일이었다. 5공화국 시절이었고, 특히 6월이 되면 교내에 '반공'이 붙은 각종 대회가 난무했다. 반공 글짓기 대회를 비롯해 반공 포스터 그리기 대회, 반공 웅변대회, 하다못해 반공 합창 대회, 반공 무용 대회까지. 숙제인지라 꾸역꾸역 분량을 채워 갔는데, 담임선생님은 나

를 따로 불러 '이번에 교육감 표창이 걸린 대회에 네 글을 제출하려
고 하는데, 공산당에 대한 증오를 지금보다 더욱 세게 드러나게 해서
가져와보라'는 주문을 했다. 나는 그 주문이 황당했지만 거부할 수도
없는 처지라 초등학교 4학년이 구사할 수 있는 온갖 수사를 써서 '증
오'를 표현했다. 그리고 나는 상을 받았다.

　문제는 그다음이었다. 상을 받은 것까지는 좋았는데, 그 뒤로 이
상하게도 글을 쓰는 게 너무 힘들었다. 이 증상은 고등학교를 졸업할
때까지 계속됐는데, 빈 원고지만 보면 '이번엔 또 무슨 말을 어떻게
지어내야 하나' 하는 걱정에 가슴이 답답해지고 속이 울렁거리면서
겁이 나고 신경질이 났다.

　무엇을 교육의 가장 중요한 목적으로 세워야 하는가에 대해서는
여러 의견이 있을 수 있다. 하지만 교육이라는 것은 적어도 그 교육을
받는 아이의 정체성 형성에 도움을 줘야 마땅하지 않겠는가. 아이로
하여금 내가 누구인지를 건강한 방향과 방식으로 고민하게 하고, 그
렇게 형성된 정체성을 존중하고 보호해줘야 하는 것이 교육이다. 그
리고 글쓰기는 이 목적을 이룰 수 있는 가장 좋은 도구가 될 수 있다.

　그런 의미에서 '반공 글짓기'는 교육이 아니라 일종의 범죄에 가
깝다고 할 수 있다. 초등학생에게 자기 자신을 기만하는 것이 무엇인
지를 알게 했으며, '나는 누구인가'에 대한 가장 저열한 대답인 '나는
누구(빨갱이)가 아니다'를 내면화하게 했고, 그리하여 나를 지켜주기
는커녕 나를 잃어버리게 했으니까. 어쩌면 나의 글쓰기 역사는 그때
그 사건을 극복하기 위한 나름의 분투인 것 같다는 생각이 들기도 한

글쓰기를 통해 나 자신을 온전하게 지키고 기꺼이 바꿔보자.
'지킬 나'가 확실히 있을 때 '바꿀 나'도 비로소 보이지 않겠는가.
글쓰기는 나를 지키는 집인 동시에 나를 바꾸는 마법의 주문이 될 수 있다.

다. 좀 더 내가 어떤 사람인지를 정확히 알기 위한, 그리하여 나 자신을 기만하는 모든 것들로부터 자유롭기 위한 분투.

흔히 '글솜씨', '글재주'라는 말을 쓰지만 나는 이 단어들을 좋아하지 않는다. 왜냐하면 그 표현들엔 마치 글이 손끝에서 나오는 것이라는 착각이 배어 있기 때문이다. 좋은 글은 치밀한 사유와 폭넓은 독서, 그리고 절실한 경험과 깊은 감성에서 나오는 것이지 타고난 솜씨나 재주로 만들어내는 것이 아니다(비슷한 맥락에서 '글짓기'라는 말도 좀 거슬린다. 글은 '쓰는' 것이지 '짓는' 것이 아니기 때문이다). 머리와 가슴과는 유리된 채 오로지 손끝으로만 글을 완성하려는 시도는 한 사람의 내면 성장에 방해꾼 이상도 이하도 아닌 것이다.

그렇다고 이 책이 글쓰기의 본질이나 태도에 대해서만 역설하고 있는 건 물론 아니다. 저자는 다양한 예문을 제시하고 이에 대해 꼼꼼하게 분석함으로써 다소 막연하게 느꼈던 글쓰기의 기본 개념이나 방법을 잘 설명해주고 있다. 그것들을 여기서 일일이 소개할 수는 없지만 이 책을 꼼꼼하게 읽다 보면 분명 글쓰기에 대한 실용적인 팁도 얻을 수 있을 것이다.

이 막막한 우주에서, 이 엄청난 인구수 중에서, 나라는 미약한 존재는 없어도 되는 개체이지만 그러나 없어도 되는 허무한 존재가 아니라, 없어도 되는데 생겨난 '잉여'에서 오는 자유로운 존재임을, 어떤 책임이 부여되기보다 내 마음대로 살아도 되는 자유로운 존재임을, 마치 자식 많은 집의 없어도 되는 막내자식처럼 어

쩌면 자기 마음껏 자기를 찾아가는 것만이 우리에게 주어진 유일한 의무가 아닐까. (중략)

우리의 글쓰기 역시 결코 늦은 것이 아니다. 늦은 것일 수 없다. 다가올 미래에 대해서는, 지금 읽고 쓰고 성찰하는 우리 각자의 행동이 언제나 가장 빠른 길이다. 나는 나를 이런저런 망상에 빠트리는 이 문구가 너무 좋다. **"모든 행동은 그것이 가져올 미래에 대해서는 늦지 않습니다. 언제나 후회만이 늦을 뿐, 행동은 결코 늦지 않습니다."** (고병권) 인간이 취할 수 있는 가장 빠른 첫 번째 행동은 아마 꿈을 꾸는 것이리라. 가장 빠른 첫 번째 변화는 마음의 실질적 상태를 바꾸는 것이리라. 그리고 가장 빠른 첫걸음은 이제 읽고 쓰고 생각하는 공부를 시작하는 것이리라.

저자가 굵게 표시한 저 문구가 내 가슴도 두근거리게 한다. 자, 그러니 우리, 매일 무슨 글이라도 조금씩 꾸준하게 써보자. 글쓰기를 통해 나 자신을 온전하게 지키고 기꺼이 바꿔보자. '지킬 나'가 확실히 있을 때 '바꿀 나'도 비로소 보이지 않겠는가. 글쓰기는 나를 지키는 집인 동시에 나를 바꾸는 마법의 주문이 될 수 있다.

나를 바꾸는 글쓰기 공작소 _이만교

《결혼은, 미친 짓이다》로 오늘의 작가상을 수상한 소설가 이만교가 '연구공간 수유+너머'에서 2006년부터 진행한 글쓰기 강좌를 토대로 쓴 책이다. '한두 줄만 쓰다 지친 당신을 위한 필살기'라는 솔깃한 부제가 달린 이 책에서 저자는 '도덕적 정직'이 아닌 '실질적 정직'이 글쓰기의 본질임을 역설하고 있다.

이야기는
힘이
세다

+

삼국유사
_일연

아이가 전래 동화를 좋아해 밤마다 열심히 읽어주다 보니 나 역시 그 매력을 새삼스레 느끼고 있다. 사실 나는 정작 어렸을 때 전래 동화를 크게 좋아하는 편이 아니었다. 특히나 '다들 잘 먹고 잘 살았다'는 엔딩이 별로 마음에 들지 않았다. 그런데 요즘 전래 동화의 재미가 무엇인지 알아가고 있다. 전래 동화 특유의 비현실적인 환상성과 대책 없는 해피엔딩은 결코 무지의 산물이 아니라는 것, 오히려 그 반대라는 것을 이제야 조금은 알 것 같다. 우리 조상들은 자신들의 꿈과 욕망을 이야기에 담아 팍팍하고 고된 삶을 지혜롭게 살아냈던 것이다.

1285년에 일연 스님이 지은 《삼국유사》는 그 성격을 한마디로 규정하기가 좀 모호한 책이다. 역사서로 분류하기도 하지만, 그러기에는 사실이라고 보기 어려운 전설이나 민담이 많다. 지은이가 승려다 보니 불교에 관한 설화가 대부분을 차지하고 있는 점을 들어 불교

문화서로 보는 견해도 있다. 그렇지만 무엇보다 《삼국유사》는 이야기책이다.

이 책에는 단군신화, 주몽신화, 호동왕자와 낙랑공주, 수로부인, 백제 무왕과 선화공주 등등 유명한 신화와 전설이 다수 수록되어 있다. 그런데 이 책 전체를 통틀어 나에게 가장 흥미로운 부분은 다름 아닌 처용의 이야기로, 읽을 때마다 나도 모르게 상상의 나래를 펼치게 된다.

> 동해의 용은 기뻐하여 곧 일곱 아들을 거느리고 왕의 수레 앞에 나타나 덕을 찬양하며 춤을 추고 음악을 연주하였다. 그 중 한 아들이 왕의 수레를 따라 서울로 들어와 왕의 정사를 보필했는데, 이름을 처용處容이라 하였다. 왕은 미녀를 주어 아내로 삼게 하고 그의 마음을 잡아 머물도록 하면서 급간級干이란 직책을 주었다. 그의 아내가 매우 아름다웠으므로 역신疫神이 흠모하여 사람으로 변해 밤이 되면 그 집에 와 몰래 자곤 하였다.
> 처용이 밖에서 집에 돌아와 두 사람이 자고 있는 것을 보고는 노래를 지어 부르고 춤을 추다가 물러났는데, 그 노래는 다음과 같다.

> 동경東京 밝은 달에 밤새도록 노닐다가
> 들어와 자리를 보니 다리가 넷이구나.
> 둘은 내 것이지만 둘은 누구의 것인가.
> 본래 내 것이지만 빼앗긴 것을 어찌 하리.

그때 역신이 형체를 드러내 처용 앞에 꿇어앉아 말하였다.

"제가 공의 처를 탐내어 지금 범했는데도 공이 노여워하지 않으
니 감탄스럽고 아름답게 생각됩니다. 맹세코 오늘 이후로는 공의
형상을 그린 그림만 보아도 그 문에는 절대로 들어가지 않겠습니
다."

이로 인해 나라 사람들이 문에 처용의 형상을 붙여 사악함을 물
리치고 경사스런 일을 맞이하려고 하였다.

천천히 읽다 보면 언뜻 한 편의 미스터리 치정극이 떠오른다. 그
리고 궁금해진다. 도대체 처용의 정확한 정체는 뭐고, 어떤 성격을
지닌 인물인가. '역신'은 어떤 존재를 상징하는 것이며, '매우 아름다
웠'던 그 아내는 어떤 여자였고, 그 여자의 진짜 속마음은 뭘까. 불륜
현장을 목격하고도 뒤로 물러나 노래를 불렀던 처용의 마음은 어떻
게 이해해야 하며, 그 노래에 즉각 용서를 빈 역신의 행위는 또 어떻
게 이해해야 하나.

그런데 이 책엔 이런 식으로 상상력을 자극하는 인물들의 이야
기가 많다. '암소를 끌고 지나가던 노인'으로 하여금 천 길 낭떠러지
의 꽃을 꺾어 바치게 하고, 너무 아름다운 나머지 '바다의 용'에게 납
치까지 당해야 했던 수로부인의 이야기도 읽을수록 흥미진진하다. 그
암소를 끌고 가던 노인은 어떤 사람이고, '바다의 용'은 어떤 존재를
상징하는 걸까. 부인이 납치를 당했는데도 '넘어지면서 발을 굴렀'던
것 말고는 아무 일도 하지 않는 남편, 납치되었다가 돌아온 뒤에 남
편이 저간의 사정을 물었더니 바닷속의 화려함과 음식 맛을 자랑했

던 아내의 캐릭터도 재밌다.

《모모》의 작가인 미하일 엔데가 쓴 《끝없는 이야기》라는 소설엔
이런 말이 나온다.

"결코 환상의 세계로 들어가지 못하는 사람들이 있단다" 하고 코
레안더 씨는 말했다. "그리고 갈 수는 있지만 영원히 그곳에 머
물러버리는 사람들도 있지. 그런 반면 환상의 세계에 갔다가 다
시 돌아오는 사람들도 어느 정도 있는 거란다. 너처럼 말이야. 그
런데 바로 이런 사람들이 양쪽 세계를 모두 건강하게 만드는 법
이지."

나는 역사 전공자도 아니고 《삼국유사》라는 책 자체를 깊게 공
부한 것도 아니라 일연 스님이 이 책을 어떤 의도로 썼는지 정확하게
헤아리긴 힘들다. 하지만 이 책을 읽을 때마다 그가 매우 뛰어난 이
야기꾼이라는 것을 실감하게 된다. 환상과 현실을 거침없으면서도 신
중하게 오가는 그의 이야기를 따라가다 보면 훌륭한 이야기꾼이야말
로 이 세상을 건강하게 만드는 사람이라는 생각이 들면서 이야기의
힘에 새삼스레 감탄하게 된다. 한때 찬란했던 왕조들이 무상하게 패
망하고 숱한 사람들이 유명을 달리하는 동안, 이 책 속의 수많은 이
야기들은 전래 동화가 그러하듯이 지금까지 살아남아 많은 이들에게
읽히고 상상력을 발동시키고 있으니 말이다.

내 컴퓨터엔 우주 사진이 몇 장 저장되어 있다. 가끔 그 사진들을 멍하니 바라볼 때가 있는데, 특히나 지구가 아주 조그맣게 나온 사진을 좋아한다. 그걸 바라보고 있으면 지금 내 마음을 지지고 볶는 고민거리들이 아주 사소하게 느껴진다. 내가 살고 있는 이 지구라는 거대한 행성도 우주 공간에선 한 점 먼지에 불과하다는 사실이 묘한 쾌감마저 주는 것이다.

내가 가끔 《삼국유사》를 읽는 가장 큰 이유는 물론 재밌기 때문이기도 하지만, 한 가지 이유를 덧붙이자면 우주 사진을 볼 때의 쾌감을 느낄 수 있어서다. 지금으로부터 약 5,000년 전에서 1,500년 전에 있었던(있었다고 믿어지는) 사건이나 사람들에 대해서 지금으로부터 700여 년 전에 살았던 어떤 스님이 써 내려간 이 오래된 이야기책을 읽다 보면 유장한 시간의 강이 내 마음속을 흘러가는 것 같다. 아무리 부유하고 강한 권력을 가졌더라도 유한한 존재인 인간은 결국 누구나 그 강에 빠진다. 오로지 이야기만이 살아남아 그 강을 타고 유유히 흘러간다. 이야기는 정말 힘이 세다.

삼국유사 _일연

고려 충렬왕 7년(1281년)에 승려 일연이 쓴 책으로 전체 5권 9편으로 구성되어 있다. 단군신화, 주몽신화, 박혁거세 신화를 비롯해 한국 설화의 원전 상당수가 이 책에 기록되어 있으며, 한국인의 원형적 상상력을 보여주는 자료로 평가받고 있다. 2003년에 국보 제306호로 지정되었다.

러브스토리의
모든
것

+

제인 에어
_샬롯 브론테

'병 따위로 몸을 망친 사람, 쓸모없이 된 사람'이라는 사전적 의미를
지닌 '폐인廢人'이라는 단어를 요즘은 다른 뜻으로 더 많이 사용하고
있다. 실제로 국어사전을 찾아보면 이 단어는 신조어로서 '어떤 것에
아주 중독돼 일상생활에 심각한 지장을 받는 사람을 비유적으로 이
르는 말'이라고 적혀 있다.

물론 요즘 사람들을 폐인으로 만드는 것들은 보통 드라마나 온
라인 게임일 경우가 많지만, 돌이켜보면 유년 시절의 나를 종종 폐인
모드로 만든 것은 몇몇 동화였다. 《플란다스의 개》, 《인어공주》, 《소
공녀》, 《빨간머리 앤》 등은 감정적으로 너무 강력하게 다가온 나머지
당시 나로 하여금 '일상생활에 심각한 지장을 받게 만들었던 것이다.
읽은 것들을 머릿속에서 이미지로 펼쳐놓느라 수업 시간엔 선생님
말이 전혀 귀에 들어오지 않았고, 자려고 누우면 그 장면을 상상하고
내용을 재구성하느라 잠이 오지 않을 정도였으니까.

말하자면 《제인 에어》는 그 동화들의 연장선상에 있는 작품이라고 할 수 있다. 난 이 작품을 중학교 3학년 겨울방학, 그러니까 시간은 남아도는데 남들은 다 미리 공부해놓는다는 《수학의 정석》은 표지만 봐도 짜증나고, 그렇다고 딱히 할 일은 없었던 시기에 읽었다. 도입부터 스스로 당황스러울 정도로 감정이입을 해버린 나머지 무려 900페이지에 달하는 소설을 거의 이틀 밤을 새다시피 해 읽어버렸다. 말 그대로 휘몰아치듯이 몰입해서 읽고는 약 한 달 정도 '제인 페인'으로 살았던 기억이 난다.

일찍 고아가 된 소녀 제인은 친척 집에서 학대를 받다가 기숙학교에 보내지는데, 학교라기보다는 수용소에 가까울 정도로 열악하고 억압적인 곳이다. 그럼에도 제인은 역경을 이겨내고 학교를 졸업한 뒤 숀필드 저택의 가정교사로 들어간다. 거기에서 그 저택의 주인인 에드워드 로체스터라는 남자를 만나는데, 첫 만남부터 그녀는 어쩐지 침울하고 외로운 느낌을 주는 그 남자에게 관심이 생긴다. 그 역시 제인의 지혜롭고 강인한 면모에 점점 끌리게 되고, 마침내 둘은 서로의 사랑을 확인하고 결혼을 약속하게 된다. 그런데 결혼식 당일, 그에게 이미 아내가 있다는 사실이 밝혀진다. '다락방 안의 미친 여자'로 묘사되는 그 아내는 중증의 정신병을 앓고 있는 상태로 오랜 시간 저택의 다락방 안에 갇혀 있었던 것이다. 제인은 충격을 받고 숀필드 저택을 떠난다. 돈도 없이 길을 떠돌던 제인은 어느 집 앞에 쓰러지고, 그런 그녀를 존 리버스라는 목사와 그의 누이들이 구해준다. 서인도제도로 선교를 떠나려던 존은 제인에게 청혼하고 그녀가 고민

끝에 그와의 결혼을 결심하는 순간, 제인은 에드워드 로체스터가 자신의 이름을 애타게 부르는 환청을 듣는다. 제인이 떠난 뒤 '다락방 안의 미친 여자'가 불을 질러 그녀 자신은 죽고, 로체스터는 그녀를 구하려다 심한 화상을 입고 시력도 잃은 채 멀리 떨어진 마을에서 혼자 살고 있었던 것이다. 제인은 그런 그를 보는 순간 자신이 아직도 그를 뜨겁게 사랑하고 있음을 느끼고 결혼한다.

작가 특유의 치밀한 분위기 묘사와 절절한 내면 서술을 옮기지 못해 안타깝지만, 이 정도가 《제인 에어》의 대략적인 줄거리다. 나는 이 작품에서 크게 두 가지 점에 매료되었다. 일단 여주인공 제인이 굉장히 매력적이었다. 그녀는 현대의 관점에서 봐도 매우 주체적이며 강인한 내면을 지니고 있다. 작품의 배경이 되는 1800년대 초반의 영국에서 살아보지 않아서 잘은 모르겠지만 당시엔 꽤나 파격적인 캐릭터였으리라고 짐작된다. 외모나 집안 어느 것 하나 별 볼 일 없는 그녀는 상대가 아무리 자신을 억압할 수 있는 강자라고 하더라도 굴복하지 않는다. 또한 아무리 큰 시련이 닥쳐도 운명이나 타인을 탓하지 않고 내면의 힘으로 극복한다. 그런 그녀가 당시엔 매력적인 롤모델로 다가왔고, 그러다 보니 이 작품은 내게 한 소녀의 성장과 삶의 여정을 그린 '원톱 드라마'였다.

그와 동시에 이 작품은 '투톱 멜로드라마'이기도 했다. 이 작품이 담고 있는 멜로가 너무 강렬해 도무지 정신을 차릴 수 없을 정도였다. 당시 내가 보기에 그 강렬함의 핵심은 바로 에드워드 로체스터라는 남자 주인공의 캐릭터에 있었다.

그는 요즘 유행하는 말로 '나쁜 남자'다. 그는 친절한 신사와는 거리가 멀다. 괴팍하고 고집 세고 냉소적이며, 어두운 인상에다가 외모도 별로다. 그럼에도 '치명적인 성적 매력'이 있다. 작가는 이 매력을 구체적으로 설명하지 않는다. 그런데도 제인뿐 아니라 독자들까지 어김없이 감지하게 되니, 참 신기한 노릇이다. 사실 '나쁜 남자'의 핵심은 '치명적인 성적 매력'이 아니겠는가. 이 매력이 없으면 그저 별 볼 일 없고 재수 없는 '나쁜 놈'일 뿐, 절대 '나쁜 남자'의 반열에 오를 수 없다.

"나는 가끔 당신에 대해 이상한 느낌이 들 때가 있소. 특히 지금처럼 당신이 나와 가까이 있을 때 말이오. 마치 내 왼편 갈비뼈 밑 어딘가에 끈이 하나 달려 있어서, 그것이 당신의 그 조그만 몸뚱이의 오른편 갈비뼈 밑에 달려 있는 똑같은 끈과 풀리지 않게 꼭 매어져 있는 것 같은 느낌이오. 그런데 만약 저 험난한 해협과 200여 마일의 육지가 우리 사이에 가로놓이게 되면 우리들 사이를 연결시켜 놓고 있는 그 끈이 툭 끊어지고 말 것 같거든. 그러면 내 체내에서는 피가 흘러나올 것 같은 생각이 들어 견딜 수가 없단 말이오. 당신을 생각해 보면…… 당신은 나를 잊어버리고 말겠지만."

에드워드가 제인에게 처음 사랑을 고백하는 장면이다. '나쁜 남자'가 자신에게 이런 말을 하는데 과연 어떤 여자가 그를 잊어버릴 수 있을까.

그는 요즘 유행하는 말로 '나쁜 남자'다.
그는 친절한 신사와는 거리가 멀다.
괴팍하고 고집 세고 냉소적이며, 어두운 인상에다가 외모도 별로다.
그럼에도 '치명적인 성적 매력'이 있다.

이 소설이 1847년에 출간되었으니 160여 년이나 지난 작품인데도, 읽다 보면 드라마에서 쓸 수 있는 낭만적 사랑의 모든 재료와 무기가 그때 이미 다 노출된 느낌마저 든다. 제인과 에드워드의 결합엔 그것을 방해하는 아주 다양한 장애물이 있다. 둘 사이엔 신분의 격차가 있고, 스무 살의 나이 차가 있고, 게다가 남자는 어두운 과거가 있으며 급기야 신체적 장애까지 얻게 된다. 그럼에도 그 둘은 서로를 진심으로 원하고 뜨겁게 사랑한다.

"당신이 선택을 해주오, 제인. 나는 당신의 결정에 따르겠소."
"그러면, 누구보다도 당신을 사랑하는 사람을 선택하세요."
"그렇진 못하다 해도, 적어도 내가 가장 사랑하는 사람을 선택하겠소. 제인, 나와 결혼해 주겠소?"
"네."
"어디를 가든 당신이 손을 끌고 다녀야 할 가련한 소경이라도?"
"네."
"당신이 늘 시중을 들어주어야 하는 데다 당신보다 나이가 스무 살이나 위인 불구자라도?"
"네."

물론 이 소설은 두 남녀의 낭만적 사랑만을 이야기하지 않는다. 새로운 여성상을 창조한 여성주의 소설이면서, 당시에 만연했던 경직되고 편향적인 사고에 대한 비판으로도 읽을 수 있다. 하지만 분명한 건 이 소설이 러브스토리의 모든 것을 보여주고 있다는 점이다.

정말이지 160여 년 동안 로맨스 소설가와 멜로드라마 작가들은 뭘
했는지 모르겠다. 실제로 난 중학교 3학년 때 이 작품을 읽은 뒤로
이것을 넘어서지 못하는 러브스토리에는 시큰둥해졌다. 이 점이 이
작품의 부작용이라면 부작용이다.

제인 에어 _샬럿 브론테

영국 출신의 여성 소설가 샬럿 브론테가 1847년에 '커러 벨'이라는 남성 필명
으로 발표한 작품으로, 출간 당시부터 뜨거운 관심과 호응을 얻었다. 약 160년
이 지난 오늘날까지 널리 읽히고 사랑받으며 '로맨스 소설의 고전'으로 평가받
는 책이다. 영국 BBC 조사 영국인들이 가장 사랑하는 소설 100선에 뽑혔다.

모든 것을
결정짓는
한 순간

+

외딴방
_신경숙

언제부턴가 나는 심수봉이라는 가수의 목소리가 좋다. 내가 트로트
라 분류되는 장르의 노래들 특유의 정서와 창법을 싫어하는데도 그
녀의 노래는 그냥 가슴으로 들어오는 걸 느낀다. 아니, 적어도 내가
보기에 '심수봉의 노래'는 트로트라는 장르로 묶일 수 없는 것 같다.
그냥 뭐랄까, 그녀의 노래와 목소리는 하나의 독립적인 장르처럼 느
껴진다.

　소설가 김훈이 어느 글에선가 '심수봉의 목소리는 여자로 태어
난 결핍의 애절함에 의해 남자인 나 자신의 결핍을 깨닫게 만든다'는
말을 한 적이 있는데, 나는 이 알쏭달쏭한 말에 바로 공감이 되었다.

　다소 엉뚱하게 들릴 수 있겠지만, 나는 신경숙의 소설을 읽고 있
으면 간혹 심수봉의 노래를 듣는 느낌이 들 때가 있다. 심수봉 특유
의 목소리가 그러하듯 나에게 신경숙 특유의 문장은 살짝 '퇴행'의 느
낌을 준다. 그런데 그것이 적당한 선에서 알맞게 표현되어 감미롭고

따뜻하다. 또한 심수봉 노래가 트로트라기보다는 그냥 '심수봉 노래'로 느껴지는 것처럼 신경숙 소설 또한 하나의 독립된 장르 같다. 그냥 '신경숙 소설'이라는 장르로 말이다.

내가 심수봉의 노래를 좋아한다고 해서 그녀의 모든 노래를 다 좋아하는 것은 아니듯 신경숙의 소설 역시 마찬가지다. 어떤 작품은 정말 좋고, 어떤 작품은 그저 그렇다. 그녀는 1985년에 등단한 이래로 대중의 사랑을 받으며 꾸준히 많은 작품을 발표해왔는데, 그녀가 발표한 많은 작품들 가운데 내가 가장 좋아하는 것은 《외딴방》이다.

《외딴방》은 작가가 1995년에 발표한 자전적인 성장소설로, 서른둘인 '나'의 시각에서 열여섯 이후 3년여에 걸친 자신의 개인사를 다루고 있다. 일반적인 성장소설이나 자전소설과는 다르게 삶이 순차적으로 그려지지 않고, 현재의 생활과 과거의 시간이 교차되는 방식을 취하고 있다.

서른두 살의 소설가인 '나'는 산업체 특별 학급의 동급생이었던 친구에게 걸려온 전화를 계기로 지난 시절의 이야기를 쓰기로 결심한다. 농촌에서 살고 있던 열여섯의 '나'는 외사촌 언니와 함께 고향을 떠나 상경해 직업훈련원을 거쳐 한 전기제품 업체에서 일하게 되는데, 오후 5시까지는 일을 하고 저녁에는 산업체 특별 학급에서 공부를 한다. 비록 부유한 형편은 아니었지만 고향에서 큰 어려움을 모르고 자라온 주인공에게 서울이라는 거대 도시는 도시 빈민으로서의 삶을 강요하는 곳이다. 경제적 궁핍과 비좁은 방, 강도 높은 노동에다 노조와 사용자 간의 대립, 큰오빠와 셋째 오빠 사이의 갈등이 거대한 중압감으로 어린 '나'를 내리누른다. 그런데 그 시절, 여러 체험 가운데 '나'를 가장 큰 충격과 슬픔 속에 빠뜨린 것은 이웃해 살았던 동료이자 선배인 희재 언니의 죽음이다. 희재 언니는 '나'에게 그녀의 방 자물쇠를 걸어줄 것을 부탁해 '나'로 하여금 결과적으로 그녀의 자살을 도왔다는 견디기 힘든 상처를 남기고, 희재 언니의 부패한 시신을 보자마자 '나'는 외딴 방을 도망치듯 떠난다.

작품의 제목이기도 한 '외딴 방'은 작가가 열여섯 살부터 열아홉 살까지 살았던 공간이면서 그 시간 전체에 대한 기억을 상징한다. 그런데 이 외딴 방 못지않게 상징적인 공간이 바로 작가의 고향 집에 있던 우물이다.

> 발에 쇠똥을 대고 마루에 엎드려 편지를 쓰던 나, 일어서서 발을 질질 끌며 헛간으로 간다. 발바닥이 찍힌 후로 어디에 있으나 쇠스랑이 쏘아보고 있는 것 같다. 헛간 벽에 걸려 있는 쇠스랑을 끌어내린다. 쏘아보고 있는 듯한 쇠스랑을 끌고서 마당을 가로질러 우물가로 간다. 나, 망설이지도 않고 깊은 우물 속에 쇠스랑을 빠뜨린다. 물이 첨벙, 소리를 낸다. 한참 후에 우물 속을 들여다본다. 깊고 어두운 우물은 쇠스랑을 삼킨 채 곧 조용해지며 아무 일도 없었던 듯 하늘을 받아들이고 있다.

'깊고 어두운 우물'은 당시 작가의 내면이라고 할 수 있을 것이다. 어쩌면 비단 작가뿐 아니라 사람들은 누구나 자신의 내면에 크고

우리의 삶에도 어떤 '결정적인 한 순간'이 찾아왔을지 모른다.
다만 그 순간을 게으르거나 부주의해서 못 보고 지나쳤을지도 모르고,
보면서도 그 순간과 직접 마주할 용기가 없어서 애써 회피했을지도 모른다.

작은 우물과 외딴 방을 가지고 있지 않을까. 그 내면에 단단히 똬리를 틀고 있는 상처를 밖으로 꺼내놓는 건 결코 쉬운 일이 아니다. 그러기에 작가 역시 책에서 자주 멈칫거리고 힘들어한다.

하지만 아직도 상처가 딱딱해지지 않았나 보다. 나는 무엇도 극복하지 못한 것 같다. 상처가 딱딱해지기 전에 욕망이 승했던 것 같다. 그 시절에서 더 멀어지기 전에, 그래서 전혀 할 말이 없어지기 전에, 그때에 대해 뭔가 써놓고자 하는 욕망이 나 자신을 넘어가버린 것 같다. 그렇지 않고서야 내가 나 자신에게 놀랄 만큼 불안하고 창피하고 두려울 리가 있겠는가. 나 자신을 보호하려는 일념으로 타인에 대한 경계심이 이토록 승해지겠는가. 이미 딱딱해진 상처라면, 이미 극복한 일이라면, 이렇게 자꾸만 눈물이 고일 리가 있겠는가.

글을 쓰면서 시시때때로 몰려오는 두려움과 아픔을 이기고 작가는 '외딴 방'을 복원하고 '희재 언니'를 불러들이며, 그리하여 마침내 '우물 속의 쇠스랑', 내면 깊숙한 곳에 침묵하고 있던 자신의 꿈을 건져 올린다.

작가는 '저마다의 일생에는, 특히 그 일생이 동터오는 여명기에는 모든 것을 결정짓는 한 순간이 있다'는 장 그르니에의 말을 인용하면서 이야기를 시작한다. 열여섯 살의 작가가 우물 속에 쇠스랑을 빠뜨린 것이 '결정적인 한 순간'이었다면, 그 쇠스랑을 건질 방법을 알게 되는 것도 '결정적인 한 순간'에 찾아온다.

　다음 날 교무실로 나를 부른 선생님은 내게 반성문을 써오라 한다.
"하고 싶은 말 다 써서 사흘 후에 가져와봐."
반성문을 쓰기 위해 학교 앞 문방구에서 대학 노트를 한 권 산다.
지난날, 노조지부장에게 왜 외사촌과 내가 학교에 가야만 하는가
를 뭐라구뭐라구 적었듯이 이젠 선생님에게 학교 가기 싫은 이유
를 뭐라구뭐라구 적는데 어느 참에서 마음속의 이야기들이 왈칵
쏟아져나온다. 열일곱의 나, 쓴다. 내가 생각한 도시생활이란 이
런 것이 아니었으며, 내가 생각한 학교 생활도 이런 것이 아니었
다고. 나는 주산 놓기도 싫고 부기책도 싫으며 지금은 오로지 마
음 속에 남동생 생각뿐으로 다시 그곳으로 돌아가서 그애와 함께
살고 싶다고. 반성문은 노트 삼분의 일은 되게 길어진다.
반성문을 다 읽은 선생님이 말한다.
"너 소설을 써보는 게 어떻겠냐?"

　내게 떨어진 소설이라는 말. 그때 처음 들었다. 소설을 써보라
는 말.

　사실 우리의 삶에도 어떤 '결정적인 한 순간'이 찾아왔을지 모른
다. 다만 그 순간을 게으르거나 부주의해서 못 보고 지나쳤을지도 모
르고, 보면서도 그 순간과 직접 마주할 용기가 없어서 애써 회피했을
지도 모른다. 온 마음으로 응답해도 시원찮을 판에 보면서도 대충 넘

겨버렸는지 모른다. 돌이켜보면 나 또한 그런 적이 있었다. '어차피 해도 안 될 텐데 뭐', '이러면 다른 사람들이 날 어떻게 생각하겠어', '원래 그런 건데 나보고 어쩌라고' 등등의 이유를 붙여 나 자신을 합리화하면서. 이제부터는 그렇게 살고 싶지 않다.

외딴방 _신경숙

· 신경숙이 1995년에 발표한 자전적 성장소설로, 그녀는 책의 첫머리에서 "이 글은 사실도 픽션도 아닌 그 중간쯤의 글이 될 것 같은 예감이다"라고 밝히면서 이야기를 시작한다. 과거의 상처를 글쓰기를 통해 극복해가는 과정을 작가 특유의 섬세한 문체로 그려내고 있다.

조각난 삶을
이어 붙이는
유일한 접착제

+

죽음의 수용소에서
_빅터 프랭클

내가 어렸을 적 아버지에게 들은 이야기다. 아버지도 어디서 듣고 해주신 이야기인데 내용은 대략 이러하다. 베트남 전쟁 때 우리나라 군인이 수색 작업 중에 지뢰를 밟는 사고를 당했고, 목숨은 간신히 건졌으나 팔다리가 모두 절단되는 중상을 입었다. 그 군인에겐 각별히 친한 전우가 있었는데, 그 전우 역시 엄청난 충격과 슬픔에 빠졌다. 그는 문병을 가면서 너무나 마음이 무거웠다. '그 친구에게 뭐라고 위로를 해줘야 하나, 팔다리가 모두 잘린 사람한테 위로를 한다는 것 자체가 도대체 무슨 의미가 있을까, 죽여달라고 발작이라도 하면 그 광경을 어떻게 보나.' 뭐 이런 생각으로 발걸음이 떨어지지 않았다고 한다. 그런데…… 병상에 있던 그 군인이 친구를 보자마자 던진 첫 마디는 바로 이거였다고 한다.

"야…… 나 하마터면 죽을 뻔했어!"

당시 며칠 동안 이 이야기가 머릿속에서 떠나지 않았던 걸 보면 어린 나에게도 그 이미지가 꽤나 강렬했던 모양이다. 물론 삶이 뭐고 죽음이 뭔지에 대해 깊게 생각해본 적도 없고 생각해볼 능력도 없었지만, 사람의 목숨은 굉장히 엄숙하고 무거운 것이라는 깨달음은 얻었던 것 같다.

'죽음보다 못한 삶'이라는 말이 있다. 사람은 누구나 살면서 참기 힘든 고통에 맞닥뜨릴 가능성이 있다. 그것은 추위와 굶주림 같은 육체적 고통일 수도 있고, 모멸감과 배신감과 상실감 같은 정신적 고통일 수도 있고, 더 나아가 생존 자체를 위협하는 공포일 수도 있다. 《죽음의 수용소에서》는 오스트리아 출신의 유대인 정신과 의사인 빅터 프랭클이 제2차 세계대전 중 나치에게 붙잡혀 아우슈비츠 강제수용소에서 겪었던 일을 기록한 책이다. 강제수용소는 그야말로 모든 고통을 집합해놓은 곳이다. 살인적인 강제 노동에 시달리면서 극심한 굶주림과 추위에 떨어야 하는 곳이며, 죽음보다 더한 모멸감을 수시로 느껴야 하는 곳이며, 사람 목숨이 파리 목숨처럼 취급되는 공포의 공간이다. 수시로 가족과 친구들이 가스실로 가는 모습을 맨 정신으로 목도해야 하는 곳이며, 자신을 비롯한 인간들의 밑바닥을 지켜볼 수밖에 없는 곳이다. 남은 것이라곤 오로지 혹사당하는 자신의 몸뚱이 하나뿐인 상태에서 사람들은 공포와 자기혐오를 거쳐 결국엔 무감각의 나락으로 떨어진다. 저자인 빅터 프랭클 역시 수용소에서 이 모든 걸 온몸으로 겪어낸다. 그는 그곳에서 살아남은 극소수의 생존자들 가운데 한 사람이었지만 그의 어머니와 아버지, 형제, 아내는 모두 그곳에서 죽음을 맞아야 했다.

이쯤 되면 책 전체가 어두운 분위기일 거라고 추측하기 쉽다. 하

지만 놀랍게도 책을 읽다 보면 몇몇 장면에서 예상치 못한 아름다움
과 맞닥뜨리는 감동을 받게 된다.

자기 '구역'을 벗어나서는 안 된다는 엄격한 규칙이 있음에도 불
구하고 나보다 몇 주 먼저 이곳에 들어온 동료 한 사람이 몰래 내
막사로 숨어 들어왔다. 그는 우리를 진정시키고 안심시키려고 몇
가지 말을 해주었다. 몸이 너무 말라 있어서 우리는 처음에 그를
알아보지 못했다. 하지만 그는 익살스러우면서도 저돌적인 말투
로 우리에게 몇 가지 정보를 알려 주었다. (중략)
"가능하면 매일같이 면도를 하게. 유리 조각으로 면도를 해야 하
는 한이 있더라도. 그것 때문에 마지막 남은 빵을 포기해야 하더
라도 말일세. 그러면 더 젊어 보일 거야. 뺨을 문지르는 것도 혈
색이 좋아 보이게 하는 한 가지 방법이지. 자네들이 살아남기를
바란다면 단 한 가지 방법밖에는 없어. 일할 능력이 있는 것처럼
보이는 거야."
(중략)
어느 날 저녁이었다. 죽도록 피곤한 몸으로 막사 바닥에 앉아서
수프 그릇을 들고 있는 우리에게 동료 한 사람이 달려왔다. 그리
고는 점호장으로 가서 해가 지는 멋진 풍경을 보라는 것이었다.
밖에 나가서 우리는 서쪽에 빛나고 있는 구름과, 짙은 청색에서
핏빛으로 끊임없이 색과 모양이 변하는 구름으로 살아 숨쉬는 하
늘을 바라보았다. 진흙 바닥에 패인 웅덩이에 비친 하늘의 빛나
는 풍경이 잿빛으로 지어진 우리의 초라한 임시 막사와 날카로운

대조를 이루고 있었다. 감동으로 인해 잠시 침묵이 흐른 뒤, 누군
가가 이렇게 말했다.

"세상이 이렇게 아름다울 수도 있다니!"

이 부분을 읽는데 어렸을 적 들은 그 군인 이야기가 갑자기 떠
오르면서 왈칵 눈물이 쏟아졌다. 인간이란 언제 죽을지 모르는 상황
에서도 매일 면도를 하고, 아름다운 것을 보면 감탄하는 존재인 것
이다. 절망의 끝에서 만나는 희망이란 얼마나 잔인하면서 눈부신 것
인가.

세상의 모든 고통과 죽음은 철저히 개별적이다. 그러니 그 누구
도 타인의 고통과 죽음에 대해 함부로 말할 자격이 없다. 설령 그 죽
음이 자살이라 할지라도. 흔히 사람들은 누군가 자살을 하면 그 이유
를 궁금해하고, 각종 매체는 이 호기심을 확대 재생산하느라 바쁘다.
하지만 우리는 그 반대의 경우를 더욱 알고 싶어 해야 하지 않을까.
내가 이 《죽음의 수용소에서》처럼 흔히 죽음보다 못하다고 여겨지는
극한 상황에서 생존한 사람들이 남긴 기록을 찾아서 읽는 이유는, 죽
음에 대한 단순한 공포 말고도 그들로 하여금 자살하지 않게 만든 그
무엇이 있을 거라 생각하기 때문이다.

이에 대해 저자는 이렇게 대답한다. '절망이 오히려 자살을 보류
하게 만든다'고.

수용소에 있던 사람 중에서 잠깐 동안이라도 자살에 대해 생각해

보지 않은 사람은 거의 없다고 해도 과언이 아니다. 희망을 가질
수 없는 상황과 시시각각 다가오는 죽음의 공포, 그리고 다른 사
람의 죽음을 보고 나에게도 죽음이 임박했다고 생각하면서 겪는
고통이 자살을 생각하게 했다.

나중에 얘기하겠지만 나는 개인적인 신념을 가지고 수용소에 도
착한 날 밤에 앞으로 절대로 '철조망에 몸을 던지는' 짓은 하지
않겠다고 굳게 다짐했다. '철조망에 몸을 던진다'는 말은 고압 전
류가 흐르는 철조망에 몸을 댄다는 뜻으로 당시 수용소에서 가장
일반적으로 행해지던 자살 방법을 이야기하는 관용구로 쓰였다.
우리에게는 이런 결심을 하는 것이 전혀 어려운 일이 아니었다.
수용소에서 자살은 아무것도 아닌 일이었다. 왜냐하면 아무리 객
관적으로 계산을 하고, 모든 기회를 감안해 보아도 보통 수감자
들이 살아나갈 가능성이 아주 희박했기 때문이다. 아무런 보장도
없이 자기가 수많은 선별의 관문을 무사히 통과해 살아남는 극소
수의 사람 중에서 하나가 될 것이라고 기대할 수는 없었다.
아우슈비츠의 수감자들은 첫번째 단계에서 충격을 받은 나머지
죽음을 두려워하지 않게 되었다. 그리고 며칠이 지나면 가스실조
차도 더 이상 두렵지 않게 된다. 오히려 가스실이 있다는 사실이
사람들로 하여금 자살을 보류하게 만들었다.

흔히 절망을 죽음에 이르는 병이라고 하지만, 저자는 사람을 스
스로 죽게 만드는 것은 절망이 아닌 '무의미'라고 말한다. 삶이 조각
조각 깨져 더 이상 가망이 없어 보일 때조차 자신이 살아야 하는 '의

미'를 부여잡고 있는 사람은 산다는 것이다. 한마디로 '왜why 살아야하는지를 아는 사람은 그 어떤how 상황도 견뎌낼 수 있다'는 것이다. 다만 여기서 중요한 점은 그 의미가 '주어지는' 것이 아니라 '찾아내고 만들어내야' 하는 것이라는 사실이다. 흔히 사람들은 자신이 사는이유가 자신도 모르게 주어질 것이고, 주어져야 한다고 믿지만 그 믿음은 어디까지나 착각일 뿐이다. 인간에겐 자신이 살아갈 이유, 즉삶의 의미를 스스로 찾아야 할 책임이 있다.

정말 중요한 것은 우리가 삶으로부터 무엇을 기대하는가가 아니라 삶이 우리로부터 무엇을 기대하는가 하는 것이라는 사실을, 삶의 의미에 대해 질문을 던지는 것을 중단하고, 대신 삶으로부터 질문을 받고 있는 우리 자신에 대해 매일 매시간마다 생각해야 할 필요가 있었다. 그리고 그에 대한 대답은 말이나 명상이아니라 올바른 행동과 올바른 태도에서 찾아야 했다. 인생이란궁극적으로 이런 질문에 대한 올바른 해답을 찾고, 개개인 앞에 놓여진 과제를 수행해 나가기 위한 책임을 떠맡는 것을 의미한다.

실제로 수용소의 포로처럼 모든 자유를 빼앗긴 인간에게 무엇이남을 수 있었을까. 때로는 하루하루 생존에 몸부림치는 한 인간으로, 때로는 다른 이들을 조용히 관찰하고 그들에게 조언을 해주는 정신과 의사로 수용소의 삶을 견딘 저자는 단 하나의 자유는 분명 남아있었다고 말한다. 그것은 바로 어떤 마음과 태도를 가질 것인지를 선

택하는 자유였다. 오직 이 자유에서만 처절할 정도로 희미하고 가느
다란 희망인 삶의 의미가 나왔던 것이다. 조각난 삶을 이어 붙이는
유일한 접착제인 그것이.

죽음의 수용소에서 _빅터 프랭클

빅터 프랭클은 1905년 오스트리아 빈에서 태어났으며, 빈 대학에서 의학박
사와 철학박사 학위를 받았다. 이 책은 저자가 유태인이라는 이유로 3년 동
안 나치의 강제수용소에서 겪은 일을 담은 것이다. 그는 이 책을 통해 인간이
란 가장 절망적인 상황 속에서도 삶이 주는 의미와 책임을 잃지 않는다면 살
수 있는 강인하고 존엄한 존재임을 보여준다.

바닥을
딛고
일어서기

+

한 말씀만 하소서
_박완서

인간이 바다을 두려워하는 이유 가운데 하나는 자신의 진짜 얼굴을 보게 되기 때문이다. 어떤 사람이 선한 이유는 단지 그 사람이 한 번도 악해질 기회가 없었기 때문일 수도 있다. 내 컨디션이 쾌적하고 뭔가 기분 좋은 일이 있을 때, 내 뜻대로 모든 것이 잘 풀려갈 때 다른 이에게 잘해주는 것이 무에 어렵겠는가. 그때 발휘되는 친절과 관용은 수양의 결과가 아니라 본능에 가까운 것이기에. 하다못해 갓난아기도 제 기분이 좋으면 방긋방긋 웃어서 보는 이의 마음을 무장해제 시키니 말이다. 그러니 한 사람의 진짜 모습은 그가 바닥에 있을 때 나온다는 게 인간이라는 존재에 대한 냉정하지만 정확한 인식일 것이다.

작고한 소설가 박완서 선생은 1988년 서울올림픽을 두 달여 앞둔 어느 날 순식간에 바닥으로 추락해버렸다. 교통사고로 외아들을 잃은 것이다. 게다가 그 아들은 딸 넷을 내리 낳은 끝에 얻은 자식이었고, 모든 이들의 부러움을 사는 조건(서울대 의대 졸업 후 레지던트 과정 중이었음)이었으며, 겨우 스물다섯 살의 건장한 청년이었다. 그런 아들을 하루아침에 잃어야 했던 어미의 심정을 말로 다 표현하기란 불가능하지 않겠는가. 그건 말을 넘어서는 고통과 슬픔이기에.

《한 말씀만 하소서》는 그 고통과 슬픔을 기록한 글이다. 당시 몸도 가누기 힘든 상태였던 작가를 큰딸이 부산에 있는 자신의 집으로 모셔 가게 되는데, 사위와 손주들까지 있는 집인지라 맘대로 울 수가 없었던 작가는 통곡하는 대신 글을 쓴다. '수시로 짐승처럼 치받치는 통곡을 고스란히 참기가 너무 힘들어 통곡 대신 미친 듯이 끄적거린 게 이 글입니다'라는 작가의 말은 읽는 이로 하여금 그 절망과 분노의 심연이 지닌 까마득한 어둠을 잠시나마 보게 해준다.

내가 교만의 대가로 이렇듯 비참해지고 고통 받는 것은 당연하다고 치자. 그럼 내 아들은 뭔가. 창창한 나이에 죽임을 당하는 건 가장 잔인한 최악의 벌이거늘 그 애가 무슨 죄가 있다고 그런 벌을 받는단 말인가. 이 에미에게 죽음보다 무서운 벌을 주는 데 이용하려고 그 아이를 그토록 준수하고 사랑 깊은 아이로 점지하셨더란 말인가. 하느님이란 그럴 수도 있는 분인가. 사랑 그 자체란 하느님이 그것밖에 안 되는 분이라니. 차라리 없는 게 낫다. 아니 없는 것과 마찬가지다. 다시금 맹렬한 포악이 치밀었다. 신은 죽여도 죽여도 가장 큰 문젯거리로 되살아난다. 사생결단 죽이고 또 죽여 골백번 고쳐 죽여도 아직 다 죽일 여지가 남아 있는 신,

증오의 최대의 극치인 살의殺意, 나의 살의를 위해서도 당신은 있어야 돼. 암 있어야 하구말구.

여기에 무슨 말을 더 보탤 수 있겠는가. 그저 먹먹하고 망연해질 뿐이다. 게다가 1988년은 서울올림픽으로 온 나라가 축제 분위기에 휩싸여 있었다. 작가는 '내 아들이 죽었는데도 기차가 달리고 계절이 바뀌고 아이들이 유치원 가려고 버스를 기다리고 있는 것까지는 참아줬지만 88올림픽이 여전히 열리리라는 건 도저히 참을 수 없을 것 같다'고 절규한다.

이 책이 내게 특별하게 다가온 데는 한 사건이 있었다. 2004년 여름, 나는 37주 된 첫아이를 태아돌연사(말 그대로 이유를 모르는 채)로 사산했다. 그 일이 있은 뒤로 3주 정도를 매일 밤 무시무시한 두통과 끔찍한 악몽에 시달렸다. '사람이 죽는 방식이 이렇게 다양할 수 있구나'를 악몽 덕분에 자연스레 알게 되었다고나 할까. 그런 와중에 몇 년 전에 읽었던 이 책이 생각나 펼쳤는데, 거기에 내가 십자가를 한 번씩 노려보며 '나한테 왜 이런 일이 생겼는지, 어디 한 말씀만 해보시지요'라며 마음속으로 중얼거렸던 질문에 대한 답이 있었다.

그러니까 내가 신의 부당함을 항의하고 내가 억울하다고 주장할 수 있는 유일한 근거는 나는 그닥 죄가 없다는 것이었다. 내가 죄가 있다면 어디 말해보시지 하는 신에 대한 일종의 시험이었다.

십자가 밑에서 밤새도록 몸부림치며 구해도 얻어낼 수 없었던 응답이 하필 변기 앞에 무릎 꿇고 앉았을 때 들려올 게 뭐였을까? 그때 계시처럼 떠오른 나의 죄는 이러했다.

나는 남에게 뭘 준 적이 없었다. 물질도 사랑도. 내가 아낌없이 물질과 사랑을 나눈 범위는 가족과 친척 중의 극히 일부와 소수의 친구에 국한돼 있었다. 그 밖에 이웃이라 부를 수 있는 타인에게 나는 철저하게 무관심했다. 위선으로 사랑한 척한 적조차 없었다. 물론 남을 해친 적도 없다고 여기고 있었다. 모르고 잘못한 적은 있을지도 모르지만 의식하고 남에게 악을 행한 적이 없다는 자신감이 내가 신에게도 겁먹지 않고 당당하게 대들 수 있는 유일한 도덕적 근거였다. 주지도 않고 받지도 않는, 타인에 대한 철저한 무관심이야말로 크나큰 죄라는 것을, 그리하여 그 벌로 나누어도 나누어도 다함이 없는 태산 같은 고통을 받았음을, 나는 명료하게 깨달았다.

나는 자신의 성공이나 행운을 신이 자신에게 주는 선물, 또는 신이 자신의 영광을 드러내는 것이라고 간주(착각)하는 사람을 좋아하지 않는다. 마찬가지로 자신의 실패나 불행을 신이 자신에게 내리는 벌이라고 여기는 데도 동의하지 않는다. 신과 인간의 관계는 그런 원초적인 수준의 기복 신앙의 틀로는 절대 이해할 수 없는 것이라고 생각한다. 그럼에도 막상 그런 일을 겪으니 당장 '내가 무슨 잘못을 했다고 이런 일이 생긴 것인가'라는 의문이 들어 괴로웠던 것이다. 지금의 나는 그 일이 어떤 잘못에 대한 벌이라고 생각하지 않는다. 다

만 그 일은 작가가 그랬던 것처럼 나에게 '명료한 깨달음'을 주는 사
건이었다.

충격에서 어느 정도 벗어난 뒤에 난 내가 왜 이렇게 참담한지를
곰곰 생각해보았다. 난 내가 괴로운 이유가 죽은 아기 때문이라고 생
각했다. 하지만 아니었다. 나 자신 때문이었다. 나에게 한 번도 안겨
보지 못한 채 죽은 아기가 불쌍한 것이 아니라 그 아기를 한 번도 안
아보지 못한 나 자신이 그저 불쌍할 뿐이었다. 그리고 불쌍한 나 자
신을 다른 사람들이 불쌍하게 보는 것이 너무 끔찍할 뿐이었다. 나는
그런 상황에서도 누군가에게 동정의 대상이 된다는 것이 정말이지
자존심 상해서 견딜 수 없는 그런 인간이었다. 교만과 허영으로 가득
찬 이기주의자. 이것이 밑바닥에 던져졌을 때 드러난 진짜 나 자신의
모습이었던 것이다.

얼마 후에 작가는 미국에 있는 막내딸 집에 가게 되는데, 거기
서 한동안은 비교적 평화롭고 홀가분한 시간을 보낸다. 그런데 차츰
'절박한 외로움'을 느끼고, 그 참을 수 없는 게 바로 '말 못 알아들
음'이라는 걸 깨달아 서둘러 귀국한다.

그리고 드디어 사방에서 들리느니 내 나라 말만 들리는 고장으로
돌아왔다. 내 나라 말은 바로 내가 놀던 익숙한 물이었다. 공항의
아우성, 엄마, 할머니 하는 아이들의 외침, 그런 소리들이 어우러
진 우리말만의 독특한 가락에 나는 깊은 안도감을 느꼈다. 땅에
입맞추는 대신 나는 그 가락을 깊이깊이 심호흡했다.

그리고 몇 달 후 나는 조금씩 다시 글쓰기를 시작할 수가 있었다. 새로운 소설도 썼고, 중단했던 장편 연재도 다시 시작해 마무리를 지었다. 이국에서 경험한 우리말에 대한 그리움은 곧 글을 쓰고 싶은 욕구의 다른 표현이었을 뿐임도 이제는 알게 되었다. 다시 글을 쓰게 됐다는 것은 내가 내 아들이 없는 세상이지만 다시 사랑하게 되었다는 증거와 다르지 않다는 것도 안다. 내 아들이 없는 세상도 사랑할 수가 있다니, 부끄럽지만 구태여 숨기지는 않겠다.

물론 글을 쓴다고 해서 불행이 완전히 '극복'될 수는 없을 것이다. 단, 글쓰기가 주는 성찰과 위로를 통해 불행을 견딜 수 있는 힘을 조금이나마 얻을 수 있다는 것이 중요하지 않을까. '고통스러운 감정은 우리가 그것을 명확하고 확실하게 묘사하는 바로 그 순간에 고통이기를 멈춘다'고 스피노자는 말했다. 참척의 고통을 안고 23년을 살았던 어머니의 심정이 어떠했을지 감히 다 알 수는 없겠지만, 그녀가 바닥을 딛고 일어서서 생의 마지막까지 글쓰기를 포기하지 않았다는 사실이 새삼 감사하고 다행스럽게 느껴진다.

바닥까지 가본 사람들은 말한다
결국 바닥은 보이지 않는다고
바닥은 보이지 않지만
그냥 바닥까지 걸어가는 것이라고
바닥까지 걸어가야만

다시 돌아올 수 있다고

바닥을 딛고

굳세게 일어선 사람들도 말한다

더이상 바닥에 발이 닿지 않는다고

발이 닿지 않아도

그냥 바닥을 딛고 일어서는 것이라고

바닥의 바닥까지 갔다가

돌아온 사람들도 말한다

더이상 바닥은 없다고

바닥은 없기 때문에 있는 것이라고

보이지 않기 때문에 보이는 것이라고

그냥 딛고 일어서는 것이라고

- 정호승, 〈바닥에 대하여〉

한 말씀만 하소서 _박완서

소설가 박완서가 가톨릭 잡지 〈생활성서〉에 1년간 연재했던 글을 묶은 책으로, 참척이 가져다 준 참혹한 슬픔에서 몸부림치는 작가의 내면과 절망의 밑바닥에서 삶과 신의 진정한 의미를 만나는 감동적인 과정이 일기형식으로 서술되어 있다.

주인공
따윈
필요 없어!

+

지도 밖으로 행군하라
_한비야

얼마 전 극장에서 영화 시작을 기다리며 광고들을 보고 있는데, 성형외과 광고가 나왔다. 이제 잡지뿐 아니라 영화관에서까지 이런 광고를 봐야 하나 싶어 살짝 짜증이 나는 와중에 다음과 같은 광고 카피가 눈과 귀를 자극했다.

　'조연이던 그녀, 이제는 주연'

　아무리 '내 인생의 주인공은 나야'라고 외쳐본들 그건 나 혼자만의 착각인 시대에 살고 있음을 단적으로 보여주는 말이다. 주연으로 살려면 최소한 남들보다 예뻐야 하는 것이다. 비단 외모만이 아니다. 남들이 부러워하는 학교를 나오고 직장을 다녀야 그나마 주연으로 살아갈 희망이 생긴다. 안 그러면 꼼짝없이 조연이나 단역의 삶을 살게 된다.

　그러다 보니 이 시대를 살아가는 사람들은 얼마 되지도 않는 주연 자리를 차지하기 위해 혈안이 되어 있다. 흡사 이미 만들어진 드라마 판에서 서로 주인공이 되기 위해 아웅다웅 안달복달하는 배우들처럼 말이다.

그렇지만 간혹 이런 사람들이 있다. 주인공 자리에 관심 자체가 없는, 급기야는 그 만들어진 드라마 판에서 나와 자기만의 드라마를 아예 새로 써버리는 사람들. 주연이나 조연이나 단역으로 살지 않고 바로 작가로 살아가는 사람들.

한비야는 작가다. 단지 글을 쓰는 작가가 아닌 자기만의 인생 드라마를 주체적으로 쓰는 작가 말이다. 《지도 밖으로 행군하라》는 그녀가 여행가에서 긴급구호 요원으로 변신한 뒤 세계 곳곳의 긴급구호 현장을 누빈 경험의 기록이다.

사실 이 책은 여러모로 놀라운 책이다. 일단 100만 부 넘게 팔렸다는 사실 자체가 놀랍다. 아무리 봐도 많이 팔리기 힘든 성격의 책이기 때문이다. 이 책은 '이렇게 하면 성공한다'는 자기계발서도 아니고, 돈을 버는 데 도움이 되는 재테크 서적도 아니며, 하다못해 미용이나 다이어트에 관한 책도 아니다. 그렇다고 순간이나마 마음에 위안을 주는 힐링용 책도 아니고, 흥미진진하고 감동적인 줄거리의 소설도 아니다.

앞서 말했듯 이 책의 내용은 '긴급구호'에 관한 것이다. 긴급구호란 무엇인가. '생명의 위협을 받고 있는 사람들을 신속히 살려내고 하루빨리 일상으로 돌아갈 수 있도록 돕는 일'이다. 그래서 이 책을 읽다 보면 어쩔 수 없이 밀려드는 슬픔이나 분노와 정면으로 마주해야 한다. 굶주림과 전쟁과 가뭄과 질병과 천재지변 등으로 하루하루 비참함과 공포 속에서 살아야 하는 사람들이 이렇게나 많음을 새삼 확인하게 된다. 너무나 배가 고픈 나머지 먹으면 눈이 멀게 되는 독초를 먹는, 곳곳에 묻힌 지뢰를 밟아 팔다리가 절단된, 모자감염으로 태어나자마자 에이즈에 걸린, 약이 없어 설사 같은 시시한 병으로 죽어가는 아이들의 이야기가 이 책 속엔 있다.

지구 이쪽 편은 '음식물 쓰레기'가 넘쳐나는데, 지구 저쪽 편은 사흘에 한 끼니도 먹을까 말까 한 사람들이 있는 진실 앞에 한없이 불편해진다. 그런데 한비야는 이 고통스럽고 기가 막힌 이야기를 그녀 특유의 필력으로 기어이 끝까지 읽게 만든다. 바로 한비야가 지닌 힘인 것이다.

간혹 글깨나 읽고 쓴다고 자부하는 사람들 가운데 그녀 특유의 문체에 반감을 가진 이들이 있지만 난 그녀의 글에서 숨 쉬고 있는 건강함이 좋다. 일단 초등학교 고학년 정도면 무리 없이 읽을 수 있을 정도로 술술 읽힌다. 그녀의 글을 읽노라면 '읽기엔 쉬운 글이 쓰기엔 어렵다'는 헤밍웨이의 말이 떠오른다. 글을 쉽게 쓰는 것이 얼마나 어려운 일인지 써본 사람은 안다. 안타깝게도 자신이 쓴 글이 객관적으로 어느 정도의 가독성이 있는지도 판단하지 못하는 사람들이 너무 많아서 문제지만.

사실 난 매사에 의심이 많은 인간이다. 어디까지나 '건전한 회의 정신'이라며 우겨보기도 하지만 의심하다가 종종 중요한 실천을 놓치는 한심한 실수를 범하기도 한다. 그녀는 몇몇 대목에서 이런 내 마음을 미리 엿보기나 한 듯이 다음과 같이 말한다.

현장으로 떠나기 얼마 전에 받은 이메일에서 누군가가 그랬다. 당신들이 목숨 바쳐 일한들, 아프가니스탄에서 고통 받는 사람 전체 중 얼마를 돌볼 수 있느냐, 잘 해봐야 10만 분의 1도 구제 하지 못하는 것 아니냐고. 맞는 말이다. 나도 그런 생각이 들면 맥이 빠진다. 그럴 때마다 나는 이 이야기를 되새긴다.
바닷가에 사는 한 어부가 아침마다 해변으로 밀려온 불가사리를 바다로 던져 살려주었다.
"그 수많은 불가사리 중 겨우 몇 마리를 살린다고 뭐가 달라지겠소?"
동네 사람의 물음에 어부는 대답했다.
"그 불가사리로서는 하나밖에 없는 목숨을 건진 거죠."
이것이 내 마음이다. 그리고 전 세계 긴급구호 요원의 마음이기도 할 것이다.
(중략)
"우리나라에도 도울 사람이 많은데 왜 외국까지 도와야 하나요?"
이 일을 하면서 가장 많이 받는 질문이다. 물론 우리나라에도 도울 사람들이 있다. 그리고 누구보다 먼저 제 나라 아이를 돌보는 것은 너무나 마땅한 일이다. 하지만 한번 생각해보자. 40년 넘게 우리를 도왔던 외국에는 도움이 필요한 사람이 단 한 명도 없었을까. 더구나 우리가 돌보고자 하는 이들은 그야말로 벼랑 끝에 선 채로 삶과 죽음을 동시에 기다리는 사람들이다. 해당 정부

가 돌봐야겠지만 대부분의 정부는 지금 당장 그럴 능력이 전혀
없다.

게다가 우리는 똑같은 처지에 있었던 사람들이다. 그때 다른 사
람들로부터 전폭적인 지원을 받은 경험도 있다. 그리고 세상은
그것을 잘 기억하고 있다. 하지만 나는 개인적으로 '은혜의 빚'이
라는 부채감과 의무감으로 그들을 돕는 것은 참 슬픈 일이라고
생각한다. 남을 도울 때에는 기껍고 즐거운 마음이었으면 좋겠다.
성경에도 이런 말이 있다. '네가 가진 것을 다 팔아 구제하고, 네
가 남을 위해 불 속에 뛰어든다 하더라도 사랑이 없으면 아무것
도 아니다'라고.

나도 작년에 이 책을 몇 년 만에 다시 읽고 나서 에티오피아에
사는 한 남자 아이를 후원하게 되었다. 내 아이보다 약 20일 먼저 태
어난 아이인데, 그 아이 사진을 잘 보이는 곳에 붙여놓고 있다. 어디
다 내놓기도 부끄러운 미미한 실천이지만 혹여나 이 사진을 보고 우
리 집에 오는 사람들 가운데 한 명이라도 후원에 참여하기를 바라는
마음에서 말이다.

자기가 가진 능력과 가능성을 힘 있는 자에게 보태며 달콤하게
살다가 자연사할 것인지, 그것을 힘없는 자와 나누며 세상의 불
공평, 기회의 불평등과 맞서 싸우다 장렬히 전사할 것인지. 혹은
평생 새장 속에 살면서 안전과 먹이를 담보로 날 수 있는 능력을
스스로 포기할 것인지, 새장 밖의 위험을 감수하면서 가지고 있

는 능력의 최대치를 발휘하며 창공으로 비상할 것인지.

나는 지금 두 번째 삶에 온통 마음이 끌려 있다. 누군가는 말할 것이다. 하고 싶은 일을 하려고 해도 현실은 다르지 않느냐고. 물론 다르다. 그러니 선택이랄 수밖에. 난 적어도 세상 많은 사람들에게 새장 밖은 불확실하여 위험하고 비현실적이며 백전백패의 모호함뿐이라는 말은 사실이 아니라는 것을 알려 주고 싶다. 새장 밖의 삶을 살고 있는 한 사람으로서 새장 밖의 충만한 행복에 대해 말해 주고 싶다. 새장 안에서는 도저히 느낄 수 없는, 이 견딜 수 없는 뜨거움을 고스란히 전해 주고 싶다. 제발 단 한 번만이라도 자신의 가슴을 뛰게 하는 일이 무엇인지 진지하게 생각해 보라고 권하고 싶다.

오늘도 나에게 묻고 또 묻는다.

무엇이 나를 움직이는가? 가벼운 바람에도 성난 불꽃처럼 타오르는 내 열정의 정체는 무엇인가? 소진하고 소진했을지라도 마지막 남은 에너지를 기꺼이 쏟고 싶은 그 일은 무엇인가?

한비야가 던지는 숨 가쁘고 뜨거운 물음 앞에서 나를 돌아본다. 난 지금 어디에 있는가. 새장 안은 갑갑하고 새장 밖은 두려워 어정쩡하게 새장의 문고리나 잡고 있지 않은가. 그리고 새삼 깨닫는다. 세상엔 새장 속의 새들만 있는 게 아니라고. 주인공 배역을 따고 싶어 쉴 새 없이 다른 사람들을 곁눈질하며 노심초사하는 사람들만 있는 게 아니라고. 지도 안의 세계에만 갇혀 땅따먹기에 집중하는 사람들만 있는 게 아니라고. 새장 밖으로 나와 새로운 드라마를 쓰며 아예

'지도 밖으로 행군' 해버리는 사람들도 있다고. 그리고 그 사람들이
행군하는 길이 수많은 다른 사람을 살릴 수 있다고.

지도 밖으로 행군하라 _한비야

여행가이자 《바람의 딸, 걸어서 지구 세 바퀴 반》, 《바람의 딸, 우리 땅에
서다》 등을 쓴 베스트셀러 작가인 한비야가 긴급구호 전문가로 변신해서 쓴
책이다. 그녀는 이 책에서 기아와 분쟁으로 고통 받고 있는 지역에서 활동한
경험을 바탕으로 세계시민으로서의 책임감과 나눔의 삶이 지금 이 시대를 살
고 있는 사람들에게 얼마나 중요한 가치인지를 알려준다.

맨 먼저 자신을 존경하는 것부터 시작하라.
아무것도 하지 않은 자신을, 아직 아무런 실적도 이루지 못한 자신을
인간으로서 존경하는 것이다.

– 프리드리히 니체, 《권력에의 의지》 중에서

자존심이 아닌 자존감

+

PART 2

사랑을
위한
첫 번째 미션

+

젊은 시인에게 보내는 편지
_라이너 마리아 릴케

고등학생 시절, 나로 하여금 하기 싫은 자율학습을 참고 하게 만든 가장 강력한 동기는 '대학은 반드시 서울로 가야 한다'는 절체절명의 목표였다. 당시엔 내 일상이 이토록 재미없고 너절한 결정적 이유가 내가 살고 있는 동네가 너무나 좁고 지루하기 때문이라고 생각했다. 물론 좀 웃기는 생각이긴 하지만 대한민국처럼 오로지 한 도시에 모든 것이 집중되어 있는 나라에서는 어쩔 수 없는 일이기도 했다. 매일 학교에서 열다섯 시간을 견뎌야 하는 지방의 고등학생에게 '서울공화국'의 폐단에 대한 문제의식을 지니고 자신이 사는 곳에 대한 자부심을 가지라고 말하는 것은 더 웃기는 일이므로.

여하튼 나는 서울공화국에서 살아가는 평범한 고등학생답게 오로지 '서울에 있는 좋은 대학'을 가기 위해 공부했다. 별 볼 일 없는 학교면 혹시나 부모님이 안 보내줄 수도 있으니 최대한 그럴듯한 학교에 가야 했다.

다행히도 난 목표를 달성했다. 서울 입성에 성공한 것이다. 그런데 이를 어쩌나. 한 달 정도 그 거대함과 화려함과 새로움에 취해 이리저리 몰려다니느라 정신없다가 다시 심심해지기 시작했다. 어리둥절함과 감탄이 지속되는 시간은 원래 짧은 법이고 일상의 핵심은 반복에 있으니 당연한 결과였다. 심심함을 지나니 허무함이 엄습해왔다. '그래, 꿈에 그리던 대학생이 되었어. 그래서 뭘 어쩌라고!'

가장 큰 문제는 이런 고민을 진지하게 나누고 조언을 받을 만한 사람이 주변에 없었다는 사실이었다. '어쩐지 마음이 통할 것처럼 보이는 친구들'을 새로 사귀긴 했지만 그들 역시 나와 별반 다르지 않았던지라 푸념 수준에서 벗어나는 대화를 기대하긴 힘들었다. 선배들은 이런저런 조언을 해주었지만 안타깝게도 별로 믿음이 가지 않았다. 솔직히 말하면 학교 한두 해 더 다닌 걸 밑천 삼아 세상을 다 아는 포즈를 취하는 게 유치해 보이기까지 했다(그러면서도 나 역시 그다음 해엔 그 선배들 흉내를 내고 돌아다녔다).

그 시절 결국 내가 찾아낸 도피처는 학교 도서관이었다. 강의는 정 내키지 않으면 들어가지 않았다(특히 비 오는 날이면 이 '강의 들어가기 싫은 병'이 도졌다). 대학에 가면 좀 다른 수업이 기다릴 것 같았는데 그것도 아니었던 것이다. 그런데 도서관이라는 공간은 달랐다. 그곳은 내가 일찍이 보지 못한 '신세계'였다(세상에, 이 많은 책을 공짜로 읽을 수 있다니!).

릴케의 《젊은 시인에게 보내는 편지》는 그 와중에 만난 책이다. 얇고 낡아빠진 외양으로 서가 한구석에 '고독하고 수줍게' 꽂혀 있던

이 책의 첫 장을 여는 순간부터 난 감정이입의 폭풍 속에 빠져버렸
다. 이 책은 1903년부터 1908년까지 만 5년 동안 문학과 관련하여
자신의 고민을 물어온 프란츠 카푸스라는 문학 지망생에게 릴케가
답장으로 보낸 총 열 통의 편지를 묶은 것으로, 편지의 수신인은 카
푸스였지만 그의 자리에 나를 올려놓고 읽은 건 지극히 자연스러운
일이었다. 아무리 사는 시대와 사는 곳이 다르고 성별이 다르다 해도
스무 살짜리의 고민이란 결국 비슷한 구석이 있으니까.

> 사랑하는 것 역시 훌륭한 일입니다. 왜냐하면 사랑은 어려우니까
> 요. 사람과 사람 사이의 사랑, 그것은 우리에게 부과된 과제 중에
> 서 가장 힘든 과제인지도 모릅니다. 그것은 우리가 해야 할 최후
> 의 과제이며 궁극적인 시험이자 시련입니다. 그리고 사랑은 작업
> 입니다. 다른 모든 작업은 사랑이라는 작업을 위한 준비과정에
> 지나지 않습니다. 바로 이러한 이유 때문에 모든 면에서 초심자
> 인 젊은이들은 아직 제대로 사랑을 할 수 없습니다. 즉 그들은 사
> 랑을 배워야만 합니다. 그들의 전全 존재를 다하여, 그들의 고독
> 하고 소심하면서도 높은 곳을 향해 박동질치는 심장의 근처로 모
> 인 모든 힘을 쏟아 그들은 사랑하는 법을 배워야 합니다.
> 그러나 무언가를 배우는 기간은 언제나 기나긴 밀폐의 시간입니
> 다. 그렇기 때문에 사랑은 오랫동안 인생 속으로 깊이 몰입하는
> 고독입니다. 다시 말해 사랑이란 자신을 사랑하는 사람을 위한
> 강도 높고도 심오한 고독인 것입니다. 무엇보다 사랑하는 것은
> 전혀 융합이나 헌신 그리고 상대방과 하나가 되는 것을 뜻하지

않습니다. (아직 순화되지 않은 존재, 마무리되지 않은 존재, 아직 독립하지 못한 존재끼리의 합일이 도대체 무엇이겠습니까?) 사랑은 개인이 성숙하기 위한, 자기 안에서 무엇이 되기 위한, 하나의 세계가 되기 위한, 즉 상대방을 위해 자체로서 하나의 세계가 되기 위한 숭고한 동기입니다.

릴케는 편지 곳곳에서 고민하는 젊음에게 외부 세계를 피상적으로 보느라 에너지를 낭비하는 대신 자신의 내면을 응시하라고 강조한다. 사랑의 첫 번째 미션은 다른 누군가를 찾는 일이 아니라 먼저 나 자신을 제대로 지켜내는 일임을, 나 자신이 보다 완전한 인간이 되기 위해 최선의 노력을 다하는 일임을, 그리하여 사랑이란 '두 개의 고독이 서로를 보호해주고 서로의 경계를 그어놓고 서로에게 인사를 하는' 것임을 그는 이야기한다.

그 당시 나는 왜 그렇게 외롭고 심심했는가. 그것은 내 눈이 오로지 외부를 향해 있었기 때문이다. 내가 진짜로 원하는 것은 무엇인지, 내가 지금 욕망하는 것이 진짜 내 것인지, 혹시 다른 사람의 욕망을 욕망하는 것은 아닌지 진지하게 고민하지 않았고, 고민하는 법도 몰랐다. 그러니 툭하면 나 자신이 아닌 타인에게 쉽게 기대를 품었다가 금방 실망했던 것이다.
무엇보다 습관적인 '비교'가 문제였다. 다른 사람과의 비교란 결국 마음을 지옥으로 가게 하는 급행열차임을 그땐 몰랐다. 비교해서 좌절하고 비교해서 안도하는 짓을 거듭하는 동안 자존감은 정작 설

사랑의 첫 번째 미션은 다른 누군가를 찾는 일이 아니라
먼저 나 자신을 제대로 지켜내는 일임을,
나 자신이 보다 완전한 인간이 되기 위해 최선의 노력을 다하는 일임을,
그리하여 사랑이란 '두 개의 고독이 서로를 보호해주고
서로의 경계를 그어놓고 서로에게 인사를 하는' 것임을 그는 이야기한다.

곳이 없었던 것이다.

거의 누구에게나 고독을 버리고 아무하고나 값싼 유대감을 맺고
싶고, 마주치는 첫 번째 사람, 전혀 사귈 가치조차 없는 사람과도
자신의 마음을 헐고 하나가 된 듯한 느낌에 빠지고 싶을 때가 있
습니다…
그러나 그때가 바로 고독이 자라나는 시간입니다. 왜냐하면 고독
의 성장은 소년들의 성장처럼 고통스러우며 막 시작되는 봄처럼
슬프기 때문입니다. 그러나 여기에 현혹되지 마십시오. 꼭 필요
한 것은 다만 이것, 고독, 즉 위대한 내면의 고독뿐입니다. 자신
의 내면으로 걸어 들어가 몇 시간이고 아무도 만나지 않는 것, 바
로 이런 상태에 이를 수 있도록 노력해야 합니다. (중략)
당신의 가슴 가장 깊은 곳에서 벌어지는 일들은 당신의 모든 사랑
을 받을 만한 가치가 있는 것들입니다. 당신은 어떻게든 계속해서
그 일에만 관심을 쏟아야 합니다. 그리고 사람들에게 당신의 입장
을 해명하느라고 지나치게 많은 시간과 용기를 잃어서는 안 됩니
다. 도대체 당신에게 그러한 입장이라는 게 있기나 한가요?

카푸스가 릴케에게 보낸 편지는 책에 실려 있지 않아 확인할 수
없지만, 릴케의 답장으로 미루어보건대 그는 대시인에게 자신의 처
지를 어지간히도 징징거렸던 모양이다. 카푸스가 릴케의 편지들에서
위로를 받았던 것처럼 대학 1학년의 나에게 이 편지들은 분명 위로
가 되었다. 하지만 그 위로는 요즘 범람하고 있는, '모든 게 다 잘될

거야' 같은 달콤하지만 무책임한 싸구려 위로가 아니었다. 오히려 나
의 변변치 않은 내면을 꿰뚫어보고 책망하는 느낌을 주는 그의 말들
이 내게는 더욱 절실한 위로로 다가왔다.

그는 결핍된 자존감을 다른 누군가와의 유대를 통해 채우려는
시도가 얼마나 위험한 것인지, 입장이란 게 있지도 않은 주제에 남을
이겨먹으려는 행동이 얼마나 유치한 짓인지, 내가 누구인지에 대한
고민도 제대로 하지 않고 무턱대고 무리 속으로 끼어들려는 욕망이
얼마나 허망한 것인지 나에게 조곤조곤 이야기해주었다. 무엇보다 그
는 누군가를 제대로 사랑하려면 먼저 나 자신을 있는 그대로 받아들
이고 정직하게 바라보아야 한다는 것을 알려주었다.

멘토, 멘티, 멘토링이라는 말이 어느 순간부터 일상용어가 되고,
텔레비전 예능 프로그램에서도 멘토들이 출몰하는, 가히 멘토의 홍
수 시대다. 당시 난 멘토라는 말은 알지도 못하고 그걸 구할 생각도
못했지만, 나보다 101년 먼저 태어난 독일 시인은 시간과 공간의 낙
차를 뛰어넘어 그렇게 다가왔다.

젊은 시인에게 보내는 편지 _라이너 마리아 릴케

20세기 최고 시인 중 한 명으로 손꼽히는 독일 시인 라이너 마리아 릴케가
문학청년 프란츠 카푸스에게 보낸 열통의 편지를 묶은 책이다. 편지에서
드러나는 릴케는 선배 시인으로서 교훈적인 가르침을 주는 조언자인 동시에
자신의 문학에 대해 진솔하게 고백하는 친구이기도 하다.

'쓸모'로부터의
탈출

＋

나를 만나는 스무 살 철학
_ 김보일

얼마 전 친구랑 한 대학교 앞을 지나가는데 점심시간이라 그랬는지 꽤 많은 학생들이 한꺼번에 쏟아져 나왔다. 우리는 신호 대기 중인 차 안에서 눈부신 햇빛을 받으며 깔깔거리는 학생들을 멍하니 쳐다보았다. 친구는 말했다. "야, 좋을 때다. 저 때로 돌아갈 수 있으면 얼마나 좋을까. 너는 안 그래?" 나는 바로 대답했다. "아니, 전혀 돌아가고 싶지 않아!"

내 대답은 괜한 자기 위안이 아니라 진심이었다. 내가 스무 살 무렵으로 돌아가고 싶지 않은 이유는 그때의 나 자신이 별로 마음에 들지 않기 때문이다. 아무것도 안 찍어 발라도 봐줄 만했던 피부와 이틀 밤을 새워도 생활이 가능했던 체력만큼은 그립지만 내면이 지금보다 훨씬 불안정하고 꼬여 있었다. 순수했다고 볼 수도 있지만 사실 순수와 무지의 경계는 매우 희미한 법이다.

가진 건 오로지 가능성 하나였다. 하지만 과연 이 가능성이 축

복의 선물이기만 한 것인가. 가능성은 말 그대로 '잠재'된 것, 겉으로 드러나지 않은 채 숨어 있는 것이다. 언제 어떻게 현실화될지, 정녕 현실화되기는 하는 것인지 알 수 없다. 그러니 답답하고 불안할 수밖에. 가능성은 젊음에게 주어진 유일한 무기인 동시에 가혹한 형벌일 수 있다.

내가 중학교 3학년 때 배웠던 국어 교과서에는 〈청춘예찬〉이라는 수필이 실려 있었다. 선생님은 이 글의 문장이 역대 최고라고 주장했다. 침을 튀기면서 이 글이 얼마나 아름다운지 역설하는 것에서 그치지 않고 급기야 이 글을 통째로 외우게 했다.

> 청춘! 이는 듣기만 하여도 가슴이 설레는 말이다. 청춘! 너의 두 손을 대고 물방아 같은 심장의 고동을 들어 보라. 청춘의 피는 끓는다. 끓는 피에 뛰노는 심장은 거선巨船의 기관같이 힘 있다. 이것이다. 인류의 역사를 꾸며 내려온 동력은 꼭 이것이다. 이성은 투명하되 얼음과 같으며, 지혜는 날카로우나 갑 속에 든 칼이다. 청춘의 끓는 피가 아니라면 인간이 얼마나 쓸쓸하랴? 얼음에 싸인 만물은 죽음이 있을 뿐이다.
>
> — 민태원, 〈청춘예찬〉 중에서

외우라고 하니 외우긴 했지만 도통 이해도 공감도 되지 않는 글이었다. 중학교 3학년짜리가 봐도 이 글은 전반적으로 '오버'였다. 표현이 필요 이상으로 과하다는 것 말고도 왜 청춘이 이성이나 지혜보

다 우월한지 이해가 되지 않았다. 이성과 지혜를 갖추지 못한 청춘들
이 저지르는 한심한 행태는 교실 안에서 실시간으로 끝없이 볼 수 있
었는데 말이다.

　내가 어떻게 느꼈든 이 글은 여러 번 교육 과정이 바뀌었음에도
교과서의 한 부분을 차지하며 살아남았다. 어쨌든 이 글이 많은 이들
(비록 교과서를 만드는 사람들로 한정하더라도)에게 감동을 주고 공감을
샀다는 의미일 것이다.

　그런데 '지금 이 땅'에서 청춘은 무엇인가. 이제 아무도 청춘을
'예찬'하지 않는다. 간혹 다분히 윤색되고 미화된 '청춘의 기억'을 예
찬하는 목소리만 있을 뿐이다. 대신 '아프니까 청춘'이란다. 서점에
가보면 20대를 겨냥한 책은 대략 두 가지로 분류된다. 그들을 '위로'
하는 책, 아니면 그들에게 돈 많이 벌라고 '닦달'하는 책.

　고등학교 현직 교사인 김보일이 쓴 《나를 만나는 스무 살 철학》
은 이 두 가지 가운데 하나로 분류되는 책이 아니다. 저자는 '철학'
으로 '혼돈과 불안의 길목을 지나는 20대'를 '카운슬링'한다. 세상에,
다른 것도 아니고 철학이라니! 당장 취업을 위해 학점 따고 토익 점
수 올리고 이력서에 한 줄이라도 더 써 넣을 자격증 따며 알바까지
하느라 피곤하고, 어찌어찌해서 천신만고 끝에 직장에 들어가도 태
반이 비정규직이라 고용은 불안하고, 그나마 받는 쥐꼬리만 한 급여
로 학자금 대출 갚느라 죽을 맛인 청춘들에게 철학이라니. 생뚱맞고
비실용적이라고 느낄 수 있다.

내 열정에 물꼬를 터 주어 내 열정이 잘 흘러갈 수 있도록 길을 내주는 것, 나는 그것이 철학이라고 생각한다. 이성으로서 열정을 간섭하고 억압하는 것이 아니라, 열정을 더욱 열정답게 해 주는 아름다운 이성적 질서, 그것이 철학이라고 생각한다. 제대로 화를 내기 위해서도 공부와 내공은 필요하다. 분노를 분노답게 해 주고, 갈증을 더욱 갈증답게 해 주는 공부와 내공이야말로 철학의 힘이다. 굳이 칸트나 헤겔, 프로이트나 융의 난해한 구절을 들먹이지 않더라도 나를 설득할 수 있는 이성적 질서, 나는 그것을 철학이라고 생각한다.

지독한 회의주의 철학이라 할지라도 결국 철학은 삶을 사랑하게 만든다. 삶을 사랑한다는 것은 성공을 사랑하는 것과는 다르다. 나의 규칙으로 타인의 규칙을 압도하는 경쟁의 원칙이 만드는 삶이 아니라, 나와 타인의 다름을 겸허히 인정하고 공존의 원칙을 모색하는 삶에 눈뜨게 한다. 오늘날의 스무 살은 경쟁이 강요하는 삶 속에서 피곤하고 삭막하기 이를 데 없다. 그 곤고한 삶에 또 하나의 경쟁 이데올로기를 더하고 싶지는 않다.

  서문의 일부다. 이 책은 서문에서 밝힌 바대로 그 '이성적 질서'가 얼마나 '아름다운'지를 보여준다. 〈청춘예찬〉이라는 글에서는 '얼음'과 같고 '갑 속에 든 칼'일 뿐이라고 했던 이성과 지혜가 이 시대 청춘들에게 얼마나 절실하게 필요한지를 알려준다. 곳곳에서 수많은 철학자와 문학가들의 이름이 난무하지만 놀라울 정도로 쉽고 친절한 서술도 이 책의 큰 미덕이다.

인간은 어떤 정해진 쓸모의 존재가 아니라 가능성의 존재다.
반드시 '뭐가 되기 위해' 태어난 존재가 아니라
수많은 선택 앞에서 충분히 번민하고 방황할 수 있는 존재다.

이 책을 읽다 보면 철학이 결코 현실과는 동떨어진 생뚱맞은 것이 아니라는 것을, 당장 써먹는 차원의 실용이 아닌 보다 높은 차원의 실용과 연결된다는 것을 자연스럽게 깨닫게 된다. 20대의 자아와 불안, 선택과 고독, 욕망과 행복, 성공과 사랑 등 이야기하고 있는 범위도 넓은 편인데, 그중에서 나에게 가장 깊은 공감으로 다가왔던 부분을 인용한다.

사르트르는 '실존이 본질보다 앞선다'라는 명제로 그의 실존철학을 정의했다. 우리의 눈앞에 물병이 하나 놓여 있다고 하자. 이 물병은 눈앞에 실제로 존재한다. 가상으로 혹은 관념으로 존재하지 않고 눈앞에 구체적으로 존재한다. 이렇게 실제로 존재하는 것, 그것이 실존existence이다.

그러나 이 물병은 존재하기 전에 제작자에 의해 고안되고 구상되었을 것이다. 제작자는 물병을 고안하고 구상할 때 아무렇게나 다짜고짜 만든 것이 아니라 어떤 일정한 목적의식을 가지고 만들었을 것이다. 그 물병의 쓰임새와 본질에 대해서 분명한 의식을 가지고서 말이다. 실존주의의 철학적 언어로 말한다면 사물은 존재하기 이전에 이미 본질을 가지고 있었다고 할 수 있다.

(중략)

그러나 사람은 본질이 존재에 앞선다고 할 수 없다. 사람에게는 이래야 한다, 저래야 한다, 하는 본질이 없다. 미리 어떤 정해진 본질, 정해진 용도를 충족시키기 위해 사람이 설계되고 제작된 것은 아니란 말이다. 인간의 경우에는 실존이 본질에 앞선다. 중

요한 것은 내가 여기에 존재한다는 사실이고, 나의 본질은 어디
에도 없으니, 다시 말해서 나의 본질은 나의 선택으로 만들어 가
는 것이다.

　대학 시절, '국문과'에 다닌다고 하면 어떤 사람들은 '굶는 과'에
다녀서 어떡하냐면서 걱정을 해주거나 비아냥댔다. 그럴수록 나는
'굶지 않는 과'를 복수 전공이라도 해야 하나, 뭐 이런 기특한 생각
을 하는 대신 국문과보다 한층 더 심란해(?) 보이는 철학과 강좌를
신청해서 들었다. 왜 그랬는지 모르겠으나 그땐 철학이 그렇게 재밌
을 수가 없었다. 특히 3학년 때 만난 실존주의 철학에 깊이 빠져서
전공 공부보다 더 열을 올렸던 기억이 난다. '실존은 본질에 앞선다'
는 한 줄의 명제가 당시 나에겐 카프카의 표현을 빌리자면 '내 안의
얼어붙은 바다를 부수는 도끼' 같았던 것이다.

　돌이켜보면 나에겐 사르트르의 말에 깊이 빠져들 싹수(?)가 어
렸을 때부터 있었던 것 같다. 초등학교 6학년 때 교장선생님이 새로
부임했는데 오자마자 기존의 교훈을 폐기하고 새로운 교훈을 지어
교실과 교문을 비롯한 학교 곳곳에 잘 보이도록 붙이는 대대적인 행
사를 벌였다. 그 교훈은 이른바 '쓸모 있는 사람이 되자'였다. 교장선
생님은 이 정도로도 만족을 못하셨는지 운동장 조회 때마다 전교생
들에게 일제히 이 교훈을 복창하게 하고, 급기야 이것을 제목으로 '글
짓기 대회'까지 열었다(아! 정말이지 이따위 '글짓기 대회'는 하루빨리 교
육의 장에서 사라져야 한다는 게 예나 지금이나 변함없는 내 생각이다).

원고지를 채워 넣기 전 내 머릿속을 맴도는 생각은 대충 이러했다. '나는 이 교훈이 싫다, 읽을 때마다 내가 무슨 망치나 못처럼 당장 쓸모는 있으나 뭔가 하찮은 것이 되는 느낌이다, 도대체 이 쓸모는 무슨 쓸모를 말하는 걸까, 무엇이 쓸모 있고 무엇이 쓸모가 없는지는 과연 누가 정하는 걸까, 난 남에게 피해를 주지 않는다면 쓸모 있는 사람보다는 자유롭고 행복한 사람이 되고 싶다.' (물론 나는 이러한 생각을 절대 글로 옮기지는 않았다. '자기 검열'이 나도 모르게 내면화된 5공화국 시대였고, 생각나는 대로 솔직히 쓰면 내가 매우 피곤해지리라는 것도 모를 정도로 순진하지는 않았으니까.)

말하자면 당시의 나는 나름대로 실존주의적 고민을 하는 초등학생이었던 셈인데, 사실 우리는 모두 나름의 철학적 고민을 하면서 살아가고 있다. 다만 그 고민을 명확한 언어로 정리하지 못할 뿐.

사르트르의 말대로 인간은 어떤 정해진 쓸모의 존재가 아니라 가능성의 존재다. 반드시 '뭐가 되기 위해' 태어난 존재가 아니라 수많은 선택 앞에서 충분히 번민하고 방황할 수 있는 존재다. 20대는 이 가능성으로 가득한, 어쩌면 이 가능성이 전부인 시기이기에 혼란스럽고 불안하다. 앞서 말한 대로 이 가능성은 선물이면서 형벌이다. 그렇지만 이는 청춘이 감내할 수밖에 없는 것이다. 가능성이 주는 불안과 혼란은 타인의 위로로 없어지지 않는다. 그렇다고 '성공'을 향해 전력으로 질주한다고 해결되지도 않는다. 자칫하면 나중에 더 큰 공허함과 무기력으로 힘들어질 수 있다.

그렇다면 어찌할 것인가. 이 책의 저자는 자신에 대한 진지한 응시와 성찰이 그 해답이라고 말한다. 그리고 철학은 거기에 이르는 하나의 아름다운 오솔길임을 보여준다.

　지난해 책을 한 권 내면서 새삼 느낀 것은 책을 쓰는 일이 연애와 비슷하다는 점이었다. 책을 읽게 될 사람들을 조금이라도 사랑하지 않으면 글을 쓰기 힘들다는 점, 그리고 마지막 장까지 그들을 붙잡아두고 싶은 열망에 어쩔 수 없이 사로잡힌다는 점에서 말이다. 읽다 보면 특히나 그 사랑과 열망이 강하게 느껴지는 책들이 있는데, 이 책을 읽으면서 저자가 한때 자신의 제자들이기도 했을 20대를 얼마나 절절이 사랑하는지가 보였다.
　이 책은 안타깝게도 내가 교사를 그만둔 뒤에 출간되었다. 교사였던 시절 나는 졸업을 앞둔 고등학교 3학년생들에게 이런저런 어쭙잖은 말을 들려주곤 했다. 그때 만약 이 책이 있었다면 난 그들에게 긴말하지 않고 이 책을 꼭 읽어보라고 권했을 것이다.

나를 만나는 스무 살 철학 _김보일

고등학교에서 국어와 논술을 가르치고 있는 저자가 다양한 영화와 책들을 넘나들며 스무 살에게 필요한 철학을 이야기하고 있는 책이다. '혼돈과 불안의 길목을 지나는 20대를 위한 철학 카운슬링'이라는 부제를 달고 있는 이 책에서 저자는 이 땅의 20대에게 철학이 삶의 유용한 도구임을 알려준다.

알면
좀
덜 무섭다

+

불안
_알랭 드 보통

간혹 어린 시절을 그 어떠한 근심 걱정도 없는, 오로지 행복하기만 했던 시간으로 묘사하는 글을 읽을 때면 도무지 공감이 되지 않는 것은 물론이고 살짝 거부감마저 올라온다. 내 경험을 돌이켜봐도 그렇고, 상식적인 차원에서 생각해도 그렇고, 아무래도 진실이 아닌 것 같기 때문이다. 물론 실체적 진실이 어떠하든 간에 그렇게 느끼는 '감정적 진실'도 진실이라고 우긴다면 할 말은 없겠지만 말이다.

어린 시절 나는 마냥 행복하지는 않았다. 그렇다고 마냥 불행하지도 않았다. 그때도 지금과 마찬가지로 나름의 고민거리가 있었고, 슬픔과 분노를 느끼는 대상이 있었으며, 때때로 알 수 없는 불안에 사로잡히기도 했다. 어린아이라고 해서 어른이 느끼는 감정을 느끼지 못하는 건 절대 아니다. 비록 그 감정들의 근거가 시간이 지나서 생각해보면 사소한 것들이라 해도 말이다.

돌이켜보면 어린 시절의 나를 불안에 사로잡히게 한 대표적인 원인은 학교에서 보는 시험이었다. 정확히 말하면 그 시험으로 받게 되는 성적이었다. 그렇다고 해서 나의 부모님이 성적을 기준으로 무슨 구체적인 처벌을 했느냐 하면 그건 아니었다. 그럼에도 난 성적이 나올 때마다 심한 불안을 느꼈는데, 그것은 '내가 지금 받는 사랑이 없어질지 모른다'는 일종의 조바심이었다.

알랭 드 보통의 《불안》은 현대인이 겪는 불안의 원인과 그 해법에 관해 이야기한 책이다. 불안이라고 하면 생존 자체에 대한 불안부터 특정 대상에 대한 불안까지 의미의 폭이 매우 넓은 개념이지만, 이 책에서 이야기하는 것은 다름 아닌 '지위로 인한 불안'이다. 저자는 이를 다음과 같이 정의한다.

사회에서 제시한 성공의 이상에 부응하지 못할 위험에 처했으며, 그 결과 존엄을 잃고 존중을 받지 못할지도 모른다는 걱정. 현재 사회의 사다리에서 너무 낮은 단을 차지하고 있거나 현재보다 낮은 단으로 떨어질 것 같다는 걱정. 이런 걱정은 매우 독성이 강해 생활의 광범위한 영역의 기능이 마비될 수 있다.

(중략)

우리가 사다리에서 차지하는 위치에 그렇게 관심을 가지는 것은 다른 사람들이 우리를 어떻게 보느냐가 우리의 자아상自我像을 결정하기 때문이다. 예외적인 사람들(소크라테스나 예수)은 다르겠지만, 세상이 자신을 존중한다는 사실을 확인하지 못하면 스스로도 자신을 용납하지 못한다.

저자는 이러한 불안을 야기하는 원인으로 다섯 가지를 제시한다.
사랑결핍, 속물근성, 기대, 능력주의, 불확실성.

> 어떤 동기 때문에 높은 지위를 구하려고 달려드는가? 이 점에 대
> 해서는 몇 가지 일반적인 가정이 있는데, 그 가운데도 돈, 명성,
> 영향력에 대한 갈망이 주로 손에 꼽힌다.
> 아니, 정치적 이론에서는 거의 사용되지 않는 단어로 우리가 바
> 라는 것을 요약하는 편이 나을지도 모르겠다. 사랑. 먹을 것과 잘
> 곳이 확보된 뒤에도 사회적 위계에서 더 높은 곳으로 올라가기를
> 바라는 것은 그곳에서 물질이나 권력보다는 사랑을 더 많이 받을
> 수 있기 때문인지도 모른다. 돈, 명성, 영향력은 그 자체로 목적
> 이라기보다는 사랑의 상징으로서 - 그리고 사랑을 얻을 수 있는
> 수단으로서 - 더 중시되는 것인지도 모른다.

　저자가 불안의 첫 번째 원인으로 제시한 '사랑결핍' 장의 첫 단
락인 이 대목에서부터 나는 이 책에 격렬하게 공감할 수밖에 없었다.
　어린 시절 나를 책상 앞에 앉힌 것은 학구열이 아니라 사랑받고
싶은 열망이었다. 그리고 하나 더 보태자면 어린 내 눈에도 지극히
속물적 공간으로 보인 학교에서 무시받고 싶지 않다는, 더 나아가 내
말이 선생님들과 친구들에게 먹히게 하고 싶다는 일종의 권력욕이었
다. 그런 상태다 보니 성적에 따라 내 내면은 수시로 우월감과 열등
감이 어지럽게 교차했다.
　어디선가 자신감이 '나의 잘난 면을 자랑스러워하는 것'이라면

자존감은 '나의 못난 면도 기꺼이 수용하는 것'이라고 간명하게 정리한 글을 읽고 공감한 적이 있다. 자신감은 열등감의 반대가 아니다. 그 둘은 마치 동전의 앞뒷면처럼 한 몸으로 붙어 있다. 자신감은 언제든지 열등감으로 돌변할 수 있는 것이다. 열등감의 반대는 자신이 있는 그대로 사랑받을 만한 가치가 있는 소중한 존재라고 믿는 마음인 자존감이다. 그 시절 나는 자신감은 오락가락한 상태에서 자존감은 매우 낮았던 것이다.

'불안은 영혼을 잠식한다'는 말이 있지만 불안이야말로 자존감을 잠식한다는 사실을 나는 어린 시절 몸소 체험했다. 흥미로운 건 자존감이 바닥을 칠수록 쓸데없는 자존심은 하늘을 찔렀다는 사실이다. 타인의 대수롭지 않은 평가에 필요 이상으로 반응해 걸핏하면 '자존심이 상해버리는' 사람의 내면은 실제로 자존감의 반대인 열등감으로 가득 차 있을 확률이 높다는 걸 나는 경험으로 자연스레 알게 되었다.

가난이 낮은 지위에 대한 전래의 물질적 형벌이라면, 무시와 외면은 속물적인 세상이 중요한 상징을 갖추지 못한 사람들에게 내리는 감정적 형벌이다.

절대적 빈곤 상태에서 인간은 누구나 생존의 공포를 느낀다. 그런데 절대적 빈곤 상태가 아닌, 즉 굶어 죽을 가능성은 없는 상황에서도 지금 이 시대를 사는 우리는 끊임없이 불안하다. 저자의 표현을 빌리자면, 이 사회가 내리는 '감정적 형벌' 때문에. 이런 상황에서 개

자신감은 열등감의 반대가 아니다.
그 둘은 마치 동전의 앞뒷면처럼 한 몸으로 붙어 있다.
자신감은 언제든지 열등감으로 돌변할 수 있는 것이다.
열등감의 반대는 자신이 있는 그대로 사랑받을 만한 가치가 있는
소중한 존재라고 믿는 마음인 자존감이다.

인이 자존감을 유지하는 것은 결코 쉬운 일이 아니다.

불안이 자존감을 잠식한 채 무럭무럭 자라는 것이라면, 그 불안을 만들어내는 것은 무엇인가. 다름 아닌 욕망이다. 이 책에 나오는 표현대로라면 '불안은 욕망의 하녀'인 것이다. 중요한 건 이 욕망이 정확히 누구의 욕망인가 하는 점이다. 흔히 사람들은 자신의 욕망이 자신 안에서 생겨난 것인 줄 안다. 과연 그럴까.

여고 교사였을 때, 진로 상담을 하다 보면 '선생님이 되고 싶다'고 말하는 아이들이 무척 많았다. 워낙 고용 불안의 사회인지라 교사가 비교적 안정적 직업으로 인식되어 있는데다가, 아직 고등학생이다 보니 이 세상에 존재하는 수많은 직업에 대해 다양하게 알지 못하기에 자신들에게 익숙한 직업을 소망하는 것이라고 볼 수도 있다. 하지만 그 비율이 너무 높다는 게 이상했다. 그렇다고 그 아이들이 교사라는 직업에 특별한 호감을 갖거나 교육에 대해 사명감 같은 걸 갖고 있지도 않았는데 말이다. 이유는 간단했다. 사실 그 욕망은 아이들 부모의 욕망이었던 것이다. 말하자면 그 아이들은 부모의 욕망을 욕망했던 것이다.

그런데 또 따지고 보면 그 욕망이 온전히 그 부모의 욕망인 것만도 아니다. 왜 부모는 자신의 딸이 교사가 되길 원하는가. '여자 직업으로는 선생이 최고'라는 사회적 통념을 받아들였기 때문이다. 그 통념이 과연 사실에 부합하는지 여부보다는 넓게는 이 사회의 구성원, 좁게는 자신의 주변 친구와 이웃들이 이 통념을 받아들이고 있다는 것이 중요한 것이다. 그러니 부모의 욕망은 따지고 보면 자신의 친구와 이웃들의 욕망인 셈이고, 많은 아이들이 그 모방된 욕망을 또 모방하느라 불안해하고 열등감을 느끼는 것이다.

언젠가 공포 영화를 여러 편 만든 영화감독의 인터뷰를 읽었는데, 그는 정작 공포 영화를 무서워서 보지 못한다는 말을 했다. 그런데 자신이 만든 영화는 속속들이 알고 있기에 무섭지 않다는 것이다. 이 책을 읽는데 문득 그 감독의 말이 떠올랐다. 저자가 제시한 다섯 가지 불안의 원인을 읽어나가면서 신기하게도 내가 가지고 있던 불안이 좀 덜어지는 듯한 느낌을 받았던 것이다. 아직 '해법'은 읽기도 전이었는데 말이다.

무서움과 마찬가지로 우리가 불안한 이유의 상당 부분은 내가 왜 불안한지, 이 불안을 야기한 욕망이 어디에서 기인한 것인지 모르기 때문일 수 있다. 물론 그것을 아는 것만으로 불안이 사라질 수는 없겠지만 적어도 불안 자체에 압도당해 질식하는 사태는 막을 수 있을 것이다.

저자는 불안의 해법 또한 다섯 가지로 제시한다. 철학, 예술, 정치, 기독교, 보헤미아. 그중에서 나에게 가장 흥미롭게 다가온 것은 예술이다.

소설가는 사회에서 사람들을 바라보는 표준 렌즈, 즉 부와 권력을 크게 확대해 보여주는 렌즈를 인격의 특질을 확대해 보여주는 도덕적 렌즈로 바꾼다.

도덕적 렌즈로 보면 높고 강한 사람은 작아지며, 잊혀져 뒤로 물러나 있던 인물이 오히려 크게 보일 수 있다. 소설의 세계에서 덕의 움직임은 물질적 부와 아무런 관계가 없다. 부자이고 품행이 단정하다고 해서 곧바로 좋은 사람이 되는 것도 아니고, 가난하고 교육을 받지 못했다고 해서 곧바로 나쁜 사람이 되는 것도 아니다.

(중략)

그러나 오스틴은 설교사처럼 퉁명스럽게 진정한 위계의 개념을 설파하지 않는다. 그녀는 위대한 소설가 특유의 기예와 유머로 우리가 진정한 위계에 공감하고 그 반대의 위계에 혐오감을 느끼도록 이끈다. 그녀는 자신이 우선적이라고 생각하는 것이 중요한 이유를 말하는 것이 아니라, 어서 나머지를 읽기 위해 저녁을 후딱 먹어치울 만큼 마음을 사로잡는 재미있는 이야기의 맥락 안에서 그 이유를 보여준다.

돌이켜보면 자존감이 수시로 곤두박질치는 상황에서 나를 구원해준 것은 시와 소설이었고 음악이었으며 영화였다. 그 이유만으로도 나는 그 작품들의 창조주에게 감사의 절이라도 하고 싶다. 게다가 저자의 말대로 그 작품들을 만들어낸 사람들은 꼰대마냥 나를 큰 소리로 가르치려 들지 않았다. 다만 특유의 '부드러운 날카로움'으로 슬며시 보여주면서 가만히 속삭여줄 뿐이었다. 어떤 삶이 진정 가치 있는 삶이며 어떤 사람이 진짜 좋은 사람인지를. 아무리 지위가 높고 돈이 많아도 욕망의 하녀, 불안의 포로로 사는 삶이란 결국 초라할 수밖에 없음을.

중요한 것은 우리가 어떤 무작위 집단에게 어떻게 보이느냐가 아
니라, 우리가 우리 자신에 대해 무엇을 알고 있느냐 하는 것이다.

불안 _알랭 드 보통

'현대인은 왜 이렇게 끊임없이 불안해하는가'에 대한 알랭 드 보통 특유의
날카로우면서도 개성적인 분석이 돋보이는 책이다. 다소 무거운 주제를 쉬운
언어와 재기발랄한 문체로 풀어내는 작가의 능력이 잘 드러나 있다.

친화력보다
고독력!

+

기타노 다케시의 생각노트
_기타노 다케시

기타노 다케시는 세계적인 영화감독이자 일본 최고의 코미디언이며 방송인이다. 워낙 그의 글을 좋아하다 보니 국내에 번역된 그의 책은 다 읽어보았지만 정작 그가 만든 영화나 그가 출연한 방송은 단 한 번도 보지 못했다. 특별한 이유는 없고 어쩌다 보니 그렇게 되었는데, 그의 글을 읽다 보면 그의 영화나 코미디가 어떨지 대충 감이 온다. 일단 매우 스피디하면서 군더더기가 없을 것 같다. 가끔은 잔혹하고 처절하고 엉뚱해서 좀 불편해지게 만들다가도 특유의 유머러스한 독설에 웃지 않을 수 없게 만드는, 복잡하고 모순적이며 기묘한 감정을 선사할 것 같다.

《생각노트》는 제목 그대로 기타노 다케시가 자신의 생각을 풀어낸 책이다. 언뜻 가볍고 경쾌하고 대충대충 말하는 것처럼 느껴지지만 다루고 있는 주제는 생사, 교육, 관계, 예법, 영화 등의 다섯 가지 문제로 범위가 꽤 방대하다. 또한 거침없는 독설과 위악적인 포즈(상당히 국수주의적이고 가부장적인 마초의 포즈)로 무장하고 있는 듯 보이지만, 그 독설과 포즈 속엔 사실 인간에 대한 따뜻한 진심이 들어 있음을 느끼게 된다.

　다섯 가지 문제에 대한 그의 생각과 표현 방식이 모두 흥미롭고 독특하지만, 나에게 가장 인상적이었던 부분은 교육 문제를 바라보는 그의 시선이었다.

　왕따를 당해 자살하는 아이들이 있다는 이야기를 종종 듣는다.
　왕따가 어쩌고저쩌고 이야기하기 전에, 진짜 문제는 왕따를 당하면 살 수 없다고 생각하는 어린이가 늘어났다는 것이다. 아이들은 학교에서 같은 반 친구들의 무리에 속하고 속하지 못하고의 문제를 죽고 사는 것보다 중요하게 느낀다는 이야기다.
　어떤 어른도 아이들에게 '사람은 친구 따위 없어도 살아갈 수 있다'고는 말해주지 않는다.
　현대사회에서는 개인과 개성을 중요시한다고 말은 하면서도, 현실에서는 정반대의 일이 일어나고 있다. 실제로는 개인이 사회 속에 빠져 있으며, 개인의 생명은 사회라는 거대한 기계에 조립된 하나의 부품이 되어버렸다. 더욱이 새로 교체할 부품은 얼마든지 있다. 그렇기 때문에 오히려 개인주의니 하는 말이 나온 게 아닐까. 개인의 자유를 극단적으로 제한하는 전쟁 상황에서 오히려 개인을 더 의식할 수 있었다.
　전쟁이 끝나자 사람들은 자유의 몸이 되었다.
　하지만 자유가 된 개인은 엄청난 불안을 안게 된다. "뭐든 자유

롭게 해도 좋아"라는 말을 듣는 순간, 우리는 자신이 무엇을 해
야 좋을지 몰라 당황한다. 누구라도 좋으니 리더를 찾아 따라붙
기도 하고, 어떻게 해서든 친구들의 무리 속에 들어가려고 한다.
그래서 '나는 대체 누구인가?'하는 '자아 찾기'가 요즘 젊은 사람
들의 테마처럼 되어버렸는지도 모른다. 돌팔이 점쟁이가 인기를
얻는 이유도 이 때문이다. 누군가로부터 "너는 ○○이다"라는 정
의를 듣지 않으면 자기 자신이 누구인지 모르는 것이다.
영문 모를 종교며 교주에게 속는 젊은이들이 속출하는 것도, 돈
으로 살 수 없는 건 없다는 천박한 소리를 아무렇지 않게 하는 돈
의 노예들이 영웅 대접을 받는 것도, 그리고 어린이들이 자살을
감행하는 것도, 그 근본에는 같은 문제가 깔려 있다.

  왕따를 견디다 못해 자살하는 아이들의 소식을 뉴스에서 들을
때마다 너무 가슴이 아파 심장이 죄어오는 것 같다. 이 왕따 문제는
비단 학교나 교육 당국뿐 아니라 사회 구성원 전체가 근본적인 차원
부터 성찰하고 지혜와 힘을 모아야 할 사안임에 틀림없다. 그렇지만
이와는 좀 다른 차원에서 다케시의 말이 의미심장하게 다가온다.

  내가 교사가 된 첫해, 좀처럼 이해하기 힘든 아이들의 행동이 보
였다. 교무실이나 행정실 같은 곳에 용건이 있어 가야 할 때 절대 혼
자 가지 않는다는 것이다. 정작 용건이 있는 아이는 달랑 한 명인데,
거기에 따라붙는 아이는 서너 명인 경우도 많았다. 심지어 다 자란
아이들이 화장실까지 짝을 지어 가는 걸 보고 기가 막히기까지 했다.

친화력 못지않게 중요한 것이 '고독력' 아닐까.
혼자임을 두려워하지 않고
그 상태를 견디고 나아가 즐길 수 있는 내면의 힘 말이다.
그렇다고 독불장군이나 은둔형 외톨이가 되자는 말이 아니다.
사람이 무엇인가를 깊게 생각하기 위해서는
반드시 혼자만의 시간이 필요하다.

그런데 왜 그러냐는 나의 물음에 대한 아이들의 대답이 걸작이었다.

"어떻게 혼자 다녀요? 왕따처럼 보.이.게!"

난 당시 이 말에 좀 충격을 받았다. 그 전까지 나는 요즘 아이들
이 '나는 나야'라는 자의식에 가득 차 있고, 개성이라는 것을 숭배하
고 있으리라고 단단히 오해하고 있었기 때문이다. 하지만 실상 그 자
의식과 개성은 다른 사람의 시선에 한없이 취약한 마음을 위장하기
위한 거짓무늬였던 것이다. 아이들은 왕따가 되는 것도 두려워하지
만 왕따처럼 '보이는' 것도 두려워한다.

이를 단순히 사춘기 특유의 심리적 특성이라고 치부하기에는 뭔
가 석연치 않은 구석이 있다. 비단 사춘기 아이들만 그런 것 같지는
않으니 말이다. 어른이 됐는데도 식당에서 혼자 밥을 먹거나, 극장에
서 혼자 영화 보는 것도 힘들어서 못하는 이들이 의외로 많다.

친화력은 물론 중요한 덕목이다. 친화력이 없으면 이른바 사회
생활이라는 것이 힘들다. 그렇지만 이 친화력 못지않게 중요한 것이
'고독력' 아닐까. 혼자임을 두려워하지 않고 그 상태를 견디고 나아
가 즐길 수 있는 내면의 힘 말이다. 그렇다고 독불장군이나 은둔형
외톨이가 되자는 말이 아니다. 사람이 무엇인가를 깊게 생각하기 위
해서는 반드시 혼자만의 시간이 필요하다.

나를 잘 알지도 못하는 사람들이 별 뜻 없이 던지는 칭찬이나 비
난에 우쭐해하거나 상처 받느라 시간과 감정을 소모할 필요가 없다.
사람은 홀로 있을 때(단, 여기서 '홀로'의 정확한 의미는 인터넷이나 휴대

전화, 텔레비전 같은 것들도 없는 상태를 말한다) 자신의 마음 깊숙한 곳을 응시하고 자신이 진짜 어떤 사람이며 무엇을 원하는지를 알 수 있다. 그 시간을 조금도 견디지 못하는 사람을 보면 '인간의 모든 문제는 혼자 방에 머물 줄 모르는 데서 온다'며 개탄한 파스칼의 말이 떠오르면서, 흡사 자기 발로 서지 못하는 아기를 보는 것 같아 아슬아슬할 때가 있다. 고독을 부정하는 것은 관계를 부정하는 것만큼이나 위험해 보이기 때문이다.

다른 사람들과 원만하게 어울리는 것 이상으로 홀로 고요히 있는 것이 가치 있음을 의외로 많은 사람들이 간과하고 있는 것 같다. 어느 무리에 속해야만 안정감을 느끼는 사람들로만 이루어진 사회는 얼마나 암울하고 지루한가. 그 사람들이 만들어내는 패거리 의식이 야기하는 문제점에 대해선 굳이 언급할 필요도 없을 것이다.

내가 어렸을 적 살았던 집은 앞에도 산이 있고 뒤에도 산이 있었다. 시간은 언제나 남아돌았으므로 나는 자주 산을 바라보곤 했다. 그러다가 좀 크고 나서 산에 직접 올랐을 때 좀 놀랐던 기억이 난다. 분명 내 눈엔 나무들이 모두 촘촘하게 붙어 있는 것처럼 보였는데 아니었던 것이다. 그건 어디까지나 멀리서 봤을 때의 착시 효과였고, 나무들은 다른 나무들과 일정한 거리를 유지한 채 자신의 뿌리로 굳건하게 서 있었다.

나무가 자기만의 뿌리를 땅에 묻은 채 하늘을 향하는 것처럼, 나 자신부터 내 발로 서고 내 눈으로 보고 내 머리로 생각하고 내 입으로 말할 수 있는 고독력을 키우고 싶다. 그리고 이 땅을 살아가는 사람들의 고독력 지수도 지금보다 더 높아졌으면 좋겠다. 비록 기타노 다케시의 수준까지는 힘들더라도.

> 가능한 한 많은 친구를 원하고, 만나는 사람마다 모두 친구라 생각하고, 늘 어떤 친구와 함께 있지 않으면 마음이 차분해지지 않는 것은 당신이 위태로운 상태에 있다는 증거다. 진정한 자신을 찾기 위해서 누군가를 바란다, 자신을 상대해 줄 친구를 절실히 바란다, 막연한 안도감을 찾아 누군가에게 의지한다. 왜 그런 것일까? 고독하기 때문이다. 왜 고독한 것일까? 자신을 제대로 사랑하지 못하기 때문이다. 순간적인 친구를 아무리 많이, 그리고 폭넓게 가졌다고 해도 고독의 상처는 치유되지 않고 자신을 사랑할 수도 없다. 그것은 단지 눈 가리고 아웅하는 꼴에 지나지 않는다. 자신을 진정으로 사랑하기 위해서는 먼저 자신의 힘만으로 무엇인가에 온 노력을 쏟아야 한다. 자신의 다리로 높은 곳을 향해 걷지 않으면 안 된다. 그것에는 분명 고통이 따른다. 그러나 그것은 마음의 근육을 단련시키는 고통이다.
>
> – 프리드리히 니체, 《차라투스트라는 이렇게 말했다》 중에서

기타노 다케시의 생각노트 _기타노 다케시

일본을 대표하는 방송인이자 영화감독인 기타노 다케시가 생사, 교육, 관계, 예법, 영화 등의 다섯 가지 주제에 대해 자신의 생각을 자유롭고 거침없이 풀어낸 책이다. 이 책을 읽다보면 저자 특유의 엉뚱하고 기발하면서도 동시에 철학적이고 관조적인 면모에 빠져들게 된다.

고통
앞에 선
인간의 존엄

+

오이디푸스 왕
_소포클레스

내가 정말 대학생이 되었음을 실감했던 순간은 입학식 때도, 엠티 때도, 미팅 때도 아니었다. 그건 바로 어느 교양 과목 시간에 '오이디푸스 콤플렉스'라는 정신분석 용어를 들었을 때였다.

프로이트에 따르면 남자아이는 만 세 살에서 여섯 살 사이에 처음으로 이성과 사랑에 빠지는데, 그 대상은 다름 아닌 자신의 어머니라고 한다. 문제는 어머니를 사랑하는 사람이 자신만이 아니며, 그 경쟁자는 자신보다 훨씬 더 강한 힘을 갖고 있다는 사실이다. 이 사실 앞에서 아이는 불안을 느끼는데, 그 불안을 가중시키는 것이 있다. 바로 언젠가는 그 경쟁자, 즉 아버지가 자신의 이러한 불순한 생각을 알아채고 그 벌로 자신의 성기를 잘라버릴지도 모른다는 '거세 공포'를 겪는 것이다. 프로이트는 이 시기 남자아이가 경험하는 이러한 일련의 감정들을 '오이디푸스 콤플렉스'로 명명했다.

나는 이 말을 처음 듣고는 '무슨 강아지 풀 뜯어 먹는 소린가' 했다. 도대체 상식적으로 납득이 안 되는 데다가 결정적으로 절대 '증명'할 수 없는 가설일 뿐이라는 생각이 들었으니까. 그런데 한편으로 이 용어는 나에게 일종의 쾌감을 안겨주기도 했다. 대학에 들어오니 뻔하디 뻔한 것들만 배우는 게 아니라 뭔가 되게 이상하고 비도덕적으로 느껴지는 이론도 배우는구나 싶어 뿌듯함 비스름한 감정마저 들었던 것이다. 아는 건 별로 없어도 지적 허영만은 하늘을 찔렀던 당시의 심리 상태를 잘 보여주는 사건이라 할 수 있겠다. 그러거나 말거나 프로이트는 이 용어를 고대 그리스 비극 《오이디푸스 왕》에서 따왔다는 걸 알게 되었고, 흥미가 동한 나는 곧장 도서관에 달려가 이 유명한 작품을 읽게 되었는데, 그 대략적인 줄거리는 다음과 같다.

평화롭던 테베 왕국에 갑자기 역병이 창궐하면서 백성들이 죽어나간다. 테베의 왕 오이디푸스는 자신의 처남인 크레온을 아폴론 신에게 보내 그 이유를 알아 오라고 하는데, 크레온은 선왕이었던 라이오스를 살해한 자를 알아내 그를 죽이거나 나라 밖으로 추방할 때에만 역병에서 벗어날 수 있다는 아폴론의 말을 전한다. 오이디푸스는 당연히 그 범인을 찾으려고 한다. 그런데 범인은 다름 아닌 오이디푸스 자신이었던 것. 오래전 선왕 라이오스와 왕비 이오카스테는 태어난 아들이 장차 부왕을 살해하고 친모와 결혼할 것이라는 신탁神託을 받고 출생 즉시 갖다 버린 적이 있다. 우여곡절 끝에 목숨을 건진 아기 오이디푸스는 외국의 왕인 코린토스에 의해 양육되는데, 어느 날 자신이 아버지를 살해하고 어머니와 동침하게 될 거라는 끔찍한 예언을 듣고 그날 이후로 바로 궁전을 뛰쳐나와 방랑 생활을 하게 된다. 그러다가 우연히 어느 삼거리에서 사소한 시비가 붙어 한 남자를

죽이게 되는데, 그 남자가 바로 라이오스였던 것. 때마침 스핑크스의
수수께끼를 풀어낸 오이디푸스는 테베의 왕이 되고 미망인인 이오카
스테 왕비를 아내로 맞는다.

《오이디푸스 왕》은 이 모든 내막이 마치 퍼즐 조각이 맞추어지
듯 여러 예언자와 증인, 사신들의 입을 통해 조금씩 밝혀지는 구조로
되어 있다. 2,500년 전의 작품이라고 하기에는 믿을 수 없을 정도로
치밀한 플롯과 극적 긴장감을 보여준다.

아아, 모든 것이 이루어졌고 모든 것이 사실이었구나!
오오 빛이여, 내가 그대를 보는 것도 지금이 마지막이 되기를!
나야말로 태어나서는 안 될 사람에게서 태어나서 결혼해서는 안
될 사람과 결혼하여 죽여서는 안 될 사람을 죽였음이라.
(중략)
그곳에서 우리들은 흔들리는 밧줄의 꼬인 고리에 부인께서 목을
매달고 있는 것을 보았습니다. 그러나 그분께서는 부인을 보자
무시무시하고 큰 소리로 울부짖으며 부인께서 매달려 있던 밧줄
을 풀으셨습니다.
가련한 부인께서 땅 위에 누우시자 이번에는 보기에도 끔찍한 일
이 일어났으니 그분께서 부인의 옷에 꽂혀 있던 황금 브로치를
빼들고는 그것으로 자신의 두 눈알을 푹 찌르며 대략 이렇게 말
씀하셨습니다.
"이제 너희들은 내가 겪고 내가 저지른 끔찍한 일들을 다시는 보
지 못하리라.

너희들은 보아서는 안 될 사람들을 충분히 오랫동안 보았으면서
도 내가 알고자 했던 사람들을 알아보지 못했으니 앞으로는 어둠
속에 있을지어다!"

(중략)

내가 한 일이 가장 잘한 일이 아니라고 내게 가르치지도 말고 더
는 내게 충고하지도 말라.
만일 내 눈이 멀쩡하다면 저승에 가서 아버지와 불쌍한 어머니를
무슨 낯으로 본단 말인가!
그 두 분에게 나는 교살絞殺로서도 씻을 수 없는 그러한 죄를 지
었던 것이다.
그러나 내가 자식들을 보게 되면 태어난 그대로 그들이 내게 사
랑스럽게 보이리라고 생각하느냐?
오오 천만에. 내 눈에는 결코 사랑스럽지 않으리라.

진실을 알게 된 오이디푸스와 이오카스테는 이처럼 비극적 최후
를 맞게 된다. '심각한 인간 행위의 재현으로 연민과 공포를 불러일
으킴으로써 카타르시스를 느끼게 한다'는 아리스토텔레스의 비극에
대한 정의를 떠올린다면 아주 전형적인 비극이다.

기법과 구성이 뛰어나고 감상하는 사람에게 극적 긴장감을 주는
것 말고도 이 작품의 진정 위대한 점은 따로 있다. 바로 이 오이디푸
스라는 인물이 고통 앞에 선 인간의 존엄이 무엇인지를 환기시킨다
는 점이다. 그는 자신의 정체와 그것을 둘러싼 무시무시한 진실을 어

느 날 벼락을 맞듯 알게 되는 게 아니다. 어쩌면 자신이 파멸하게 될지도 모른다는 두려움을 기꺼이 감내하며 조금씩 조금씩 진실을 추적해간다. 보통 인간이라면 너무 무서워 적당한 선에서 멈췄을 것이다. 하지만 그는 '나는 누구인가'라는 근본적 질문에 대한 대답을 얻기 위해 끝까지 간다.

이 시대의 숱한 드라마 주인공들이 오이디푸스처럼 '출생의 비밀'을 갖고 있다. 너무 많이 써먹어서 질릴 만도 하건만 '출생의 비밀' 모티브는 여전히 왕성한 생명력을 뽐내고 있다. 이 모티브 자체가 굉장히 드라마틱하기도 하지만, 인간 내면에 내재한 가장 근본적인 궁금증을 건드리기 때문이기도 하다.

굳이 출생의 비밀까지 가지 않더라도 '나는 누구인가'를 아는 건 사실 매우 어렵고 때때로 고통스러운 일이다. 그것은 자신의 내면 가장 깊숙하고 어두운 심연을 응시해야 하는 일이기도 하므로. 자신의 욕망과 꿈이 무엇인지 정확히 알아야 하고, 자신의 비겁함과 속물스러움을 인정해야 하며, 다른 사람 눈에 비친 자신과 진짜 자신이 다를 수 있다는 사실을 받아들여야 하고, 간혹 오이디푸스처럼 자신의 삶을 송두리째 흔들어놓는 무서운 진실과 대면해야 한다.

그러다 보니 대부분의 사람들은 의식적으로나 무의식적으로 이 질문을 회피한 채 살아간다. 대신 매우 너절하고 저열한 방식을 택한다. '나는 누구인가'에 대한 대답을 '나는 누구가 아닌가'로 대체하는 것이다. 그리고 그 '누구'는 대체로 권력에서 소외된 만만한 존재거나, 아니면 어딘가 좀 특이한 구석이 있는 사람일 때가 많다.

흔히 왕따 문제를 소수의 '악마'들이 저지르는 범죄로 보지만, 과연 그럴까. 소수의 가해자만으로는 절대 왕따가 생겨날 수 없다. 소수의 가해자에 다수의 동조자와 방관자가 있어야 가능하다. 그 동조자와 방관자의 정체성은 이렇게 요약될 수 있다. '나는 (다행히도) 왕따가 아니다!' 나는 심리학자도 사회학자도 아니라 왕따 현상의 원인과 그 해결책을 명확하게 내놓지는 못한다. 하지만 적어도 우리 사회에 '나는 누구인가'라는 질문에 정직하게 마주하는 사람이 지금보다 많아진다면 이 문제도 개선되지 않을까 생각한다.

오이디푸스에게서 발견할 수 있는 인간의 존엄은, 굳건한 의지와 용기를 갖고 자신의 정체성과 진실을 끝까지 규명한 것 말고도 그 결과에 대해 온전한 '책임'을 졌다는 점이다. 그가 비록 결과적으로는 가장 패륜적인 범죄를 저질렀지만, 엄밀히 따지고 보면 그의 의도를 벗어난 운명의 장난이라고 할 수 있다. 사람을 죽였지만 그가 생부임을 몰랐던 것은 물론, 쌍방의 싸움 끝에 사람을 죽이는 것은 당시 그다지 심각한 범죄가 아니었으니까. 그럼에도 그는 잔인한 운명을 저주하는 것에서 그치지 않고 스스로에게 가혹한 벌을 내림으로써, 자신의 죄를 조금이나마 갚으려고 한다.

이 작품을 처음 읽었을 때 나는 왜 오이디푸스가 이오카스테처럼 자살하지 않고 자신의 눈을 찔렀을까 궁금했다. 차라리 죽는 게 속 편하고 덜 고통스러울 텐데. 그러다가 두 번째로 꼼꼼하게 읽으면서 깨달았다. 그는 고통을 회피하지 않고 스스로 감당하려 했다는 것을. 인간이 감당할 수 없는 무시무시한 과오이자 치욕스러운 과거임에도 그것을 부정하지 않고 기꺼이 껴안으려 했다는 것을.

　나는 무엇인가. 한때 나는 내 생각이 나 자신이라고 여겼다. 내가 구사하는 언어가 나 자신이라고 확신했던 적도 있었다. 하지만 어찌 머릿속에서 맴돌기만 하는 생각이, 세 치 혀로 내뱉는 말 따위가 나일 수 있겠는가. 나를 가장 잘 드러내는 것은 생각이나 말이 아닌, 내가 취한 어떤 '행위'이다. 어떤 상황에서 내가 하는 구체적인 '선택'이 나 자신인 것이다. 나란 결국 내가 선택한 행위의 집적 그 이상도 그 이하도 아니다. 그러니 '그럴 마음은 없었는데 어쩔 수 없었어'라는 초라하고 역겨운 변명 따위는 되도록 안 하면서 사는 삶이 제대로 된 삶이라는 걸 이제는 알 것 같다.

　자신이 마주한 잔인한 진실을 회피하지 않고 그에 대한 책임을 지는, 그것으로 인간으로서의 자존과 품위를 잃지 않는 오이디푸스의 행위는 왜 인간이 존엄한 존재인지를 보여주면서 2,500년이 지난 지금도 특별한 감동을 끌어내기에 충분하다.

오이디푸스 왕 _소포클레스

고대 그리스 3대 비극 작가 중 한 명인 소포클레스의 대표작. 아리스토텔레스가 그의 저서인 《시학》에서 이 작품을 일컬어 '비극의 모든 요건을 갖춘 가장 짜임새 있는 드라마'로 극찬한 바 있다. 치밀한 구성과 심리묘사로 그리스 비극 중 최고의 걸작으로 꼽히고 있다.

자기
객관화의
힘

+

박찬욱의 몽타주
_ 박찬욱

"우리 애가 머리는 좋은데 공부를 안 해서 성적이 그 모양이에요."

"우리 애는 원래 착한데 친구를 잘못 사귀는 바람에 말썽을 피우네요."

교사였던 시절, 학부모에게 간혹 듣던 말이다. 하지만 (안타깝게도) 학부모의 바람과는 다르게 내가 가르쳐보고 관찰한 바에 따르면 그때 등장하는 '우리 애'는 머리도 그다지 좋지 않고, 바로 잘못 사귄 그 '친구' 당사자일 때가 대부분이라는 게 문제였다. 그럼에도 자식을 낳아 기르는 지금의 나는 그 학부모의 심정을 충분히 이해한다. 부모에게 자식은 타자나 대상이 되기 어려운 존재이기 때문이다. 자식이라는 존재는 부모에게 종종 자신보다 더 자신, 가장 지독한 자신인 것이다.

'너 자신을 알라'가 불멸의 격언이 될 수 있는 이유는 그만큼 자신을 알기가 어렵기 때문이다. 자기도취 또는 자기 비하에 빠져 허우적거리기는 쉽지만 '자기 객관화'에 성공하는 사람은 흔치 않다. '자기 객관화'란 말 그대로 자신을 타자화해서 객관적으로 바라볼 수 있는 사고 능력이다. 영화감독 박찬욱이 쓴 《박찬욱의 몽타주》는 '자기 객관화'가 무엇인지 흥미진진하고 유머러스하게 보여주는 책이다.

1월 25일

영화 〈파괴된 사나이〉 일로 박찬욱 감독을 만났다. 두나와 감독의 첫 만남. 사진에서보다 키도 작고 배도 많이 나왔다. 퍽 맘이 놓인다. 딸내미 옆에 앉혀놓고, 처음 보는 남자와 함께, 무슨 체위를 취하느니 어느 부위를 노출하네 마네 따위의 얘기를 주고 받으려니 민망하기도 했지만 어쩌랴, 어차피 짚고 넘어가야 할 일인걸.

—김화영(배두나 엄마)

(중략)

5월 11일

이제 다 이루었다! 송강호로부터 오케이 사인이 온 것이다. 나흘 전, 그에게 각본을 또 보냈다고 털어놓았을 때 감독이 너는 자존심도 없냐고 지랄하던 일이 떠오른다. 그래 난 '사람 일은 모르는 거다. 송강호가 수정된 각본을 읽고 갑자기 맘이 바뀔 수도 있는 거 아니냐'고 대꾸했었지. 그런데 지금 결과를 봐라. 찬욱이 걔는 인생을 모른다.

—이재순(프로듀서)

(중략)

6월 21일

박찬욱의 새 각본을 함께 손봤다. 말로는 미니멀한 영화를 지향
한다면서 설명적인 장면들이 너무 많았다. 그래 한 스무 신쯤 없
애줬더니 안 된다며 막 발버둥을 친다. 내 작품 쓸 땐 가차없이
칼질을 해대던 그가, 제 눈의 들보는 못 본다. 그냥 두면 나중에
저 혼자 도로 살려놓을까봐 아예 과감하게 블록 설정해서 몽땅
딜리트시켜버렸다. 제목을 〈복수는 나의 것〉으로 바꾸겠다고 해
서 그러라고 했다.

　　　　　　　　　　　　　　　　　　　　　－이무영(공동각본)

(중략)

2월 20일

〈복수는 나의 것〉 소리를 만드느라 연일 밤샘이다. 감독은, 이 영
화가 그림 바깥에서 많은 일들이 벌어지고 따라서 그것들을 소리
로 다 표현해야 한다고 주장한다. 말은 멋있지. 하지만 그 얘긴,
다시 말해 골탕 좀 먹어보라는 거다.

　　　　　　　　　　　　　　　　　　　　　－김창섭(사운드 디자이너)

　　이 책에 '목소리(들)'이라는 제목으로 실린 글의 일부다. 이 글
은 2001년도에 개봉한 영화 〈복수는 나의 것〉의 제작일지를 박찬욱
감독이 자신을 포함해 이 영화에 참여했던 배우, 매니저, 스태프들의
시점에서 쓴 것이다. 즉 박찬욱이 그 사람들 입장이 되어 혼자 쓴 것
이다. 여기엔 네 명의 시점만 인용했지만, 박찬욱은 이런 식으로 무
려 38명을 등장시켜 그들의 시점에서 자신과 제작 과정을 서술한다.

글의 전반적인 톤은 웃기지만 읽다 보면 그 냉철한 자기 객관화 능력
에 탄성이 저절로 나온다. 이 책에 실려 있는 두 편의 셀프 인터뷰에
서도 특유의 자기 객관화는 빛을 발한다.

　흥미로운 점은 자기 객관화의 대가인 박 감독이 최고의 가치로
치는 게 다름 아닌 '개성'이라는 사실이다. 이 책의 첫머리엔 이렇게
적혀 있다. '첫째도 개성, 둘째도 개성, 무엇보다도 오직 개성.' 실제
로 그는 이 '개성'에 대한 애정과 집착을 책에서 종종 피력하고 있으
며('오직 개성'이라는 제목을 단 글도 있다), 그가 만들어낸 영화 작품들
은 관객에 따라 호불호가 갈리는 매우 강한 개성을 보여준다.

　언뜻 자기 객관화와 개성은 상충하는 듯 보인다. 하지만 곰곰 생
각해보면 참된 개성은 자신에 대한 철저한 앎에서 나온다. 개성이란
그저 튀고 싶어서 안달 난 부박한 욕망도 아니고, 고작 패션 센스 따
위의 차원도 아니다. 한 사람의 지성이란 학력이나 지식의 양이 아닌
자기 객관화 능력에 달려 있음을, 나이를 먹을수록 절감하게 된다. 지
성이 결여된 채 무조건 남들과 다르기만 하면 된다는 집념을 개성으
로 볼 수 있을까. 치열한 자기 성찰 없이 그저 자신감과 성취욕 같은
형태로 발현되는 개성은 결국 자신뿐 아니라 다른 사람에게도 재앙으
로 작용한다. 개성이란 자기 객관화라는 비옥한 대지 위에 창의성이
라는 달란트가 비처럼 내려질 때에야 비로소 피는 꽃과 같은 것이다.

　• 추신 •

박찬욱 감독의 영화를 워낙 좋아하다 보니 그와 관련한 기사나 인터뷰를 찾

아 읽는 편인데, 그중에서 가장 흥미로웠던 것은 정신과 전문의 정혜신 박

사가 쓴《사람 vs 사람》이라는 책에 실린 글이다. 이 책에서 정혜신 박사는

대조되는 두 인물을 짝으로 맺어 각각에 대한 심리 분석을 하고 있는데, 박

찬욱을 가리켜 "상향등 없는 '크레인'의 자존감"이라는 논평을, 그와 대조되

는 인물을 가리켜 "백미러 없는 '불도저'의 자신감"이라는 논평을 했다. 참

고로 박 감독과 대조되는 인물로 선정된 이는 이명박 당시 서울 시장이다.

박찬욱의 몽타주 _박찬욱

영화 〈올드보이〉로 칸 국제영화제 심사위원 대상을 수상하며 세계적인 영화
감독의 반열에 오른 박찬욱이 낸 산문집으로, 이 책에서 그는 자신의 가치관
과 취향을 선명하게 드러내고 있다. 영화 〈친절한 금자씨〉, 〈복수는 나의 것〉,
〈공동경비구역 JSA〉 등의 제작 배경과 제작 일지도 수록되어 있다.

내
마음의
주인으로

＋

명상록
_마르쿠스 아우렐리우스

살다 보면 '어떤' 사람을 만났느냐 못지않게 그 사람을 '언제' 만났느
냐가 중요하다는 것을 알게 된다. 과거엔 별 느낌이 없었던 것 같은
데 지금 보니 굉장히 매력적으로 다가오는 사람이 있고, 그 반대의
경우도 있다. 책도 마찬가지다. 언제 읽었느냐가 그 책이 어떤 책이
냐 못지않게 독서의 질을 결정하는 경우가 종종 있다.

　로마 황제 마르쿠스 아우렐리우스의 《명상록》은 비유하건대 첫
인상은 분명 별로였는데 두 번째 만남에서 홀딱 빠지게 한 사람이다.
난 이 책을 수능이 끝났으나 대학 입학은 아직 안 한 시기, 그러니까
시간의 홍수에 익사할 것 같았던 '폐인 시절'에 처음 읽었다. 엄청나
게 유명한 책이라고 해서 펼쳤는데 1장부터 도대체 몰입이 되지 않
았다. '난 이렇게 완벽한 인격을 갖췄어' 자랑하는 걸로만 보였던 1장
을 살짝 짜증난 상태에서 읽다가 중간 즈음에서 책장을 덮어버렸던
기억이 난다.

그로부터 6년 뒤인 스물다섯 살에 이 책을 다시 읽게 된 계기는 우연히 찾아왔다. 다름 아닌 영화 〈글래디에이터〉 덕분이었다. 그 영화에서 늙은 황제는 황위를 자신이 신망하는 부하인 막시무스(러셀 크로우 분)에게 물려주려다가 자신의 아들에게 살해된다. 그 황제가 바로 《명상록》을 쓴 아우렐리우스였던 것이다. 영화를 보고 온 날 저녁, 별 생각 없이 이 책을 펼쳤는데…… 이럴 수가! 모든 글 하나하나가 가슴에 와 박히는 것이 아닌가.

학창 시절엔 '무언가를 이루어내는 것'이 가장 어려운 일로 보였다. 성적을 올리고 시험에 합격하는 일만큼 중차대한 일은 없었다. 그런데 아니었다. 일의 성취보다 더 어려운 것이 있었으니, 그것은 바로 '다른 사람의 마음을 얻는' 일이었다. 어쩌면 사람의 마음처럼 가볍고 변덕스러운 것을 잡으려는 시도 자체가 무의미한 것이 아닐까 고민하기도 했다. 그러다가 마침내 알게 되었다. 다른 사람의 마음을 얻는 일보다 백배 천배 어려운 일이 있음을. 그것은 바로 '내가 내 마음의 주인이 되는 것'임을. 분명 내 마음이건만 어찌하여 내 뜻대로 되지 않는단 말인가. 나의 20대 중반을 관통하는 가장 큰 고민은 내가 내 마음의 주인이 되지 못하고 있다는 자괴감이었다.

그런데 이 책엔 놀랍게도 자기 마음의 주인으로 살고 있는 한 사람이 있었다. 아무리 봐도 그건 '미션 임파서블' 같은데 말이다. 그는 한 제국의 통치자이면서 자기 자신의 통치자였다.

누가 남의 영혼 안에서 무슨 일이 일어나는지 유의하지 않는다고 해서 불행하다고 간주되기는 어려울 것이다. 그러나 자기 영혼의 움직임을 추적하지 않는 자들은 불행할 수밖에 없다.

아름다운 것은 어떤 종류건 그 자체로 아름답고, 그 자체로 완성되어 있다. 찬미는 그것을 이루는 성분이 아니다. 찬미를 받는다고 해서 더 나아지지도, 더 나빠지지도 않기 때문이다. 일반적으로 아름답다고 일컬어지는 것들, 이를테면 자연의 산물이나 예술 작품들에 대해서도 같은 말을 할 수 있을 것이다. 진실로 아름다운 것에 무엇이 필요하겠는가? 그것은 법이나 진리나 선의나 겸손만큼이나 아무것도 필요로 하지 않는다. 이 가운데 어느 것이 칭찬받는다고 아름다워지고, 비난받는다고 망가지겠는가? 에메랄드가 칭찬받지 못한다고 더 나빠지겠는가? 황금과 상아와 자줏빛과 뤼라와 단검과 꽃송이와 어린 나무는 또 어떤가?

첫인상이 네게 전해주는 것 이상을 자신에게 말하지 마라. 이러저러한 사람이 너에 대해 악담을 하더라는 말을 네가 들었다고 하자. 너는 악담을 하더라는 말만 전해 들었을 뿐, 그 때문에 네가 해를 입었다는 말을 전해 들은 것은 아니다. (중략) 그러니 언제나 첫인상만 고집하고 네 마음속으로부터 거기에 뭔가를 덧붙이지 마라. 그러면 너에게 아무 일도 일어나지 않는다.

난 왜 내 마음의 주인이 되지 못했는가. 이유는 간단했다. 나는

'타인의 시선'이라는 감옥에 갇혀 있는 수인囚人이었다. 지금 돌이켜 보면 정말이지 지긋지긋할 정도로 다른 이의 평가와 생각에 민감하게 반응했다. 게다가 더 안 좋은 것은 그런 모습을 무척이나 '쿨하지 못한' 것이라고 경멸했던 터라 다른 이의 시선 따위는 신경 쓰지 않는다는 듯한 '연기'까지 해야 했다. 연기를 하면서도 나를 좋지 않게 평가한 사람은 필사적으로 '기억'했고 어떤 식으로든 '복수'하리라 '다짐'했다. 요컨대 이중 삼중의 감옥 안에 있었던 셈이다.

아우렐리우스는 이렇게 휘어지고 꼬여 있는 나의 내면을 꿰뚫어 보는 것 같았다. '도대체 너 왜 그러고 사냐?' 힐난하는 것 같았다. 그의 말 가운데 내 심장을 가장 강하게 가격한 한 줄의 문구는 바로 이것이다.

똑바로 서라. 아니면 똑바로 세워질 것이다.

솔직히 좀 무서웠다. 내 마음의 주인으로 살지 않으면 결국 누군가의 노예로 살아가게 될 것이라는 경고로 들렸기 때문이다. 하루 빨리 내 안의 감옥에서 빠져나와야 했다. 감옥의 열쇠를 나를 잘 알지도 못한 사람들에게 맡긴 채 그들이 나를 어떻게 쳐다보는가를 궁금해하는 짓 따위는 이제 그만해야 했다.

영화에서 아우렐리우스는 아들에게 살해당했지만 이는 역사적 사실과 다르다. 그는 전쟁터에서 병사했다. 그리고 전쟁터에서 틈틈이 글을 썼다. 《명상록》은 그런 상황에서 한 제국의 최고 통치자이자 철학자가 남긴 글 모음이다. 로마 5현제賢帝 가운데 마지막 황제였던 그의 죽음을 기점으로 로마제국은 쇠락의 길로 접어든다. 나는 그가 어떤 황제였는지는 잘 모른다. 하지만 그가 어떤 인간이었는지는 알 수 있을 것 같다. 그는 자기 마음의 주인이 되는 법을 터득한 사람이었고, 자신을 다스리는 일이 결국은 제국을 통치하는 것만큼이나 위대한 과업임을 보여준 사람이었다.

명상록 _마르쿠스 아우렐리우스

로마제국 제16대 황제이자, 로마 최고의 전성시대를 이끌었던 5현제 중 마지막 황제인 마르쿠스 아우렐리우스가 쓴 일기형식의 글을 묶은 것이다. 이 책은 그가 황제로서 정무에 종사하거나 전쟁에 참전했을 때 틈틈이 쓴 것으로 알려져 있는데, 이성과 금욕을 원칙으로 평생을 살아간 철학자 황제의 내면이 잘 드러나 있다.

그녀가
대단한
진짜 이유

+

대단한 책
_요네하라 마리

세상엔 수만 가지 직업이 있지만 내가 경외감을 느끼는 직업을 굳이 하나 꼽자면 바로 동시통역사다. 그렇다고 내가 외국어 구사 능력을 특별히 대단한 것으로 평가하느냐 하면, 그건 또 아니다. 가끔 텔레비전 예능 프로나 토크쇼 등에 초대 손님으로 외국(주로 미국)에서 살다 온 사람이 나오면, 진행자는 뜬금없이 그에게 외국어(주로 영어)를 해보라는 주문을 하고 그 사람은 시키는 대로 한다. 그러면 진행자와 방청객들은 또 어김없이 감탄 섞인 반응으로 리액션을 해준다.

난 그런 장면을 볼 때마다 무슨 블랙코미디를 보는 것 같아 어이없으면서도 서글퍼진다. 대체로 그 초대 손님이 외국어로 하는 말의 내용이란 것이 그 언어를 쓰는 나라에 사는 일곱 살짜리 꼬마도 말할 수 있는 수준일 때가 많으니까. 어떤 언어로 말하느냐보다 그 말의 내용이, 더 정확히 말하면 그 내용의 질적 수준이 중요하다는 기본적인 원칙조차 망각되고 있는 걸 볼 때마다 이 땅의 집단적인 자존감 결핍과 식민지 근성을 목도하는 것 같아 새삼 우울해지기까지 한다.

언뜻 생각할 때 동시통역은 외국어만 잘하면 될 것 같지만 사실 동시통역사란 직업은 다방면으로 각별한 재능과 노력이 필요한 일이다. 일단 동시통역을 제대로 하려면 두 가지 이상의 언어를 정확하고도 유창하게 구사할 수 있어야 하는 건 기본이고, 그 언어를 이루고 있는 두 개 이상의 문화권에 대한 전반적이고도 방대한 지식이 있어야 한다. 또한 자신이 통역하고 있는 분야에 대한 어느 정도의 배경지식이 있어야 하는데다 고도의 집중력과 기억력, 순발력과 담대함까지 두루 갖추고 있어야 한다.

그런데 내가 이 직업에 특별한 매력을 느끼는 이유는 따로 있다. 바로 이 직업의 밑바탕에 미묘하게 깔린 어떤 '쓸쓸함' 때문이다. 훌륭한 통역은 뭘까. 바로 통역의 존재감이 느껴지지 않는 통역이 아닐까. 두 나라의 언어와 그 언어에 깔린 사고와 문화가 물 흐르듯이 자연스럽게 전달되려면 통역사는 최선을 다해 그 물길을 내주면서도 정작 자신은 투명인간 비스름한 존재가 되어 뒤로 물러서 있어야 하니까 말이다.

갑자기 동시통역에 대한 이야기를 꺼낸 이유는 《대단한 책》의 저자인 일본 작가 요네하라 마리의 직업이 일본어-러시아어 동시통역사이기 때문이다. 물론 나는 그녀가 통역하는 걸 직접 본 적이 없다. 뭐 봤다고 해도 일본어도 러시아어도 모르니 잘하는지 어쩌는지 판단할 수도 없었을 테지만.

다만 나는 그녀가 쓴 책 가운데 국내에 번역된 것들은 모두 읽었을 만큼 작가로서의 그녀를 매우 좋아한다. 그녀가 물리적으로나 심리적으로나 시간에 쫓기는 직업을 갖고 있으면서도 꽤 많은 책을 쓴 이유가 혹시 통역사라는 직업이 주는 그 어찌할 수 없는 쓸쓸함을 나름의 방식으로 극복하기 위함이 아니었을까 하는 추측을 한 적이 있다. 작가는 자신의 이름을 분명하게 책에 새길 수 있고, 그 책은 하나의 객관적 실체가 되니까.

듣자 하니 그녀는 '일본 러시아어 통역계에 한 획을 그은 사람, 구소련의 정부 고관들에게 일본 정치가보다 유명했던 사람'이었다고 한다. 그녀가 낸 여러 책들 가운데 《대단한 책》을 읽다 보면 왜 그녀가 뛰어난 통역사가 될 수밖에 없었는지를 자연스럽게 알 수 있다. 이 책의 원제는 '완전히 제압당해 재기 불능으로 만들 것 같은 대단한 책'이라고 하는데, 저자가 읽은 책에 대한 서평과 독서 일기로 이루어져 있다. 말하자면 저자 자신이 읽은 책들을 가리키는 의도로 붙인 제목인데, 사실 이 책이야말로 말 그대로 '대단한 책'이다. 일단 700쪽에 가까운 분량에다 언급된 책들의 수도 엄청나다(정확히 몇 권인지 세어보려다 포기). 이 책에서 그녀는 대학 입시에서 해방된 이후 20년간 하루 평균 일곱 권의 책을 읽었다는 말을 하는데, 듣는 사람 쪽에서는 그저 기가 질릴 뿐이다.

분량 자체도 워낙 방대한 데다 빠른 속도의 독서 행군을 따라가는 것이 숨찰 지경이지만 몇 가지 눈에 띄는 점들이 있다. 일단 그녀는 세계의 분쟁 지역, 특히 강대국의 이해관계 때문에 고통 받고 있는 분쟁 지역의 사람들에게 각별한 관심을 갖고 있다. 분쟁 지역에 관한 책들을 열심히 찾아서 읽고, 그 지역 사람들에 대한 연민과 책

죽기 직전까지도 유머와 부지런함을 잃지 않은 채
독서와 사색에 빠져 있기란 정말이지 어려울 것 같다.
그런데 그녀는 놀라운 수준의 자기 성찰과 내면의 힘으로 그 일을 해냈다.

임 의식을 절절하게 드러내면서도 분쟁 원인에 대한 냉철한 분석 또
한 잊지 않는다. 특히 미국에 의해 삶이 피폐해진 이라크 국민이나
러시아의 횡포에 맞서 힘든 투쟁을 하고 있는 체첸인들에 대해, 그녀
는 단순히 그들을 동정하는 수준을 넘어 비록 나라는 다르지만 동시
대를 살고 있는 한 사람으로서 자신의 책임을 진지하게 성찰한다.

　그렇다고 책의 전반적인 내용이나 서술이 어둡고 무거우냐 하면
전혀 그렇지 않다. 그녀는 '책은 인간의 분노나 슬픔, 공포, 놀라움,
기쁨 등 다양한 감정을 흔들어놓는 존재이지만 내가 최고로 생각하
는 감정은 언제나 바로 웃음이다. 웃음을 주는 저자가 가장 좋다'는
말을 하는데, 실제로 이 책 곳곳에 저자 특유의 경쾌한 유머가 박혀
있다. 이 책뿐 아니라 그녀의 다른 책들을 읽으며 내가 얻은 확신은
'그녀는 음담패설을 매우 세련되게 하는 여자'라는 것이다(이에 대한
구체적인 예는 생략).
　저자의 직업이 통역사다 보니 통·번역이나 외국어 학습법에 대
한 언급도 종종 나온다.

　　지금 내가 이럭저럭 모국어인 일본어와 제1외국어인 러시아어를
　　구사하고, 둘 사이를 오고가는 통역이라는 일을 하면서 입에 풀
　　칠할 수 있는 것은 두 언어로 다독에 난독을 해왔기 때문이라고
　　생각한다. 새로운 언어를 익히기 위해서도, 그리고 유지하기 위
　　해서도 독서는 가장 고통이 적은, 더구나 가장 효과적인 수단이
　　다. 따라서 "통역을 하려면 어느 정도의 어학 실력이 있어야 하

나요?"라는 질문을 받을 때마다, 나는 자신 있게 대답한다. "소설을 즐길 수 있는 실력 정도면 되지 않을까요?" 그리고 덧붙인다. "외국어로 된 것뿐만 아니라 일본어로 된 것도."

내 자신의 경험도 그렇고 내가 학교에서 가르친 학생들의 사례를 관찰해봐도 그러한데, 완벽한 이중 언어 환경에서 살지 않는 이상, 한 사람의 외국어 실력은 그의 모국어 실력을 결코 넘어서지 못한다. 이 당연한 상식을 간과하는 사람들이 이 땅엔 너무 많지만.

내가 그녀를 뛰어난 통역사, 필력 있는 작가, 무시무시한 독서가이기 이전에 대단한 여자라고 생각하게 된 결정적 계기는 그녀가 죽음을 받아들이는 방식에서 무척 감동을 받았기 때문이다. 원래 이 책에 실린 독서 일기는 한 주간지에 연재한 내용을 모은 것인데, 그녀는 연재 도중 난소암 진단을 받는다. 만일 내가 그녀였다면 공황 상태에 빠져 연재고 뭐고 눈에 보이는 게 없었을 것이다. 그런데 그녀는 그 사실을 담담하게 고백하면서 암 관련 서적을 열심히 찾아 읽는다. 꼼꼼하게 읽고 신중하게 판단한 다음 책에서 권하는 몇 가지 요법들을 직접 해보기도 한다. 그러면서 이렇게 말한다. "아, 내가 열 명만 더 있다면 이 모든 요법을 시험해보는 건데." 그녀는 암 진단을 받고 그 고통스럽다는 항암 치료를 계속하면서도 3년 동안 독서 일기를 더 연재한다. 그리고 그 일기는 사망하기 일주일 전에 끝난다. 마지막 글의 제목은 '내 몸으로 암 치료 책을 직접 검증하다'였다.

그런 상황에 처해보지 않아서 함부로 말할 수 없지만, 키워야 할 어린 자식이 없다면 죽음이 임박했을 때 욕심과 집착을 버리는 건 그리 어렵지 않을 것 같다. 물론 그걸 못하고 죽는 사람도 많지만 말이다. 하지만 죽기 직전까지도 유머와 부지런함을 잃지 않은 채 독서와 사색에 빠져 있기란 정말이지 어려울 것 같다. 그런데 그녀는 놀라운 수준의 자기 성찰과 내면의 힘으로 그 일을 해냈다. 정작 그녀의 글을 읽는 나는 긴장감과 안타까움으로 조마조마한데도.

객관적으로 내 나이는 아직 죽음과는 먼 것처럼 보인다. 심리적으로도 죽음은 나에게 다음 생의 일처럼 까마득하게 느껴진다. 그렇지만 분명 나 역시 언젠가는 죽을 테고, 만일 그때가 된다면 내 내면의 무늬가 그녀와 같았으면, 그게 어렵다면 최소한 비슷하기라도 했으면 하는 바람이다. 자기 연민이나 허무주의에 빠지지 않고 마지막 순간까지 자신의 삶과 병과 죽음을 성찰하며 인간으로서의 자존과 품위를 잃지 않았던 여자, 요네하라 마리(1950~2006년). 저세상에서도 그녀가 좋아하는 책을 실컷 읽을 수 있으면 좋겠다.

대단한 책 _요네하라 마리

요네하라 마리가 〈주간문춘週刊文春〉에 연재한 〈독서일기〉(2001~2006)와 각 신문, 잡지에 기고한 장단편의 서평으로 구성된 책. '죽기 전까지 손에서 놓지 않은 책들에 대한 기록'이라는 부제가 붙어 있다. 그녀가 얼마나 부지런한 독서가이자 서평가인지를 보여주는 책으로, '저자와 서평가가 충돌해 발하는 사색의 불꽃'을 뿜어내고 있다.

가난한 백성에서
성찰하는
시민으로

+

희망의 인문학
_ 얼 쇼리스

내가 중학교 3학년 때 같은 반 친구로 만난 S는 뭔가 좀 남다른 데가 있는 아이였다. 글을 잘 썼고, 글씨를 굉장히 예쁘게 썼으며, 외우는 시가 많았고, 무엇보다 또래에 비해 말과 행동이 사려 깊었다. 나는 S가 마음에 들었고, 우리는 단짝이 되었다. S와 이야기를 할 때마다 난 그녀가 나중에 작가가 될 거라고 확신했다. 그런데 그녀는 중학교를 졸업하고 인문계 고등학교가 아닌 실업계 고등학교에 진학했다. 집안 형편이 좋지 않았고, 그녀의 아버지는 딸까지 대학에 보낼 수 없다고 못 박았던 것이다. 속상해서 우는 친구를 지켜보는 내 마음도 아팠지만 나로선 어쩔 도리가 없었다.

S와는 고등학교에 가서도 계속 연락을 주고받았다. 그녀가 보내준 편지를 읽는 기쁨은 특별했다. 그녀에게는 글로 사람의 마음을 헤아리고 어루만지는 능력이 있었다. 그녀의 편지를 읽고 답장을 보내면서 난 그 갑갑했던 시절 내가 유일하게 쓰고 싶은 글을 쓸 때의 행복을 느꼈다.

고등학교 졸업 후 난 대학에 진학했고 그녀는 취직을 했다. 그런데 대학 1학년 겨울방학 때 그녀는 돌연 결혼한다는 소식을 전했고, 결혼식을 올린 지 5개월 만에 아이를 낳았다. 그즈음이었던 것 같다. 어쩌면 우리가 앞으로 다시는 못 볼 수도 있다는 슬픈 예감이 들었던 때가. 어린 나이에 엄마가 된 그녀는 그녀대로 정신이 없었고, 대학교 2학년이었던 나는 나대로 분주했다. 사는 곳이 멀리 떨어져 있어서 자주 만날 수 없는 것은 물론이고, 가끔 통화를 하거나 편지를 쓸 때도 딱히 할 말이 없어지면서 자꾸 대화가 겉돌게 되었다. 공통의 화제도 없었을뿐더러 그 차이를 이해하고 극복할 능력도 없었다. 그 모든 것을 뛰어넘기에는 둘 다 어리기도 했다.

그녀와 마지막인지도 몰랐던 마지막 통화를 하고 공중전화 수화기를 내려놓았던 대학 3학년 늦가을, 가슴에 찬바람이 부는 것처럼 쓸쓸하고 서글펐던 기억이 난다.

지금도 가끔 S를 떠올릴 때마다 만일 그 친구가 대학에 갔다면, 대학에서 문학을 공부했다면 어땠을까 생각해보게 된다. 그럴 때마다 단지 가난하다는 이유로 하고 싶은 공부를 못하게 되는 현실이 어떤 것인지 심각하게 다가온다. 《희망의 인문학》은 바로 이 지점에서 문제를 제기하고 해결해보려는 책이다.

1995년 가을, 언론인이자 소설가인 얼 쇼리스는 학교를 중퇴한 청소년, 노숙자, 빈민, 싱글맘, 전과자 등 20여 명의 학생들을 놓고 '클레멘트 코스'를 시작한다. 클레멘트 코스는 학교 올 차비도 없는 그들에게 토큰을 나눠주면서 철학과 문학, 역사와 예술, 논리학 등을 가르치는 인문학 강좌였다. 당장 하루하루 먹고사는 일이 시급한 사람들에게 직업 훈련도 아닌 인문학이라니. 그 사람들을 모아놓고 플라톤과 소크라테스와 아리스토텔레스와 홉스와 칸트의 저작을 읽고 토론한다니, 말이나 될 법한 일인가. 클레멘트 코스를 바라보는 대다수 사람들의 생각은 그러했다. 하지만 얼 쇼리스는 생각이 달랐다.

국가가 어떤 이유에서든 가난한 사람들의 고통을 덜어주는 일에 관심을 두게 될 때마다 쓰는 방법은 항상 똑같았다. '훈련'이 바로 그것이다. (중략) 복지정책이 이런 식으로 흐르는 것은 가난한 사람들이란 일반인들과는 뭔가 다른 존재, 즉 능력이 부족하거나 별 가치가 없는 사람들, 또는 이 두 가지 문제를 모두 가진 존재라는 편견을 갖고 있기 때문이다.
이런 편견을 갖고 있는 사람들은 가난한 사람들을 대상으로 '훈련'이 아닌 '교육'을 하겠다는 발상 자체를 가당찮게 여길 것이다. '가난한 사람들은 훈련시켜야 한다. 훈련이라도 제대로 감당할 능력이 있는지도 모르겠지만.' 이것이 바로 그들의 생각이다. 이런 편견에 기초한 복지정책은 그 사회에 매우 분명한 이득을 가져다준다. 그것은 가난한 사람들을 쥐꼬리만 한 임금으로 부려먹을 수 있다는 것이다. 가난하지 않은 사람들이 하기 싫어하는 일들을 가난한 사람들에게 시키면서 말이다.

저자는 '가난한 이들도 인간이며, 그들의 인간성을 가장 적절하

저자는 인문학의 힘을 신뢰한다.
그들을 당장 부자로 만들어주지는 못하더라도
적어도 그저 주어진 현실에 무기력하게 대응하는
노예 상태의 인간에서 벗어나게는 해주리라고.
시간은 걸리겠지만 반드시 의미 있는 성과가 나타나리라고.

게 존중하는 방식은 공적인 삶의 영역에서 시민으로 대우하는 것'이라는 전제에서 이 클레멘트 코스를 만든다. 시민이란 어떤 존재인가. 흔히 말하는 백성과 공화국의 시민은 어떻게 다른가. 시민은 주어진 현실을 무기력하게 받아들이지 않고 그 현실에 대해 성찰적으로 사고하며 그 현실을 개선하기 위해 '정치적으로' 행동하는 사람이다. 그는 클레멘트 코스를 시작하면서 수강생들에게 다음과 같이 말한다.

> "여러분들은 이제껏 속아왔어요. 부자들은 인문학을 배웁니다. 그런데 여러분은 인문학을 배우지 못했잖아요? 인문학은 세상과 잘 지내기 위해서, 제대로 생각할 수 있기 위해서, 그리고 외부의 어떤 '무력적인 힘'이 여러분에게 영향을 끼쳤을 때 무조건 반응하기보다는 심사숙고해서 잘 대처해나갈 수 있는 방법을 배우기 위해서 반드시 해야 할 공부입니다. 저는 인문학이 우리가 '정치적'이 되기 위한 한 방법이라고 생각합니다. 제가 '정치적'이라고 말할 때는 단지 선거에서 투표하는 일만을 말하는 것이 아닙니다. 이것보다는 좀더 넓은 의미를 갖고 있는데요, 아테네의 정치가였던 페리클레스는 '정치'를 '가족에서 이웃, 더 나아가 지역과 국가 차원에 이르기까지 모든 다양한 계층의 사람들과 함께 하는 활동'이라고 정의했습니다."

그가 이런 생각을 구체화하고 실천하게 된 계기는 교도소에서 만난 비니스 워커라는 여성 수감자와의 대화였다. 고교 중퇴에 마약 중독자인 그녀와의 첫 만남에서 저자는 이렇게 묻는다. "사람들이 왜 가난한 것 같나요?" 이 질문에 그녀는 이렇게 대답한다. "우리 아이들에게 '시내 중심가 사람들의 정신적 삶을 가르쳐야 합니다. 가르치는 방법은 간단합니다, 얼 선생님. 그 애들을 연극이나 박물관, 음악회, 강연회 등에 데리고 다녀주세요. (중략) 그렇게 하면, 그 애들은 결코 가난하지 않을 거예요. 그렇게만 하면, 그 애들은 더는 가난하지 않게 된다니까요!" 당연히 일자리나 돈에 대한 말이 나올 거라고 예상했던 저자는 그녀의 말에 큰 충격을 받는다. 그리고 그녀가 말한 '정신적 삶'이란 결국 '정치적 삶'임을, 또한 '가난한 이들이 공적 세계에 참여하여 정치적 삶을 살기 위해서는 무엇보다도 성찰적 사고를 할 수 있는 능력이 필요'함을 깨닫는다.

처음에 대부분의 사람들은 얼 쇼리스의 아이디어와 실천에 회의적이었다. 하지만 일단 시작하고 나자 반응은 놀라울 정도로 뜨거웠다. 뉴욕에서 시작한 클레멘트 코스는 10년 만에 4대륙 50개 지역에서 성공적으로 운영되기에 이른다. 얼마 전부터는 우리나라에서도 빈민과 노숙자, 교도소 재소자들을 대상으로 한 '희망의 인문학' 강좌가 진행되고 있고, 최근에는 서울시와 각 구청에서도 강좌를 확대하고 있다고 한다.

물론 이 클레멘트 코스를 수료한 이들이 금방 가난에서 벗어나 부자가 된 것은 아니다. 그렇지만 저자는 인문학의 힘을 신뢰한다. 그들을 당장 부자로 만들어주지는 못하더라도 적어도 그저 주어진 현실에 무기력하게 대응하는 노예 상태의 인간에서 벗어나게는 해주리라고. 시간은 걸리겠지만 반드시 의미 있는 성과가 나타나리라고.

내가 근무했던 학교는 서울 시내에서 아파트 값이 가장 싼 학군에 위치해 있었다. 그래선지 학비나 급식비를 지원받지 못하면 학교 다니기가 힘든 아이들이 예상보다 많았다. '가난은 부끄러운 것이 아니라 단지 불편한 것이다'라고 말하지만, 한창 자의식이 강하고 감수성 예민한 사춘기 아이들에게 가난은 단순한 불편일 수가 없다. 가난은 때때로 그들의 자존감에 치명적인 생채기를 내는 재앙으로 작용한다.

두루두루 가난했던 옛날과 달리 물질 만능주의와 양극화가 심화된 지금, 가난을 '선별'해서 물질적 지원을 하는 일이 그 아이들에게 어떤 감정을 느끼게 하는가에 대해 기성세대들은 의외로 둔감하다. 지금 나는 물질적 지원이 별것 아니라는 말을 하는 게 아니다. 그보다는 '선별'의 비교육성과 비윤리성에 대해 말하는 것이다. 또한 물질적 지원 못지않게 그 아이들의 자존감 회복이 중요하다는 말을 하는 것이다.

무엇보다 더 이상 교육이 가난의 대물림을 제어하는 데 별다른 영향력을 발휘하지 못한다는, 도리어 그 대물림을 고착시키는 데 기여하고 있다는 현실은 참담하다. 간혹 '개천에서 난 용'이 출몰하기도 하지만, 그런 일은 거의 벼락을 맞거나 로또에 당첨될 확률만큼 드물다는 걸 누구보다 아이들부터 잘 알고 있다. 600만의 비정규직, 1,000조 원의 가계대출, 1,000만 원대 대학 등록금, 연간 30조 원 규모의 사교육 시장이 지금 우리 앞에 펼쳐진 엄연한 현실이다.

국민소득 2만 달러, 세계 11위 경제대국의 그림자로 살아가는 이들에게 교육이란 무엇이고 무엇이어야 하는가. 마땅히 그 그림자에 대해 성찰하게 하고 의심하게 하며 그것을 개선할 수 있게 하는 단서를 제공하는 것이 교육의 역할 아니겠는가. 가난에 대해 어떠한 구조적 성찰도 하지 않은 채 그저 '난 무조건 돈을 많이 벌 거야' 결심하는 아이들이 과연 이 사회의 책임 있는 시민으로 성장할 수 있겠는가.

오로지 좋은 대학에 가기 위해 공부하는 청소년들, 오로지 취업이나 고시 합격만을 위해 도서관에 앉아 있는 대학생들, 성찰적으로 사고하고 정치적으로 행동하는 시민이 아니라 주어진 삶을 수동적으로 살아가는 백성들. 《희망의 인문학》은 이 땅을 살아가는 우리 모두에게 진정한 교육이 어떤 모습이어야 하는지를, 가난한 삶과 가난한 정신에서 탈피하기 위해서는 무엇이 가장 절실하게 필요한지를 알려준다.

> 문학은 인간을 총체적으로 파악하게 만드는 것이다. 문학은 배고픈 거지를 구하지 못한다. 그러나 문학은 그 배고픈 거지가 있다는 것을 추문으로 만들고, 그래서 인간을 억누르는 억압의 정체를 뚜렷하게 보여준다. 그것은 인간의 자기기만을 날카롭게 고발한다.
>
> ─ 김현, 〈문학은 무엇을 할 수 있는가〉 중에서

문학이 인문학의 일부이니, '문학'이라는 단어 앞에 '인'을 붙여서 읽어도 무리가 없으리라. 지금 이 땅의 모든 청춘들에게, 가난한 이들에게 '희망의 인문학'이 필요한 이유다. 루쉰의 소설 〈고향〉은 이 유명한 구절로 끝난다. '희망이란 것은 있다고도 할 수 없고, 없다고도 할 수 없다. 그것은 마치 땅 위의 길이나 마찬가지다. 원래 땅 위에는 길이란 게 없었다. 걸어가는 사람들이 많아지면 그게 곧 길이 되는 것이다.'

희망의 인문학 _얼 쇼리스

미국의 언론인이자 소설가인 얼 쇼리스가 노숙자, 빈민, 죄수 등의 소외계층을 대상으로 정규 대학 수준의 인문학을 가르치는 교육과정인 클레멘트 코스를 만들어 운영한 과정과 결과를 기록한 책이다. '클레멘트 코스, 기적을 만들다'라는 부제가 붙은 이 책을 읽다보면 기적은 결코 기적적으로 만들어지는 것이 아니라 수많은 사람들의 땀으로 이루어진다는 진실을 새삼 깨닫게 된다.

"우리는 누군가를 완전히 이해하지는 못하더라도
완벽하게 사랑할 수는 있습니다."

"이해는 못했지만 사랑했던 사람들은 모두 죽었다.
그러나 난 아직도 그들과 교감하고 있다.
어슴푸레한 계곡에 홀로 있을 때면 모든 존재가 내 영혼과 기억
그리고 강의 소리, 고기가 물리길 바라는 희망과 함께
모두 하나의 존재로 어렴풋해지는 것 같다.
그러다가 결국 하나로 녹아든다. 그리고 그것은 강물을 타고 흘러간다."

― 영화 〈흐르는 강물처럼〉 중에서

야심이 아닌 진심

+

PART 3

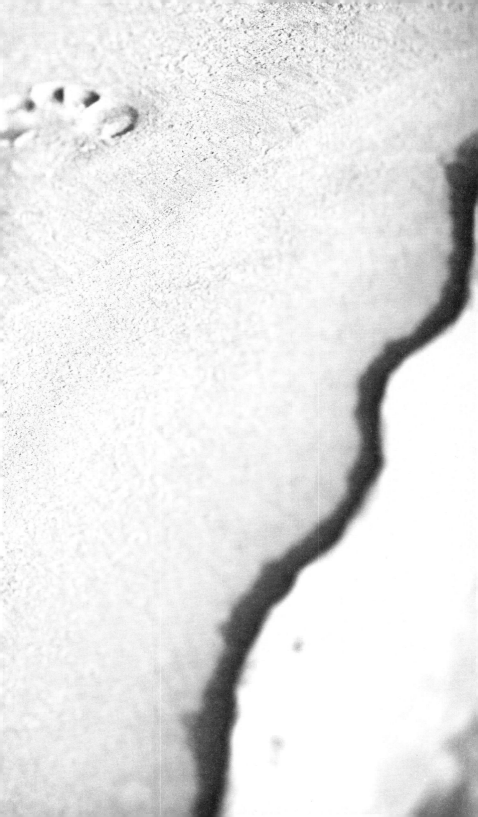

소우주 탐사하기

+

진심의 탐닉
_ 김혜리

흔히 상대가 자신의 말을 못 알아듣거나 아예 들으려고도 하지 않을 때 '쇠귀에 경 읽기'라고 한다. 그래도 소는 나은 편이다. 눈이라도 끔뻑거리지 않는가. 우리는 살면서 때때로 '벽'을 만난다. 내 말을 전혀 들어보려고 하지 않는 벽, 자신의 사고 수준에 대해서는 일말의 의심도 없는 벽, 그리하여 오로지 자기 말만 해대는 벽. 조그마한 소통의 창문도 내지 않으려는 그 벽 앞에서 좌절해본 경험, 누구나 한 번쯤 있을 것이다. 그리고 어쩌면 나 자신 또한 누군가에게 그런 벽이었던 적이 있었을지 모른다.

'대화는 본질적으로 목숨을 건 도약이다'라는 말이 있다. 생각해보면 정말 그렇다. 나는 네가 될 수 없고 너는 내가 될 수 없으니, 완벽한 대화란 사실 '미션 임파서블'에 가깝지 않을까. 하물며 나 자신의 내면에서조차 서로 다른 목소리가 아우성칠 때가 얼마나 많은가. 그러니 우리가 대화라고 믿는 대부분의 것들은 단지 말 순서만 주고받으며 자기 말만 해대는 독백이거나, 나와 너의 내면은 어디론가 휘

발된 채 오로지 화제만 둥둥 떠다니는 수다일지 모른다.

나는 대화의 가능성에 대해선 좀 비관적이면서도 인터뷰라는 장르에는 관심이 많다. 그 이유가 '좋은 대화'를 강하게 희구하는 심리 때문인지, 아니면 '좋은 대화'가 얼마나 어려운 것인지를 새삼 확인하고 싶은 심리 때문인지는 모르겠지만. 여하튼 인터뷰에 관심이 많다 보니 자연스럽게 좋아하는 인터뷰어들이 몇 명 생겼는데, 그들 중 내가 가장 좋아하는 이는 바로 《씨네21》의 김혜리 기자다.

《진심의 탐닉》은 그녀가 2008년 4월부터 2010년 3월까지 《씨네21》에 연재한 '김혜리가 만난 사람 시즌 2'를 책으로 엮은 것이다(시즌 1은 그녀가 앞서 낸 《그녀에게 말하다》라는 책에 실려 있다). 그녀가 만난 사람들의 직업군은 배우, 소설가, 방송인, 번역가, 시인, 영화감독, 음악가, 만화가, 문학평론가 등으로 다양하다. 그녀는 그들을 만나기 위해 그들이 쓴 소설과 시와 만화와 번역서와 평론을 읽고, 그들이 출연하거나 연출한 영화나 드라마들을 보고, 그들이 이전에 했던 인터뷰 자료를 죄다 검토하는 고되고 지난한 사전 작업을 한다. 미디어의 홍수 속에서 엄청난 분량의 인터뷰가 매일 쏟아져 나오지만 건질 만한 것이 별로 없는 이유는 대다수의 인터뷰어들이 김혜리 기자 같지 않기 때문이다. 자신이 인터뷰할 대상(인터뷰이)에 대한 최소한의 배경지식도 관심도 없는 인터뷰어가 해댈 수 있는 질문이란 것이 오죽할 것이며, 그런 질문에 대한 대답이란 것이 오죽하겠는가. 그에 반해 이 책은 좋은 인터뷰는 결국 연애와 비슷하다는 걸 알게 해준다. 사랑을 시작하기 전의 설렘을 연상케 하는 도입부의 전문을

지나면, 마치 사랑의 밀어를 나누는 듯한 본격적 Q&A를 거쳐, 이별
의 아쉬움이 풍겨오는 '追伸(추신)'이 있다. 특히 난 인터뷰 말미에 붙
은, 인터뷰를 정리하고 보강하면서도 인터뷰가 준 여운에서 가능한
한 오래 머물려는 듯한 추신이 좋았다. 예를 들면 이런 말들.

소재고갈? 그게 먹는 건가요? 물론 김태호 PD가 그렇게 말하지
는 않았다. 다만 "소재는 인체 세포 수만큼, 여기 공기 중에 떠다
니는 먼지의 숫자만큼 많다고 생각해요. 문제는 그걸 어떤 내러
티브로 엮어가느냐죠"라고 털어놓았을 뿐이다. 과거를 물어도 그
의 이야기는 깔대기라도 달린 듯, 현재진행형의 기획과 2010년
에 추수할 아이디어들로 연방 되돌아왔다. (중략) 사진을 촬영하
는 동안 그의 배낭을 맡았다가 무게에 무릎이 꺾일 뻔했다. 자료
파일과 서류, 그리고 노트북 컴퓨터가 들어 있다고 했다. 그 등짐
을 멘 채 김태호 PD는 결혼식장에 가는 길이었다. 누군가에게
'재미'란 그렇게 지구만큼 거대하고 무거운 것이었다.

비대칭으로 일그러지는 입술, 날카로운 삼백안, 눈을 치뜨면 11
자를 그리는 이맛살. 김명민의 얼굴에는 냉소가 썩 잘 어울린다.
선뜻 기뻐하지도 쉽게 낙망하지도 않을 사람 같다고 짐작하자,
김명민이 끄덕인다. "매니저들이 즐거운 일이 있어서 좋아하면
진정하라고 하고 나쁜 일이 생기면 예상했던 거 아니냐고 해요.
시니컬하다고 소문이 났죠." (중략) 그는 좋은 연기를 위해 무척
안달하면서도 실패의 상상에 진저리치지 않는다. "항상 저라고

잘되란 법이 있나요?" 단역 연기가 일의 전부였던 시기를 "달걀로 바위 치는 시간"이었다고 묘사하면서 당시 자신을 무시하고 모욕하여 깨지도록 도와준 사람들에게 감사하다고 잘라 말한다. 혹시나 하는 마음에 안색을 들여다보았지만 비꼬는 기색은 없었다. 거기에는, 결국 인생은 대단히 짧다고 생각하는 사람이 가질 수 있는 수더분한 냉소가 있을 뿐이었다.

이 책에 등장하는 인터뷰이는 총 22명. 그들을 뭉뚱그려 '크리에이티브 리더'라 명명한 것도 적절하다는 생각이 든다. 이 책은 이 '크리에이티브 리더'들의 내면을 엿보는 짜릿한 관음증적 쾌락을 주면서 술술 재밌게 읽히지만 군데군데 깊은 생각에 빠지게 하는 대화가 많은데, 예를 들면 배우 김혜자의 다음과 같은 말이 그렇다.

"저는 뭐든 공포스럽지는 않아요. 내가 바랄 수 없는 걸 바라고 있음을 느낄 때 고독해요. 도저히 안 될 일을 꿈꾸고 있다고 깨달을 때 너무너무 고독해."

저 구절을 읽으면서 한참 멍했던 기억이 난다. 나는 과연 저런 의미에서 '너무너무 고독해'본 적이 있었던가. 안 될 일을 꿈꿔보는 에너지도 용기도 없었으니, 고독한 적도 없었던 인간이 바로 나였다.

이 책에 실린 22편의 인터뷰를 차례차례 읽으면서 인간은 하나의 소우주라는 진리를 새삼 깨닫는다. 그러니 한 인간을 다른 인간이 다

인터뷰를 차례차례 읽으면서
인간은 하나의 소우주라는 진리를 새삼 깨닫는다.
그러니 한 인간을 다른 인간이 다 안다고 믿는 것은
얼마나 오만한 착각인가.
인터뷰란 결국
언어라는 탐사선으로 방대한 우주를 탐사하는 일일 터.
그 앞에서 진지하고 겸손해야 함은
한 소우주가 다른 소우주에게 마땅히 취해야 할 태도일 것이며,
진심이란 그때야 비로소 볼 수 있는 빛나는 항성일 것이다.

안다고 믿는 것은 얼마나 오만한 착각인가. 인터뷰란 결국 언어라는 탐사선으로 방대한 우주를 탐사하는 일일 터. 그 앞에서 진지하고 겸손해야 함은 한 소우주가 다른 소우주에게 마땅히 취해야 할 태도일 것이며, 진심이란 그때야 비로소 볼 수 있는 빛나는 항성일 것이다.

누군가에게 오해받고, 성의를 다해 해명했음에도 그 오해가 끝끝내 풀리지 않아 낙심해 있던 어느 날 밤, 멍하니 책장을 보는데 이 책이 눈에 들어왔다. '진심'의 '탐닉'이라니. 살짝 눈물이 났다. 앞서 완벽한 대화란 불가능하다고 말했지만 곰곰 생각해보면 분명 누군가에게 나의 진심을 보이고, 누군가가 나에게 진심을 보여준, 그리하여 '진심으로 진심이 통하던' 가슴 아린 순간이 있었다. 그 기적 같은 순간이. 관계에서 받은 온갖 상처를 치유해준 묘약은 결국 다른 이의 진심이었던 것이다.

사람들은 저마다 발각되기를 기다리는 가벼운 비밀을 품고 있다고 생각합니다. 그것은 일상적으로 사회를 대면하는 공적인 얼굴과 무덤까지 안고 갈 내밀한 의식 사이에 있는 미묘한 중간지대입니다. 결코 스스로 나서서 헤쳐 열어 보이지는 않지만, 적당한 때와 장소에 적당한 손길이 매듭에 닿으면 스르륵 열리는 보따리를 상상하면 비슷할 것 같습니다. 독창적이고 흥미로운 인물일수록 이 중간지대는 풍요롭게 우거져 있습니다. 인터뷰는 깊숙한 심리상담도 엄정한 취조도 아닙니다. 바로 그렇기 때문에 상대를 '침범'하지 않은 채, 그를 이해하는 데에 요긴한 구역에 발을 들여놓을 수 있는 거의 유일한 길입니다. 그러니까 서툴러도 갈 수

밖에 없는 길이었다고 하면 변명이 될까요? 인터뷰라고 하면 저
는, 상대방의 정원 한구석에 앉아 울타리 밖과 집안을 번갈아 넘
겨다보며 주인의 성격을 짐작하는 광경이 떠오릅니다. 밖으로 내
쳐질까봐 불안한 한편, 갑자기 실내로 초대하면 어떡하나 지레
조마조마하기도 한 거죠.

책의 서문에 있는 저자의 셀프 인터뷰에 나오는 한 대목이다. 나
의 '발각되기를 기다리는 가벼운 비밀'은 무엇이고, 내가 가진 '중간
지대'의 면적은 어느 정도일까. 대충 알 것 같기도 하고 영원히 알 수
없을 것 같기도 하다. '적당한 손길'이 내 마음의 매듭을 스르륵 풀어
줬으면 좋겠다.

여행 중 최고는 사람을 향해 가는 여행이다. 거대한 산맥보다 더
장엄하고, 한낮에 퍼붓는 소나기보다 더 예측하기 힘들다. 그리
움이라는 후유증이 심각하지만, 그럼에도 불구하고 매력 있는 사
람을 만난다는 건 비교할 수 없는 희열이다.

─박민우, 《1만 시간 동안의 남미》 중에서

진심의 탐닉 _김혜리

전문 인터뷰어이자 〈씨네21〉의 기자인 저자 김혜리가 22명의 '크리에이
티브 리더'를 만나 나눈 대화의 기록이다. 날카로운 질문을 던질 때도 다정
한 태도를 잃지 않는 인터뷰어로서의 그녀의 능력이 십분 발휘된 책이다.

예찬보다
더 좋은 것은
없다

+

예찬
_미셸 투르니에

얼마 전에 친구와 이야기를 하다가 '다른 사람과 급속도로 친해지는 길은 같은 대상을 욕하는 것이다'라는 말이 나와서 한참을 웃었다. 사실 '순간 결속력'을 반짝 높이는 데는 그만한 것이 없다. 절대 도덕적인 행위라고는 할 수 없지만 그것이 주는 카타르시스를 무시할 수도 없지 않은가. 우리를 짜증 나게 하는 것들은 정말이지 도처에 깔려 있으니.

그렇지만 분명한 건 그 결속이 오래 지속되려면 다른 것이 필요하다는 사실이다. 함께 같은 대상을 욕하고 비판하고 싫어하는 것만으로 그 관계가 오래 지속되기가 힘든 이유는 일종의 공범 의식 때문이 아닐까 싶다. 이유야 어쨌든 근본적으로 '뒷담화'는 그리 떳떳한 것이 아니지 않은가. 게다가 누구 하나가 배신할 위험도 언제든 잠복해 있고.

미셸 투르니에의 산문집 《예찬》을 읽다 보면 관계를 오래 지속하게 하는 것이 무엇인지를 알 수 있다. 바로 같은 대상을 '예찬'하는 것이다. 총 82편의 짤막한 글로 이루어진 이 책에서 작가는 정말 오만 가지를 다 예찬하고 있다. 나무와 숲, 썰물 같은 자연에서부터 말이나 뱀 같은 동물을 지나고 무릎이나 머리털 같은 신체 부위를 거쳐, 마이클 잭슨이나 다이애나 황태자비 같은 유명인에 이르기까지 그의 눈 속에 내장된 필터를 거치면 모든 것이 예찬의 대상이 된다.

사실 나에겐 뱀 공포증이 있다. 실제로 보는 것은 말할 것도 없고, 동영상이나 사진, 하다못해 뱀이 등장하는 글을 보는 것도 너무 힘들다. 그러다 보니 뱀을 보게 될 확률이 조금이라도 있는 행동은 절대 하지 않는다. 다큐멘터리를 좋아하는 편인데도 정글이 배경으로 나오면 언제 뱀이 등장할지 모른다는 두려움으로 아예 보기를 포기할 정도다. 그런데 이런 내가 이 책에 나오는 뱀의 묘사는 결국 다 읽고 말았다. 온몸에 소름이 쪽쪽 끼치는데도 그걸 표현하는 방식이 워낙 흥미롭고 아름다운 나머지 흡사 마조히스트가 된 기분으로 그 '끔찍한 희열'을 기꺼이 감내한 것이다.

잡초를 뽑고 김을 매어 흙을 골라놓은 정원은 최후의 만찬을 그린 중세의 그림들 같다. 지고한 정원사께서는 이로운 풀과 해로운 풀을 서로 구분하여놓으신 것이다. 선택받은 이들이 낙원을 향하여 줄지어 가듯이, 버림받은 자들이 지옥으로 굴러떨어지듯이, 장미와 백합과 달리아는 화단에 꽃을 활짝 피우는데 별봄맞이꽃과 개밀속은 뽑혀서 생울타리 저 너머 눈에 안 보이는 퇴비장에 쌓이기만 한다.

어렸을 때 나는 하얀 반바지 차림의 맥없고 핏기 없는 선택받은 자들의 무리보다 버림받은 자들의 거무튀튀하고 알통 박인 육체가 훨씬 더 멋지다고 생각했다. 지금도 나는 가끔 이러저러한 '잡초'를 구제해보려고 정원사한테 사정을 해보지만 여간 어려운 게 아니다.

'잡초의 옹호와 칭송'이라는 제목이 붙은 글의 일부다. 이 부분을 읽는데 예찬의 최대 걸림돌은 바로 '차이에 대한 분별'이 아닐까 하는 생각이 들었다. 잡초를 분별하는 것과 잡초를 예찬하는 것은 분명 긴장 관계를 이룰 수밖에 없으므로.

언젠가 이런 생각을 한 적이 있다. '세상 사람들을 크게 두 부류로 나눌 수 있지 않을까? 남에게서 동질감을 잘 느끼는 사람과 이질감을 잘 느끼는 사람으로.' 고백하건대 나는 단연코 후자 쪽이었다. 어렸을 적부터 어른들이 같은 동네, 같은 학교, 같은 학급이라는 것에 굉장한 의미를 부여하며 동질감을 강요하는 것이 나는 잘 이해되지 않았다. 어른이 되어서는 같은 직장에 속해 있다는 것, 종교가 같다는 것, 정치 성향이 비슷하다는 것으로 친밀감을 표하는 사람들이 이해되지 않았다(그래서 뭐 어쩌라고?).

그렇다고 이런 나의 속마음을 다 표현하고 살지는 않았다. 적당히 눈치껏 타협하면서 적어도 겉으로는 원만하게 '사회생활'이라는 걸 했다. 또한 나의 이런 성향에도 불구하고 진심으로 마음이 맞는 친구들과 선후배들을 만나기도 했고(정말 다행스럽고 감사한 일이다!).

어떤 대상을 예찬하다가 나와 같은 대상을 예찬하는 누군가를 보게 되면
마치 그 대상을 보듯이 그 누군가를 보게 된다.
무언가를 예찬하기 위해서는 반드시 마음이 열려야 한다.
그 열린 마음으로 나와 같은 마음을 지닌 사람을 보게 되는 것이다.

이질감을 잘 느끼는 사람답게 어떤 대상의 흠과 결을 찾는 데 뛰어난 소질(?)이 있다고 스스로 생각한 적도 있다. 심지어 이를 자랑스럽게 여기기도 했고. 특히나 자의식이 하늘을 찌르고 감수성이 칼처럼 잔뜩 벼려져 있던 20대 시절엔 이 소질을 맘껏 발휘하기도 했다. 돌이켜보면 나도 모르게 얼굴이 화끈거리는 기억이다.

물론 차이를 분별하고 흠결을 찾아내는 건 중요한 정신 활동이다. 하지만 이런 활동이 최종 목표가 되는 삶은 얼마나 불행한가.

몇 년 전에 나는 어느 배우의 온라인 팬 카페에 가입했다. 그가 출연한 한 드라마를 보다가 그의 연기에 매료되었고 얼마간 정신을 못 차리다가 결국 일을 저질렀다. 머리털 나고 처음이었고, 나 스스로에게 너무 놀라서 내 손으로 자판을 두들겨 가입하면서도 '너 이제 별짓을 다 하는구나'라며 혼자 중얼거렸던 기억이 난다. 그리고 나를 아는 사람들에게 이 얘기를 해주면 하나같이 다들 깜짝 놀라는 반응을 보여주었다.

그런데 말이다, 정말 신기한 일이 벌어졌다. 그저 그 배우에 대한 자료나 찾아보려고 가입한 그곳에서 여러 사람들을 만나고, 그 사람들과 급속도로 친해지면서 그 친교를 몇 년 동안 변함없이, 그것도 아주 끈끈하게 이어오고 있다. 좋아하는 배우가 같다는 사실 말고는 별다른 공통점도 없는 사람들끼리 어쩌다가 이 지경(?)까지 되었을까 놀라고 있을 즈음 이 프랑스인 할아버지 작가는 나에게 명쾌한 대답을 주었다.

인간의 근원적인 열정은 다름 아닌 호기심이다. 아담과 이브에게 지혜의 열매를 따먹게 시킨 것도 바로 그 호기심이니까 말이다. 호기심은 곧 발견하고 보고 알려는 욕구, 그리고 예찬하고자 하는 욕구다.

예찬보다 더 좋은 것은 없다. 어떤 아름다운 음악가, 한 마리 우아한 말, 어떤 장엄한 풍경, 심지어 지옥처럼 웅장한 공포 앞에서 완전히 손들어버리는 것, 그것이 바로 삶에 의미를 부여하는 것이다. 예찬할 줄 모르는 사람은 비참한 사람이다. 그와는 결코 친구가 될 수 없다. 우정은 함께 예찬하는 가운데서만 생겨나는 것이기 때문이다. 우리들의 한계, 모자람, 왜소함은 눈앞으로 밀어닥치는 숭고함 속에서 치유될 수 있다.

내가 한 배우의 팬 카페에 가입하지 않았다면 '우정은 함께 예찬하는 가운데서만 생겨나는 것'이라는 말에 이토록 공감하지 못했을 것이다. 어떤 대상을 예찬하다가 나와 같은 대상을 예찬하는 누군가를 보게 되면 마치 그 대상을 보듯이 그 누군가를 보게 된다. 무언가를 예찬하기 위해서는 반드시 마음이 열려야 한다. 그 열린 마음으로 나와 같은 마음을 지닌 사람을 보게 되는 것이다. 정말이지 예찬만큼 좋은 것은 없다! 그러니 우리, 누군가를 또는 무엇인가를 온 마음을 다해 예찬해보자.

자세히 보아야 예쁘다

오래 보아야
사랑스럽다

너도 그렇다

— 나태주, 〈풀꽃〉

예찬 _미셸 투르니에

'현재 활동 중인 프랑스 최고 작가'라는 찬사를 듣는 미셸 투르니에의 신문
집. 작가의 예리하면서도 독창적인 시선으로 삼라만상을 예찬한 82편의 글
이 수록되어 있으며, 책 말미에 붙은 번역자 김화영의 글도 인상적이다.

나를
완전하게
하는 사람

+

새벽 세시, 바람이 부나요?
_다니엘 글라타우어

우리는 살면서 수많은 사람을 만난다. 아니, 정확히 말하면 만나는 게 아니라 마주친다. '우리 만남은 우연이 아니야'라고 아무리 목청 껏 외쳐도 모든 만남은 우연적인 마주침에서 시작한다. 엄밀히 말해 부모, 형제, 자식, 부부, 친한 친구들도 만나야 할 필연적인 이유가 있었던 건 아니다. 우연적인 마주침이 필연적인(적어도 필연적이라고 믿는) 만남이 되려면 또 다른 무엇이 필요하다. 그건 가족처럼 빼도 박도 못하는 인연줄이기도 하고, 또 다른 우연의 행진(예를 들면 계속 같은 학교를 다니게 되는 것)이기도 하다. 그리고 이게 있다. 마주침의 순간부터 마음이 통하는 것.

스피노자는 사람이 마주침을 통해 완전해졌다고 느꼈을 때 갖게 되는 정념을 기쁨으로, 반대의 경우를 슬픔으로 정했는데, 이에 따르면 누군가와 마음이 통할 때의 느낌은 사실 자신이 완전해지는 기쁨 인 것이다. 이 기쁨이 너무 매력적이라 사람들은 때때로 큰 상처를 입으면서도 만남과 소통을 시도하는 것일 테고.

《새벽 세시, 바람이 부나요?》는 한 남자(레오)와 한 여자(에미)가 주고받은 이메일로만 이루어진 좀 특이한 형식의 연애소설이다. 에미가 한 잡지의 정기 구독을 취소하는 이메일을 보내는데, 이메일 주소의 철자 하나를 잘못 치는 바람에 메일이 레오에게 가게 되는 해프닝으로 이야기는 시작한다. 정말이지 우연 그 자체다. 게다가 현실 공간도 아닌 온라인에서다. 상대의 얼굴, 나이, 직업, 성격, 하다못해 목소리도 모르는 상태. 그럼에도 이 둘은 상대가 자신과 마음이 맞고 말이 통하는 사람이란 걸 직감한다. 그러면서 처음의 경쾌한 메일 주고받기는 본격적인 '이메일 연애'가 되어간다.

> 그럼요, 에미. 당신은 '여느 누구'가 아니지요. 여느 누구가 아닌 그 어떤 사람이 있다면, 그건 바로 당신입니다. 물론 저에게도 당신은 여느 누구가 아닙니다. 당신은 제 안에 있으면서 저와 늘 동행하는 제2의 목소리 같은 존재입니다. 당신은 저의 독백을 대화로 바꿔놓았습니다. 당신은 제 내면을 풍부하게 해주는 존재입니다. 당신은 꼬치꼬치 캐묻고, 자기 주장을 굽히지 않고, 신랄하게 야유하고, 저와 맞서 싸웁니다. 저는 당신의 재치와 매력, 생기에 감사하고 그 '속된 마음'조차 고맙게 여깁니다.
> (중략)
> 에미, 내 어머니의 죽음에 관해 당신과 나눈, 겉보기에는 의미 없는 것 같은 몇 마디 말이 얼마나 큰 도움이 되었는지 모릅니다.

이번에도 제 안에 제2의 목소리가 있어, 그 목소리가 제가 미처 생각하지 못한 질문을 던지고, 제가 미처 못 찾은 답을 주고, 자꾸 제 외로움을 뚫고 들어와 그것을 깨뜨려놓았습니다.

레오, 제 입장에서 생각해보세요. 솔직히 고백하건대 저는 오랫동안 그 누구와도, 당신과 그랬던 것처럼 격렬하게 감정을 나눠본 적이 없어요. 이런 식의 감정교류가 가능하다는 사실에 저 스스로도 놀랐답니다. 당신에게 보낸 이메일들에서 저는 그 어느 때보다 더 에미다운 에미가 될 수 있었어요. '현실의 삶'에서는 무난하게 버텨나가려면 끊임없이 자기 감정과 타협을 해야 해요. 이럴 땐 과잉 반응을 해선 안 돼! 이건 받아들이는 수밖에 없어! 이 상황에서는 그걸 못 본 척해야 해! 이런 식으로 끊임없이 자신의 감정을 주위 사람들에게 맞추고, 자기가 사랑하는 사람들에게 아량을 베풀고, 일상에서 오만 가지 자질구레한 역할을 떠맡고, 구조 전체를 위태롭게 하지 않으려면 균형을 잘 잡아 평형을 유지해야 해요. 저 또한 그 구조의 일부니까요.
그런데 레오, 당신을 대할 때는 있는 그대로의 나를 꾸밈없이 드러내는 게 조금도 망설여지지 않아요. 당신에게 이건 기대해도 된다, 이건 안 된다…… 그런 걸 깊이 생각하지 않아요. 그냥 거리낌 없이 저돌적으로 글을 쓰는 거죠. 저는 그게 너무 좋아요!!! 사실 이건 다 당신 덕이에요. 레오. 그래서 당신은 포기할 수 없는 존재가 되어버렸어요. 당신은 저를 있는 그대로 받아들여줘요. 물론 더러는 제동을 걸기도 하고, 어떤 건 무시하기도 하고, 터무

니없는 오해를 하기도 하지만, 그러면서도 끈기 있게 제 곁에 남
아 있는 당신을 보면 내 모습을 있는 그대로 보여도 되는구나, 하
는 생각이 들어요.

결론부터 이야기하면 에미와 레오는 이러한 말들을 서로에게 쏟
아놓는 관계임에도 실제로는 한 번도 만나지 않는(못한)다. 그럼에도
그 어떤 연애보다 연애 같은 연애를 한다. 둘은 '끊임없이 고조되는
감정, 눈덩이처럼 불어나는 그리움, 가라앉을 줄 모르는 열정'에서 헤
어 나오지 못한다. 다만 절대 이것들을 상대에게 모두 드러내지는 않
는다. 잠깐 드러냈다가도 곧바로 거두어들인다. 반대로 어떤 때는 애
써 감추는 듯하며 슬며시 드러내기도 하고. 정말이지 이 책을 읽고
있으면 연애의 본질은 결국 '밀고(감추고) 당기기(드러내기)', 이른바
'밀당'인 것 같다는 생각마저 든다. '밀당'은 흔히 상대를 자신의 손
아귀에 넣기 위한 '전략'으로 이해되지만 연애를 하는 사람에겐 어쩔
수 없는 '본능'이 아닐까. 사랑하는 사람을 언제까지나 곁에 두고 싶
은 소망, 그 사람과의 만남을 우연의 마주침이 아닌 필연으로 만들고
싶은 열망, 그 사람을 통해 나 자신이 완전해지는 기쁨을 잃고 싶지
않다는 욕망이야말로 연애라는 고도의 심리전을 불타오르게 하는 동
력이니.

그런데 책을 읽다 보면 이 '밀당'이 레오와 에미 사이에만 있지
는 않음을 알게 된다. 작가인 다니엘 글라타우어는 독자를 제대로 쥐
락펴락하는 '선수'다. 어떤 대목은 채팅방 수다를 방불케 하는 짧고

사랑하는 사람을 언제까지나 곁에 두고 싶은 소망,
그 사람과의 만남을 우연의 마주침이 아닌 필연으로 만들고 싶은 열망,
그 사람을 통해 나 자신이 완전해지는 기쁨을 잃고 싶지 않다는 욕망이야말로
연애라는 고도의 심리전을 불타오르게 하는 동력이니.

감각적인 대화로, 어떤 대목은 고전적인 서간체 소설을 떠오르게 하는 우아하고 깊이 있는 대화로 이루어져 있는데, 그 흐름이 굉장히 자연스럽고 리드미컬한 나머지 읽는 이를 단숨에 마지막 장까지 끌고 간다. 게다가 이메일이다 보니 꼭 둘만의 메일함을 엿보는 것 같은 짜릿함을 준다. 무엇보다 메일과 메일 사이에 시간 간격을 표시한 건 매우 탁월한 선택이었다. 그 간격 자체가 하나의 중요한 표지로 기능해 많은 걸 상상하고 추론하게 만드니까.

이 소설은 분명 술술 읽히지만 다 읽은 뒤엔 사람과 사람 사이에 마음과 말이 통하는 게 어떤 것인가에 대해 오랫동안 생각해보게 만든다. 그 '통함'이 어떻게 한 사람을 변하게 하고 완전하게 하는지도. 자칫하면 삼류 막장 드라마로 흘러갈 수 있는 소재를 이렇게 살려놓다니! '독일 현대문학에서 가장 매혹적이고 재치 있는 사랑의 대화'라는 이 책에 쏟아진 찬사가 과장으로 느껴지지 않는다.

· 추신 ·

이 책의 242~246쪽에 펼쳐진 에미와 레오의 이메일 대화를 읽는 순간, 연애가 정말 하고 싶어질지도 모른다. '새벽 세 시'라는 시간에 바깥에서 불어오는 바람과 내 안에서 소용돌이치는 바람이 합해져 잠 못 이룰 때, 그런 나를 토닥여줄 누군가가 간절해지니까.

덧붙여 이 책은 속편이 있다. 《일곱 번째 파도》다. 자칫 속편은 전편의 감동까지 반감시키는 경우가 종종 있는데 《일곱 번째 파도》는 다행스럽게도 실망을 주지 않는다. 고백하건대 나는 이 책을 다 읽고 속편을 손에 넣기까지

거의 심리적 공황 상태였다. 혹시나 나처럼 궁금한 걸 잘 못 참는 성격이라면 미리 속편까지 확보한 다음에 읽기를 추천.

새벽 세시, 바람이 부나요? _다니엘 글라타우어

처음부터 끝까지 이메일로만 이루어진 독특한 형식의 연애소설로, 프랑크푸르트 도서전협회와 독일서점협회가 주최하는 2006년 독일어도서상 후보에 오르기도 했다. '형식이란 내용을 담는 가장 적합한 그릇'이라는 말이 절로 떠오르는 작품이다.

내가 〈해품달〉에
공감하지 못한
이유

+

사랑의 기술
_에리히 프롬

집에 텔레비전이 없다 보니 인기 있는 프로그램도 못 보고 지나치거나 뒤늦게야 '몰아서' 보게 될 때가 있다. 얼마 전에 방영된 드라마 〈해를 품은 달〉(이하 〈해품달〉)도 종영되고 나서 보았다. 친정에서 뒹굴뒹굴하다가 한 케이블 채널에서 처음부터 끝까지 몰아서 방영하는 걸 우연히 본 것이다. 엄청난 화제를 뿌리며 남자 주인공을 스타로 만들고 시청률 40퍼센트의 위업을 달성한 작품이었던지라 나름 기대를 갖고 보았는데, 안타깝게도 그다지 재미를 느끼지 못한 채 대충대충 보고 끝내버렸다.

내가 〈해품달〉에 공감을 못했던 이유는 '여주인공의 연기가 어색해서' 같은 피상적인 차원이 아니라, 이 드라마의 서사 구조 자체가 진정한 사랑을 왜곡시키는 면이 있었기 때문이다. 한마디로 〈해품달〉은 두 주인공이 사랑에 '빠지는' 것만 보여줄 뿐 사랑을 '하는' 걸 보여주지 못했던 것이다.

에리히 프롬이 1956년에 출간한 《사랑의 기술》은 사랑에 관한 정신분석학적이면서 철학적인 성찰이다. 이렇게 말하면 굉장히 어려운 책 같지만 의외로 매끄럽게 읽히는 책이다. 지금 이 시점에도 사랑에 관한 온갖 담론들이 우후죽순처럼 쏟아져 나오고 있지만, 나는 출간된 지 50년이 넘은 이 책만큼 깊고 날카로우면서도 아름답게 사랑을 통찰한 책을 아직 보지 못했다.

저자는 이 책에서 사랑에 '빠지는' 것과 사랑을 '하는' 것은 다르다고 말한다. 그는 '사랑은 수동적 감정이 아니라 활동'이며, 사랑은 '참여하는 것이지 빠지는 것이 아니다'라고 강조한다.

우선 성애는 흔히 사랑에 '빠진다'는 폭발적인 경험, 곧 그 순간까지도 낯선 두 사람 사이에 있던 장벽이 갑자기 무너져버리는 경험과 혼동된다. 그러나 앞에서 지적한 바와 같이 갑작스럽게 친밀해지는 이러한 경험은 본질적으로 오래가지 못한다. 낯선 사람들이 친밀하게 아는 사이가 되면 이미 극복해야 할 장벽도 없고, 더는 갑작스럽게 접근할 수도 없다. (중략)
대부분의 사람들의 경우, 타인만이 아니라 자기 자신도 곧 탐구되고 곧 철저히 규명된다. 그들의 경우, 친밀감은 우선 성적 교섭을 통해 확립된다. 사람들은 상대방의 분리를 우선 신체적 분리로 경험하기 때문에 신체적 결합은 분리 상태의 극복을 의미하게 된다. (중략) 그러나 이러한 모든 형태의 친밀감은 시간이 지남에 따라 점점 희박해지는 경향이 있다.
그 결과 사람들은 새로운 사람, 새로운 타인과의 사랑을 추구하

게 된다. 이 타인은 다시금 '친밀한' 사람으로 변하고, 사랑에 빠
지는 경험은 다시금 유쾌하고 강렬하지만, 이 경험은 다시금 차
츰 덜 강렬한 것이 되고 마침내 새로운 정복, 새로운 사랑을 —
언제나 새로운 사랑은 이전의 사랑과는 다르리라는 환상을 품고
— 바라게 된다. 성적 욕망의 기만적 성격은 이러한 환상에 많은
도움을 준다.

　물론 사랑에 빠지는 것은 특별한 경험이다. 누군가에게 '한눈에
반해버리는' 순간은 사랑을 시작하는 단계에서 매우 결정적인 요소
다. 〈해품달〉의 두 주인공도 보자마자 사랑에 빠진다. 그 상황이 행
복하기도 하고 힘들기도 해서 둘은 어쩔 줄 모른다. 뭐 여기까지는
괜찮다. 명색이 멜로드라마인데 아름답고 애틋한 장면이 없어도 안
될 것이다. 그런데 문제는 이게 전부라는 거다. 사랑에 빠진 두 주인
공은 이제 본격적으로 '사랑을 해야' 하는데 그럴 수가 없다. 어쩌다
가 저 지경으로 악마가 됐는지도 모를 몇몇 '악의 화신'들 때문에 두
주인공은 가슴 찢어지는 생이별을 한다. 그것도 무려 8년 동안.
　그러고는 다시 원상태로 돌아간다. 두 주인공은 '운명의 힘'으로
다시 만나지만 서로 그리워하고 오해하며 가슴 아파하다가 고난을
당한다. 그 모든 과정이 끝나자 다시 8년 전처럼 사랑에 빠져 어쩔
줄을 모르다가 드라마는 끝난다. 이게 단막극도 아닌 장장 20부작 미
니시리즈의 스토리라인이다. 그 지지부진한 과정을 보고 있노라니 피
로감이 몰려왔던 것이다. 더 이상 낭만적 러브스토리에 환장하는 사
춘기 소녀가 아닌 30대 중반의 아줌마 입장이다 보니 좀 더 '성숙한

어른의 사랑'이 보고 싶었을지도.

　따지고 보면 〈해품달〉만의 문제는 아니다. 지금 멜로드라마라고 나오는 것들이 대체로 다 이렇다. 남녀 주인공이 사랑에 빠지는 순간, 또는 빠지기까지의 과정만 그리지 그다음에 사랑을 '하는' 걸 제대로 그려내지 못한다. 서로의 차이를 이해하고 성숙하게 포용하는 과정, 뜨거운 열정 대신에 들어앉아야 하는 감정과 지혜, 사랑에서 중요한 것은 '대상'이 아니라 '태도'라는 진실 등에 대해 멜로드라마는 관심이 없다. 한마디로 '성숙한 어른의 사랑'을 그려내지 않는다.

　에리히 프롬의 말을 빌리자면 "만일 내가 어떤 사람에게 '나는 당신을 사랑한다'고 말할 수 있다면 '나는 당신을 통해 모든 사람을 사랑하고 당신을 통해 세계를 사랑하고 당신을 통해 나 자신도 사랑한다'고 말할 수 있어야 한다"는 차원까지 가보려고 하지 않는다. 그저 운명적으로 만나 사랑에 빠지고, 두 사람의 사랑을 방해하는 '나쁜 연놈들', 신분의 격차, 기억상실, 불치병, 출생의 비밀 등등의 문제로 온갖 고난을 당하다가 다시 사랑에 빠지며 끝난다. 게다가 이때의 고난은 비현실적이고 강도가 높은 것을 그 특징으로 한다. 마치 두 주인공이 불행하면 할수록 이들의 사랑이 진정한 사랑으로 보이는 것으로 착각하는 듯하다.

　그런데 내가 이런 얘기를 하면 곧바로 다음과 같은 반응이 돌아온다. '드라마를 드라마로 보면 되지, 뭘 그렇게 심각하게 따지냐?' 물론 드라마는 현실의 반영이 아닌 현실의 대리 만족, 즉 판타지에 가깝다는 걸 나 역시 모르지 않는다. 그런데 문제는 사랑이라는 중차대하

"만일 내가 어떤 사람에게 '나는 당신을 사랑한다'고 말할 수 있다면
'나는 당신을 통해 모든 사람을 사랑하고 당신을 통해 세계를 사랑하고
당신을 통해 나 자신도 사랑한다'고 말할 수 있어야 한다."

면서도 어려운 과업에 대한 교육이 전무하다시피 한 지금 이 땅에서
이런 드라마들만 너무 많이 만들어지고 있는 현실이다. 아무리 드라
마일 뿐이라고 해도 이런 드라마를 통해 알게 모르게 주입되고 형성
된 감성 구조는 진정한 사랑의 모습을 왜곡시킨다. 아름답고 슬픈 사
랑 이야기가 이토록 우후죽순 생산되는 대한민국의 이혼율이 OECD
국가들 가운데 최고라는 사실이 나에겐 의미심장하게 다가온다.

에리히 프롬은 《사랑의 기술》에서 멜로드라마에 열광하는 현상
을 다음과 같이 날카롭게 묘파한다.

사이비 사랑의 다른 형태는 '감상적 사랑'이라고 부를 수 있다.
사랑은 환상 속에서만 경험될 뿐, 실재하는 다른 사람과 여기서
지금 맺고 있는 관계에서는 경험되지 않는다는 사실에 이러한 사
랑의 본질이 있다. 가장 광범하게 퍼져 있는 이러한 사랑의 형태
는 영화와 잡지의 사랑 이야기나, 사랑 노래의 소비자들에 의해
경험되는 사랑의 대상적 만족에서 찾아볼 수 있다.
사랑, 합일, 친밀감을 바라는 충족되지 않는 욕망은 이러한 생산
품을 소비하는 데서 만족을 찾는다. 배우자와의 관계에서 분리의
벽을 허물 수 없었던 남자와 여자는 스크린 속 부부의 행복한 또
는 불행한 사랑의 이야기에 참여할 때 감동을 받고 눈물을 흘린
다. 많은 부부들이 스크린 위에서 전개되는 이러한 이야기를 구
경할 때 서로 사랑을 주고받지는 못하지만 함께 다른 사람의 '사
랑'의 구경꾼으로서 사랑을 경험하는 유일한 기회를 갖는다. 사

랑이 백일몽인 한, 그들은 참여할 수 있다. 그러나 사랑이 실재하는 두 사람 사이의 현실적인 관계가 될 때, 그들은 얼어붙는다.

읽고 있노라니 '드라마 속 남자는 저렇게 멋있으면서도 자기 여자한테 저토록 헌신적인데 내 옆에 있는 저 인간은 뭐란 말인가'로 요약되는 푸념이 어디선가 들려오는 것 같다. 사랑의 본질과 성숙한 사랑의 모습에 대해 단 한 번도 진지하게 고민해보지 않은 채 그저 드라마나 보면서 사랑을 '소비'하는 것으로는 그 어떤 연인이나 부부도 제대로 된 사랑을 할 수 없음은 자명한 일 아닐까.

그나저나 멜로드라마의 문제점에 대해 이야기하면 간혹 이런 반응도 되돌아온다. '넌 너무 정서가 메말라서 문제야.' 나로선 좀 억울한 말이다. 난 사랑에 빠지는 것 말고 사랑을 '하는' 걸 섬세하고 깊이 있게 보여주는 드라마나 영화는 '닥치고 찬양'하며 보는 사람이다. 그런 작품이 많이 나오지 않아 안타까울 뿐. 게다가 그런 드라마나 영화는 절대 시청률 40퍼센트를 찍지도, 천만 관객을 모으지도 못한다. 좀 슬픈 일이다.

사랑의 기술 _에리히 프롬

'사회심리학의 개척자'라는 평을 받는 에리히 프롬은 1900년 독일 프랑크푸르트에서 태어났으며, 히틀러 집권 당시 탄압을 피해 미국 망명길에 올랐다. 이 책은 1956년 처음 출간된 이래 50년이 지난 지금까지도 꾸준하게 읽히는 '사랑의 고전'이다.

마을의
좋은 사람들이
좋아하는 사람

+

강의
_신영복

나는 이 책을 딱 서른 살에 남편에게 소개받아 읽었는데, 내리 세 번
을 반복해서 읽었던 기억이 난다. 굳이 이런 말을 하는 이유는 나의
독서 습관상 매우 예외적인 일이었기 때문이다. 물론 같은 책을 여러
번 읽는 일이 종종 있긴 하지만 대부분 몇 개월에서 몇 년 정도 지난
뒤에 읽는 편이지 곧바로 다시 읽는 경우는 거의 없다. 그럼에도 이
책을 반복해서 읽었던 데는 특별한 이유랄 게 없다. 그저 이 책이 정
말 좋았을 뿐. 이 책을 읽은 후, 난 내가 이 책을 읽기 전과는 다른
사람이 된 것 같은 황홀한 느낌마저 들었다.

이 책은 신영복 선생이 성공회대학교에서 '고전 강독'이라는 강
좌명으로 진행해왔던 강의를 정리한 것이라고 한다. 저자는 출판 권
유를 받고도 책 내기를 망설였는데, 자신이 이 분야의 전공자가 아니
었기 때문이다. 고민 끝에 전공자의 검토를 거쳐 책을 냈고, 고전을
읽는 방법이 일반적인 고전 연구서와 다르기에 '나의 동양고전 독법'

이란 부제를 달았다고 한다. 그런데 바로 그 지점이 이 책의 매력을 배가시키고 있다. 중국 고전에 대해 잘 모르는 일반인들에게도 쉽게 읽히면서 고전의 구절과 저자의 사유가 잘 어우러져 있어 지루하지 않다.

확인해보니 내가 갖고 있는 책이 5쇄인데, 출간된 지 두 달 만에 5쇄를 찍은 것이다. 이런 종류의 책치고는 상당히 팔렸다는 말인데, 그만큼 일반인들에게도 어렵지 않게 다가가기에 가능한 일이었으리라. 실제로 나는 고등학교 3학년생들을 가르칠 때마다 수능시험이 끝나면 꼭 이 책을 읽어볼 것을 권유하곤 했다.

그런데 여기서 이런 질문을 던질 수 있다. 왜 하필 지금 이 시점에 중국 고전인가. 이에 대해 저자는 다음과 같이 답한다.

5천 년 동안 단절되지 않고 전승되어 내려오는 문명이 세계에는 없습니다. 이집트만 하더라도 고대 문자 해독이 불가능합니다. 해독에 필요한 모든 자료가 파괴되었기 때문에 피라미드가 파라오의 무덤인지 아닌지 판별할 수 있는 기록이 없습니다. 그러나 중국 고대 문헌은 마치 현대 문헌처럼 친숙하게 읽히고 있습니다. 전승과 해독에 있어서 세계 유일의 문헌입니다. 그 규모가 엄청날 수밖에 없지요. 고전을 읽겠다는 것은 태산준령 앞에 호미 한 자루로 마주 서는 격입니다. (중략) 그러나 정작 중요한 것은 관점입니다. 고전에 대한 우리의 관점이 중요합니다. 역사는 다시 쓰는 현대사라고 합니다. 마찬가지로 고전 독법 역시 과거의 재조명이 생명이라고 생각합니다. 당대 사회의 당면 과제에 대한 문제의식이 고전 독법의 전 과정에 관철되고 있어야 한다고 생각합니다. 우리의 고전 강독에서는 과거를 재조명하고 그것을 통하여 현재와 미래를 모색하는 것을 기본 관점으로 삼고자 합니다. 그래서 예시한 문안도 그런 문제의식에 따라 선정했다고 할 수 있습니다. (밑줄-인용자)

저자는 이러한 문제의식에 따라 하나의 화두를 걸어놓고 전 강의를 진행한다. 그 화두를 한 줄로 요약하자면 바로 '존재론으로부터 관계론으로'이다.

유럽 근대사의 구성 원리가 근본에 있어서 '존재론存在論'임에 비하여 동양의 사회 구성 원리는 '관계론關係論'이라는 것이 요지입니다. 존재론적 구성 원리는 개별적 존재를 세계의 기본 단위로 인식하고 그 개별적 존재에 실체성實體性을 부여하는 것입니다. (중략)
이에 비하여 관계론적 구성 원리는 개별적 존재가 존재의 궁극적 형식이 아니라는 세계관을 승인합니다. 세계의 모든 존재는 관계망關係網으로서 존재한다는 것이지요. 이 경우에 존재라는 개념을 사용하는 것이 적절하지 않습니다만, 어쨌든 배타적 독립성이나 개별적 정체성에 주목하는 것이 아니라 최대한의 관계성을 존재의 본질로 규정하는 것이 관계론적 구성 원리라 할 수 있습니다.

나는 어느 순간부터 '마을의 좋은 사람들'에게만 내 진심을 다하기로 했다.
'마을의 좋지 않은 사람들'의 눈에 어떻게든 들기 위해
내 인생을 낭비하는 짓 따위는 하지 않기로 한 것이다.
모든 사람들이 날 좋아했으면 하는 마음은
사실 '소통 의지'와는 별로 상관이 없다.
그것은 매우 유아적인 데다가 때론 위험하기까지 한 욕망일 뿐이다.

이 책에서 다루고 있는 중국 고전은 《시경》, 《서경》, 《초사》, 《주
역》, 《논어》, 《맹자》, 《노자》, 《장자》, 《묵자》, 《순자》, 《한비자》 등등
아주 다양하다. 책의 마지막 부분에는 불교와 신유학, 《대학》, 《중용》,
양명학도 소략하게나마 소개한다. 저자의 말대로 '태산준령'처럼 방
대한 규모를 자랑하는 중국 고전을 이 책 한 권으로 상세하고 깊이
있게 다룬다는 건 불가능할 터.

　사실 이 책을 읽었다고 해서 중국 고전에 대해서 특별한 지식을
갖게 되거나 하지는 않는다. 다만 이 책을 읽으면 여기에 소개된 고
전을 '읽고 싶어진다'는 사실이 중요하다. 한마디로 중국 고전을 읽
고 싶은데 어떻게 들어가야 할지 막막한 사람에게 좋은 길라잡이가
될 수 있는 책이다.

　이 책은 '관계론'을 화두로 해서 중국 고전에서 고른 몇몇 예시
문안을 소개하고 그에 대한 저자의 생각을 덧붙이는 형식으로 되어
있다. 그러니 이 글에서 굳이 책의 내용을 요약하는 건 무의미하다는
생각이 든다. 대신 이 책 전체에서 나에게 가장 강렬하게 다가왔던
구절에 대해서만 이야기하려고 한다.

　　자공이 질문하였다.
　　"마을 사람 모두가 좋아하는 사람은 어떻습니까?"
　　공자가 대답하였다.
　　"좋은 사람이라고 할 수 없다."
　　"(그렇다면) 마을 사람 모두가 미워하는 사람은 어떻습니까?"

공자가 대답하였다.

"(그 역시) 좋은 사람이라고 할 수 없다. 마을의 좋은 사람이 좋아하고 마을의 좋지 않은 사람들이 미워하는 사람만 같지 못하다."

저자가 이 책에서 '인간관계론의 보고'라 칭하는 《논어》 '자로' 편에 있는 구절이다. 내가 이 구절을 이 책에서 처음 본 것은 아니었다. 대학 1학년 때 한문학을 전공하신 선생님의 도움을 받아 《논어》 원문을 강독한 적이 있었으니까. 그런데 그때는 별 느낌 없이 그냥 그런가 보다 하고 넘어갔던 것 같다. 사실 내 변변치 않은 한문 실력으로 글자만 읽어나가는 것도 벅찼으니.

그런데 이 책에서 다시 발견했을 땐 이 구절이 가슴에 비수처럼 콕 박히는 것 같았다. 당시 나는 6년차에 접어든 교사였는데, 누구나 '사회생활'이라는 걸 5년 넘게 하다 보면 깨닫게 되는 진실을 나 역시 절감하고 있던 참이었다. 그 진실은 바로 '일 자체보다는 사람 사이의 관계 문제가 더 어렵다'는 것. 이 구절에 대한 저자의 풀이를 인용한다.

나도 오랜만에 읽어보는 셈입니다. 《논어》의 이 대화가 양극단을 좋지 않다고 하는 것만은 분명합니다. 만인으로부터 호감을 받는 경우와 만인으로부터 미움을 받는 경우 둘 다 좋지 않다는 것이지요. 양극단은 실제로는 없는 것입니다. 위선 또는 위악인 경우에만 상정될 수 있는 상황입니다. 사회란 이웃을 내 몸같이 사랑하는 구조도 아니며 동시에 만인에 대한 만인의 투쟁 상태가 아

님은 물론입니다. 대립과 모순이 있으며 사랑과 증오가 함께 존
재하는 세계일 수밖에 없습니다. 이러한 실상을 최소한 미화하거
나 은폐해서는 안 된다는 것이지요. 다음 글은 《맹자》 '진심 하편
盡心下篇'에 있는 구절입니다.

"내가 향원鄕愿을 싫어하는 것은 사이비似而非를 증오하기 때문
이다. 자주색(紫)을 싫어하는 것은 빨강색(朱)을 어지럽히기 때문
이다."

향원은 마을 사람들 모두가 좋아하는 사람을 뜻합니다. 감옥에서
많은 사람들과 좋은 관계를 맺으려고 했던 나로서는 이 구절에서
여러 가지 생각을 하지 않을 수 없었습니다.

얼마 전 졸업한 제자와 이야기를 나누는데 그녀가 고민을 토로
했다. 자기는 한 사람이라도 자기를 싫어하는 것 같으면 그게 너무
신경 쓰여 밥맛도 없고 잠도 제대로 못 잘 지경이라고. 그런 성격이
너무 싫지만 어쩔 수 없어 괴롭다고.

의외로 이 제자 같은 사람들이 많다. 정도가 그녀처럼 심하지는
않았지만 나 역시 예전엔 누군가가 날 싫어할 수 있다는 사실을 잘
받아들이지 못했다.

물론 공자가 이야기하는 마을의 좋은 사람들과 마을의 좋지 않
은 사람들은 '선악'의 맥락 안에 있는 개념이다. 하지만 현대사회가
매우 복잡하고 다원화된 구조라는 점을 감안했을 때, 마을의 좋은 사
람들을 '나와 맞는 사람들'로, '마을의 좋지 않은 사람들'을 '나와 맞

지 않는 사람들'로 대입해보면 저 구절은 정말이지 명쾌한 인간관계론으로 다가온다.

물론 내가 누군가에게 구체적인 잘못을 저지른 것이라면 마땅히 진심 어린 사과를 하고 용서를 구해야 할 것이며, 오해가 있다면 정성껏 해명해야 할 것이다. 그런데 그게 아니라 그냥 내가 싫은 거라면 어쩌겠는가. 어쩔 수 없지. 하물며 피를 나눈 부모 자식 간, 형제 간에도 궁합이라는 것이 있는데 생판 남이 나를 좀 싫어한다고 해서 뭐 그리 대수란 말인가.

나는 어느 순간부터 '마을의 좋은 사람들'에게만 내 진심을 다하기로 했다. '마을의 좋지 않은 사람들'의 눈에 어떻게든 들기 위해 내 인생을 낭비하는 짓 따위는 하지 않기로 한 것이다. 모든 사람들이 날 좋아했으면 하는 마음은 사실 '소통 의지'와는 별로 상관이 없다. 그것은 매우 유아적인데다가 때론 위험하기까지 한 욕망일 뿐이다. 그 욕망은 알고 보면 자기애로 똘똘 뭉친 심리 상태이며, 저자의 말을 빌리자면 '반대편의 비판을 두려워하는 심약함'이거나 '아무에게나 영합하려는 화냥끼'일 때가 많음을 나는 충분히 목격했다(단, 어디까지나 '사적 영역'의 차원일 때 그렇다는 것이다. 공공적 성격의 정책이나 사안에 관해서는 최대한 많은 사람들을 설득해서 그들의 동의를 구하는 절차가 반드시 선행되어야 한다. 그렇지 않았을 때 어떤 재앙이 벌어지는지 최근 몇 년간 질리도록 보았다).

앞서 그 제자와의 대화로 돌아가서 나는 그녀에게 이렇게 반문

했다. "넌 그러면 모든 사람들이 다 좋니?"

그랬더니 그녀는 이렇게 대답했다. "어휴, 어떻게 모든 사람이 다 좋겠어요. 저와 맞는 사람들만 좋죠."

강의 _신영복

우리 시대 대표적 지식인 신영복 선생이 성공회대학교에서 고전강독이란 강좌명으로 진행했던 강의를 정리한 책. 동양고전을 통해 '지금 이 순간'을 사는 올바른 방향과 방법을 찾고자 한 저자의 진실한 고민이 친절한 언어로 서술되어 있다.

삶이란
누군가에게
정성을 쏟는 일

+

행복한 만찬
_공선옥

출판계의 최신 트렌드인지는 모르겠지만 요 몇 년 동안 이른바 '푸드 에세이'라고 명명된 책들이 우후죽순처럼 쏟아져 나왔다. 요리는 잘 못해도 음식에는 관심이 많은 편이라 그런 책이 나오면 대충이라도 훑어보는데, 개중엔 인터넷에 수없이 떠 있는 블로그나 미니홈피의 음식 사진이 주는 감흥에서 그다지 벗어나지 못한 수준의 책들도 있다.

대체로 그런 사진들 속의 음식은 비싸 보이는 식당 테이블 위에서 은은한 조명을 받으며 화려하게 데커레이션 되어 있다. 어떤 현실적이고 경험적인 맥락이나 감정 같은 것은 결여한 상태로 '감각적인 대상'이 되어, 사진을 올린 사람의 '자랑 아이템'으로 기능하는 것이 특징이다('나 이런 것도 먹어봤어!' 또는 '나 이렇게 까다로운 미각을 가진 사람이야!').

하지만 소설가 공선옥이 쓴 음식 산문집 《행복한 만찬》은 그런 책들과는 차원이 다른 경지를 보여준다.

이 글은 곡물, 채소, 어패류, 향신료, 열매, 뿌리들에 대하여 내가 알고 있는 내력이다. 그 곡물과 채소와 어패류와 향신료와 열매와 뿌리와 그것들이 그 속에 내장한 그 내력들이 나를 키웠다. 나는 그것들을 먹고, 그것들이 모양으로 맛으로 향기로 빛깔로 말해주는 소리를 듣고, 그것들이 보여주는 몸짓을 보며 컸다. 내가 먹고 큰 그것들을 둘러싼 환경들, 밤과 낮, 바람과 공기와 햇빛, 그것들을 대하는 사람들의 몸짓, 감정들이 실은 그것들을 이루고 있음을 나는 말하고 싶었다.

몸에 좋은 음식, 맛있는 음식, 요리하는 법, 맛집을 소개하는 미디어들을 보면서 나는 음식에 관한 단편적이고 기능주의적인 그 태도가 결국은 아무리 맛있는 것을 먹어도 더 맛있는 것을 찾게 되는 원인이 되지 않을까 생각했다. 사람이 먹어서 피가 되고 살이 되는 먹을거리들의 내력을 곰곰이 생각해보면, 단순히 맛이 있고 없고를 따지거나 몸에 좋고 안 좋고를 따지는 행위가 실은 제 입에 들어가는 음식에 대한 모독임을, 그러나 사람들은 이제 이해하지도, 이해하려고 들지도 않는 것 같았다.

서문을 읽으면서 가슴 한구석이 찔려왔다. 나 역시 음식에 관해서 다분히 '단편적이고 기능주의적인 태도'에 매몰되어 있었기 때문이다. 그녀는 이런 문제의식에 따라 간사하기 짝이 없는 사람의 혀를 왕좌에서 끌어내린다. 대신 그 자리에 먹을거리를 올려놓고 그 내력에 겸손하게 다가간다. 그녀가 조곤조곤 들려주는 고구마와 쑥, 보리밥과 감, 부각과 다슬기탕 이야기에 젖어 있노라면 음식이란 과연 무엇일까라는 본질적 물음을 스스로에게 던지게 된다.

가을 제사에는 감시루떡을 하고 봄 제사에는 쑥시루떡을 하듯이,
겨울 제사에는 언제나 무시루떡을 한다. 무를 채 쳐서 쌀가루와
섞고 그 사이에 거피팥을 듬뿍 뿌려 김 푹 올려 쪄낸 떡. 시골에
서 잔치는 늘 겨울에 있었다. 특히 혼례 잔치는. 잔칫집 마당에
들어서면 맨 먼저 나는 것은 기름 냄새보다 무 냄새. 무를 채 썰
어서 가오리하고 무쳐낸 냄새. 내게 잔칫집 냄새는 '무가오리생
채' 냄새로 각인되어 있다. 홍어 대신 가오리지만, 무 속에 드문
드문 섞인 붉은 가오리 살점이 오독오독 씹힐 때, 나는 '산다는
것이 바로 이런 맛이구나' 여겨져 혼자서 부르르 진저리를 치곤
하였던 것이다, 그 어린 것이.
나의 겨울에 무가 없으면 겨울이 아니다. 무 없는 겨울은 아무 맛
이 안 난다. 눈밭에 휙 던져놓은 무 껍질을 손톱으로 돌려 벗겨
먹으며 더르르 더르르 떠는 문풍지 소리에 귀를 기울이던 긴긴
겨울밤. 그때 마을 앞 숲밭에서는 부엉이가 울고, 부엉이 울음소
리를 흉내 낸 사람 수컷이 내는 외로운 휘파람 소리도 들리고, 그
소리에 화답하듯 골목을 자박자박 걸어가는 누군가의 발자국 소
리 들리고.

이럴진대 어찌 음식이 '감각적인 대상'에 머무를 수 있겠는가.
이쯤 되면 음식은 이미 나 자신이면서 내가 보낸 시간 자체이며, 내
가 가진 기억의 총체인 것이다.

218

나 어렸을 때만 해도 나락을 탈곡할 때 홀태를 이용하곤 하였다. 포크 모양으로 쇠로 만든 홀태를 마당에 빙 둘러 설치해두고 놉(일꾼)을 얻어 하루 종일 홀태질을 하는 것이다. 놉을 얻을 형편은 못 되었던 우리 집은 우리 엄마, 큰엄마, 당숙모, 이 세 아낙이 홀태질을 하고 있었다. 홀태의 무쇠 홈 사이에 나락을 척 걸고 죽 훑으면 나락이 떨어져 나가는 것이다. 따가운 가을볕 아래서 오직 쌀밥 먹을 생각에 그 고된 노동을 감내해야 했던 그 여인네들의 유일한 간식은 감.

내가 학교 갔다가 집에 들어서니, 이 수척한 여인네 셋이서 빼쪽 감을 깎아 맛나게 잡수시고 있었다. 나도 군침이 돌아 엄마 입에 들어가는 걸 빼앗다시피 해서 입 속에 넣은 찰나, 나는 그만 입안을 온통 빽빽하게 만들어버리는 그 떫은 감 맛에 우물가로 달려가야만 했으니. 떫은맛으로 분탕칠이 된 입 안은 아무리 물로 가셔내도 좀체 그 떫은맛이 가셔지지 않았다. 그런 감을 어찌 그 여인네들은 그리도 맛나게 잡수셨던 것일까. 하긴 그때, 쉴 참이라 해도 뭐 입가심할 만한 것이 있었을까. 사방을 둘러보아도 그저 노랗기는 할망정 떫은 감뿐인데. 나는 지금도 떫은 감을 깎아 그 떫음을 참으며 그래도 먹을 것이라고 입에 넣고 우물거리며 선하게 웃던 그 수척한 여인들이 떠올라 이따금 눈시울이 뜨거워지곤 한다.

이 대목을 읽는데 나도 모르게 왈칵 눈물이 쏟아졌다. 다시 생각해보니 음식은 나 자신이 아니라 나의 엄마고, 내가 지나온 시간이

전우익 선생이 그랬던가.
결국 삶이란 누군가에게 정성을 쏟는 일이라고.
그렇다면 누군가를 먹이기 위해 음식을 만드는 것이야말로
그 자체로 거룩한 삶이리라.
누군가에게 진심에서 우러나오는 정성을
충분히 받은 사람은 그 정성의 힘으로 살 수 있는 것이다.

아니라 엄마가 나에게 음식을 만들어준 시간 자체이며 그 기억의 총체인 것 같다. 내 머리와 가슴속에 있는 음식의 원형은 바로 엄마의 도시락이기에.

이 땅의 많은 엄마들처럼 나의 엄마 역시 오랜 시간을 식구들 가운데 맨 먼저 일어나 아침밥을 하고 자식들 도시락을 쌌다. 지금이야 모든 학교에서 급식을 하지만 그때만 해도 학생들에게 도시락은 교과서보다도 중요한 것이었다. 내가 고등학교 3학년일 때 엄마는 동생들 것까지 합쳐서 다섯 개의 도시락을 매일 쌌다. 그것도 그 다섯 개를 모두 다른 버전으로! 자식 셋의 식성을 고려하고 점심과 저녁 반찬을 다르게 하는, 그런 엄청난 섬세함을 필요로 하는 중노동을 매일 했던 것이다. 비록 값비싼 재료로 만든 화려한 반찬은 아니었지만 도시락을 보면서 그것이 엄마에게 주어진 여건에서 나올 수 있는 최선의 결과물이라는 건 충분히 느낄 수 있었다. 엄마는 매일 그렇게 최선을 다했다. 난 그것이 알량한 공부보다 훨씬 더 많은 극기와 인내를 필요로 하는 일임을 그땐 몰랐지만 지금은 안다.

엄마는 홈드라마에 나오는 엄마처럼 수시로 스킨십을 하거나 사랑한다는 말을 자주 하는 스타일이 아니었다. 그럼에도 지금껏 살면서 엄마가 날 깊이 사랑한다는 사실을 단 한 번도 의심해본 적이 없었던 이유는 엄마가 해준 음식 때문이었다. 전우익 선생이 그랬던가. 결국 삶이란 누군가에게 정성을 쏟는 일이라고. 그렇다면 누군가를 먹이기 위해 음식을 만드는 것이야말로 그 자체로 거룩한 삶이리라. 누군가에게 진심에서 우러나오는 정성을 충분히 받은 사람은 그 정성의 힘으로 살 수 있는 것이다.

언젠가 누군가에게 모욕적인 말을 듣고 밤에 잠이 안 와 뒤척이
고 있는데 밑도 끝도 없이 엄마의 도시락이 머릿속에 떠올랐다. 그러
더니 신기하게도 분하고 미운 마음이 조금은 가라앉는 것 같았다. '내
가 한 여인으로부터 어떤 정성과 사랑을 받은 몸인데 네까짓 게 나에
대해 함부로 떠든다고 하늘이 무너질 것 같으냐!' 뭐 그런 심정이 되
었던 것이다. 그 순간 그 사람이 나한테 쏟아낸 온갖 같잖은 말이 하
찮게 느껴지면서 급기야는 그 사람이 불쌍해지기까지 했다(아마도 너
는 네 엄마에 대해 나와 같은 감정을 못 느끼겠지). 비록 요즘 유행하는
말을 빌리자면 '정신 승리' 수준의 자기 위안에 불과하더라도 그 순
간엔 엄마의 도시락이 분명 구원이었던 셈이다. 사람과 사람 사이에
는 섬이 있을지라도 서로에게 정성을 쏟는 사람들 사이엔 밥이 있다.
이 밥이 있어 우리는 오늘도 살아간다.

행복한 만찬 _공선옥

소설가 공선옥이 ''맛있는 것'과 '몸에 좋은 것'만을 찾는 세상 인심이 얄미
워 쓴 참 먹을 거리들의 내력'이다. 이 책엔 그녀가 먹고 자란 것들 뿐 아니라
그것들을 둘러싼 바람과 공기와 햇빛이 함께 있다.

나의 목소리에 응답해줄 사람

+

네루다의 우편배달부
_안토니오 스카르메타

자기 속마음까지 알아주는 친구를 '지음知音'이라고 한다. '소리를 안다'는 뜻인데, 이 말이 탄생한 유명한 유래는 다음과 같다.

춘추시대에 백아라는 거문고의 명인이 있었다. 그에게는 그의 거문고 소리를 듣고 악상을 잘 이해해 준 종자기라는 친구가 있었다. 어느 날 백아가 높은 산에 오르는 장면을 생각하면서 거문고를 켜자 종자기가 그 소리를 듣고 이렇게 말했다. "정말 굉장하네. 태산이 눈앞에 우뚝 솟아 있는 느낌일세." 또 한 번은 백아가 도도히 흐르는 강을 떠올리면서 거문고를 켜자 종자기가 말했다. "정말 대단해. 양양한 큰 강이 눈앞에 흐르고 있는 것 같군그래." 이처럼 종자기는 백아의 생각을 거문고 소리를 통해 척척 알아맞혔다.
어느 날 두 사람은 북쪽으로 여행을 떠났는데 도중에 폭풍우를 만나 바위 그늘에 머물렀다. 백아는 자신의 우울한 기분을 거문고에 담았다. 한 곡 한 곡마다 종자기는 척척 그 기분을 알아맞혔다. 이에 백아가 거문고를 내려놓고 감탄했다. "정말 대단하네. 그대의 가슴에 떠오르는 것은, 곧 내 마음 그대롤세. 그대 앞에서 거문고를 켜면, 도저히 내 기분을 숨길 수가 없네." 그 후 불행히도 종자기가 병으로 죽었다. 그러자 백아는 거문고를 때려 부수고, 줄을 끊어버리고는 두 번 다시 거문고에 손을 대지 않았다. 이 세상에 자기 거문고 소리를 알아주는 사람은 이제 없다고 생각했기 때문이었다. 백아가 거문고 줄을 끊었다는 '백아절현伯牙絕絃'은 바로 이 고사에서 유래된 것이다.

—《列子》(네이버 한자사전에서 재인용)

고등학생 시절 한문 시간에 '백아절현伯牙絕絃'이라는 사자성어를 배우면서 지음知音이라는 말을 처음 들었다. 그때 나는 내 인생에서 '지음'을 만날 수 있는 기회는 몇 번이나 올까, 그런 기회가 과연 오기는 올까 궁금했다. 그리고 소망했다. 꼭 만나고 싶다고, 기왕이면 그 사람이 내 남편이면 좋겠다고.

기자 출신의 작가 안토니오 스카르메타가 쓴 소설 《네루다의 우편배달부》는 칠레의 국민 시인이자 노벨문학상 수상자인 파블로 네루다의 말년을 그린 작품이다. 그는 이 소설을 쓰기 위해 긴 시간 네루다를 인터뷰했는데, 그 역시 네루다의 오랜 팬이었다고 한다.

이 소설의 두 주인공인 네루다와 마리오는 여러모로 서로 어울리는 관계라고는 보기 어렵다. 마리오는 한창 혈기 왕성한 청년이고,

네루다는 이미 인생의 황금기를 보낸 노인이다. 네루다는 세계적으
로 유명한 시인이고, 마리오는 궁벽한 시골 섬의 우체부다. 그럼에도
이 두 사람이 만들어내는 우정이 백아와 종자기의 저 에피소드만큼
이나 가슴 저리는 감동으로 다가온다.

　네루다는 만족하여 시를 멈췄다.
　"어때?"
　"이상해요."
　"'이상해요'라니. 이런 신랄한 비평가를 보았나."
　"아닙니다. 시가 이상하다는 것이 아니에요. 시를 낭송하시는 동
안 제가 이상해졌다는 거예요."
　"친애하는 마리오, 좀 더 명확히 말할 수 없나. 자네 이야기를 들
으면서 아침나절을 다 보낼 수는 없으니까."
　"어떻게 설명해야 할지요. 시를 낭송하셨을 때 단어들이 이리저
리 움직였어요."
　"바다처럼 말이지!"
　"네, 그래요. 바다처럼 움직였어요."
　"그게 운율이란 것일세."
　"그리고 이상한 기분을 느꼈어요. 왜냐하면 너무 많이 움직여서
멀미가 났거든요."
　"멀미가 났다고."
　"그럼요! 제가 마치 선생님 말들 사이로 넘실거리는 배 같았어
요."

시인의 눈꺼풀이 천천히 올라갔다.

"내 말들 사이로 넘실거리는 배."

"바로 그래요."

"네가 뭘 만들었는지 아니, 마리오?"

"무엇을 만들었죠?"

"메타포."

"하지만 소용없어요. 순전히 우연히 튀어나왔을 뿐인걸요."

"우연이 아닌 이미지는 없어."

마리오는 손을 가슴에 댔다. 혀까지 치고 올라와 이빨 사이로 폭 발하려는 환장할 심장 박동을 조절하고 싶었던 것이다.

이 대화를 몇 번이나 반복해서 읽었는지 모른다. 처음 읽었을 때, 나 역시 마리오처럼 '환장할 심장 박동을 조절'하느라 애를 먹었다. 바야흐로 한 사람이 일상에서 시의 세계로 들어서는 순간이며, 나아가 일상을 시로 바꿔버리는 순간인 것이다. 그리고 이 순간 이후 마리오는 이제 우체부이자 시인이 되고, 시를 이용해 자신이 짝사랑했던 여자 베아트리스의 마음을 얻는 데 성공한다.

마리오와 베아트리스의 결혼식 날 네루다는 파리 대사로 임명되어 섬을 떠나고, 오로지 네루다에게 오는 편지만을 전달하는 임무를 지닌 우체부 마리오는 직장을 잃게 된다. 그리고 네루다는 베아트리스의 식당에서 주방 일을 하던 마리오에게 편지와 함께 녹음기를 보내 바다와 섬의 소리를 녹음해 보내달라고 부탁한다.

내 내면을 시로 만들어주는, 내 목소리에 온 마음으로 응답해주는,
그리하여 나를 나 이상의 존재로 만들어주는 지음을 만나기란 얼마나 어려운가.
그 지음은 나에게 얼마나 소중하고 은혜로운 존재인가.
또한 내가 누군가에게 지음이 되는 것은 얼마나 복된 일인가.

마리오는 우표 수집광처럼 바다의 움직임을 집요하게 녹음했다.

(중략)

소니 녹음기를 줄에 매달아 게가 집게를 비벼대고 해초들이 달라
붙어 있는 바위 틈새에 밀어 넣었다.

나일론 천 조각으로 녹음기를 감싸고 아버지 배를 이용해 부서지
는 파도 속으로 들어갔다. 그리하여 3미터짜리 파도가 투우사의
단창처럼 해변에 내리꽂히기 직전의 스테레오 음향을 잡아냈다.
파도가 잔잔한 어느 날에는 갈매기가 수직으로 하강하여 정어리
를 쪼는 소리와 팔딱거리는 정어리를 부리로 제어하며 물 위를
스치는 소리를 녹음하는 행운을 잡았다. (중략)

해변의 야생 들국화 꽃받침에 앉아, 쫑긋거리는 주둥이로 태양의
오르가슴을 만끽하는 날렵한 벌 떼 소리가 마법의 녹음기에 빨려
들어갔다. 태평양 밤하늘을 수놓는 칠레의 전통적인 신년 축제
때의 불꽃놀이처럼 쏟아져 내리는 별똥별을 보고 개들이 하릴없
이 짖는 소리도 녹음하였다.

　시종일관 서정적이면서도 해학적인 묘사와 재치 넘치는 대화로
이어지던 이야기는 돌연 다른 국면을 맞는다. 칠레에 군부 쿠데타가
일어나고 네루다는 병든 몸으로 섬으로 돌아와 가택에 연금된다. 마
리오는 빗발치는 총알을 뚫고 우체국으로 가 네루다에게 온 편지와
전보를 몽땅 외워버린다. 그리고 그 내용을 전하려고 삼엄한 경비를
피해 네루다의 침실로 들어간다. 고열로 거친 숨을 몰아쉬던 네루다
는 마리오를 보고 이렇게 말한다.

"나는 자네의 둘도 없는 벗이고 뚜쟁이고 자네 아들의 대부야."

우정을 예찬하는 말은 많고 누구든 좋은 친구를 갖고 싶어 한다. 하지만 내 내면을 시로 만들어주는, 내 목소리에 온 마음으로 응답해주는, 그리하여 나를 나 이상의 존재로 만들어주는 지음을 만나기란 얼마나 어려운가. 그 지음은 나에게 얼마나 소중하고 은혜로운 존재인가. 또한 내가 누군가에게 지음이 되는 것은 얼마나 복된 일인가.

네루다의 우편배달부 _안토니오 스카르메타

칠레 출신의 작가 스카르메타의 작품으로, 20여개 언어로 번역된 세계적인 베스트셀러이다. 칠레의 국민시인인 네루다와 시골 섬의 우체부 마리오가 나누는 우정이 아름답게 형상화되어 있다. 이 작품을 원작으로 한 이탈리아 영화 〈일 포스티노〉는 외국 영화로는 최초로 아카데미 최우수 작품상 후보에 오르기도 했다.

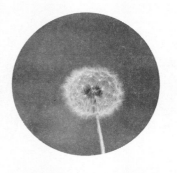

모국어에서
길어 올린
사랑의 지혜

+

어루만지다
_고종석

종종 드라마나 현실에서 보는(경험하는) 장면 -

　A : 자기 나 사랑해?

　B : 그걸 꼭 말로 해야 알아?

　(보통 이런 상황에서 A는 여자, B는 남자일 때가 많음.)

　사실 언어라는 건 매우 불완전한 도구다. 어떻게 말로 모든 것을 표현할 수 있겠는가. 게다가 사랑이라는 복잡하면서도 불가사의한 감정 앞에 놓이기라도 하면 말은 그 의기양양한 권능을 잃고 대번에 초라해질 때가 많다. 사랑은 분명 말을 넘어서는 그 무엇임에 틀림없으므로.

　그런데 말이다, 언어가 불완전한 도구인 건 명백하지만 인간이 가진 것들 가운데 그나마 가장 정교한 도구라는 것도 엄연한 사실이다. '내가 널 사랑하는 걸 어떻게 말로 표현하겠니'라는 말도 결국 말이지 않은가. 그러니 사랑은 말로 하는 것이고, 또 해야만 하는 것이 맞는다(물론 말로'만' 해선 안 되겠지만).

　어렸을 적엔 말을 '많이' 하는 것을 말을 '잘'하는 것으로 착각했다. 또한 청산유수처럼 매끄러운 말이 좋은 말인 줄 알았다. '거친' 말의 반대는 '고운' 말이라는, 초등학생 수준의 인식에 사로잡힌 적도 있었다.

　지금의 나에게 '거친' 말은 곱지 않은 비속어나 욕설이 아니다. 물론 어지간하면 안 쓰면서 사는 것이 좋겠지만 살다 보면 욕밖에 할 수 없는 상황이 있다는 걸 알게 되었다. 더 나아가 (남용이나 오용을 하지 않는다는 전제하에) 욕도 할 줄 알아야 바람직한 모국어 화자라고 생각하게 되었다. 아무리 달콤한 말이라도 진심이 전혀 담기지 않은 말, 속 빈 강정처럼 공허한 말은 단지 소음일 뿐이라는 걸 깨달았다.

　나에게 거친 말은 다름 아닌 '대충대충 하는 말'이다. 이 '대충대충 하는 말'의 반대편에 섬세하고 정확한 말이 있다. 지금의 나는 말을 많이 하지 않더라도, 그 말이 매끄럽지 않더라도, 간혹 험한 말이 섞이더라도 어휘 선택과 내용 조직이 섬세하고 정확한 사람을 말 잘하는 사람으로, 매력적인 소통 주체로 본다.

　이런 의미에서 저널리스트이자 소설가이면서 언어학자인 고종석은 부러울 정도로 말을 잘하는 사람이며 탁월한 소통 주체이다. 어디까지나 글을 말이라고 치면 그렇다는 것이다. 그가 낸 책을 스무권 넘게 갖고 있지만 그의 육성은 들어본 적 없는 나로서는 그가 말도 글처럼 하는지 자못 궁금하기도 하다.

그가 낸 책은 크게 세 가지, 곧 시사(정치)평론집과 소설, 그리고 언어에 관한 에세이로 분류할 수 있는데 나는 특히 그의 '언어 에세이'를 매우 좋아한다. 그가 쓴 언어 에세이엔 우리말을 비롯해 전 세계 언어에 대한 해박한 지식과 눈부신 사랑이 흘러넘친다.

무엇보다 그는 내가 아는 저술가들 가운데 한국어를 가장 정확하면서도 우아하게 쓰는 사람이다. 사실 한국어는 주어와 서술어 사이가 넓고 어순이 비교적 자유롭게 이동하는 등의 몇 가지 통사적 특성 때문에 문법적으로 정확한 문장을 쓰기가 어려운 언어다. 그러다 보니 문장이 조금만 길어져도 비문(문법에 맞지 않는 문장)이 되기 쉽고, 이런 말을 하는 나 또한 여기에서 자유롭지 못하다. 그런데 그의 글에선 단 한 줄의 비문도 발견하지 못했다. 아마도 모국어에 대한 그의 지극한 관심과 사랑이 이를 가능하게 했을 것이다.

《어루만지다》는 그의 언어 에세이집으로, 저자가 고른 40개의 고유어에서 울리고 퍼지는 사랑의 다양한 모양과 빛깔, 촉감과 향기와 맛에 관해 풀어낸 책이다.

〔입술, 감추다, 메아리, 미끈하다, 혀놀림, 가냘프다, 발가락, 손톱, 잇바디, 꽃값, 모름지기, 바람벽, 그네, 무지개, 미리내, 누이, 엇갈리다, 궂기다, 어둑새벽, 켤레, 간지럼, 밴대질, 눈물, 딸내미, 속삭임, 스스럼, 술, 한숨, 보름, 그믐, 거품, 춤, 그대, 구슬, 어루만지다, 서랍, 버금, 비탈, 엿보다, 주름〕

저자가 고른 40개의 고유어다. 언뜻 보면 지금은 잘 쓰이지 않아 무슨 뜻인지조차 모르는 단어들도 있고, 의미는 알겠는데 왜 사랑과 관계가 있는지 쉽게 짐작 가지 않는 단어들도 있다. 하지만 이 책을 읽다 보면 자연스럽게 알게 된다. 저 가운데 '가냘프다' 편의 일부를 인용한다.

가냘픈 것은 투명해서, 속이 훤히 비친다. 그것은 속여넘기고 속아넘어가는 것이 지배원리인 불투명의 생존공간에 한시적 무장해제의 쉼터를 마련한다. 그 가냘픔 앞에서, 또는 그 속에서, 사람들은 경계심의 갑옷을 벗고 누울 수 있다.

가냘픈 것은 곧 스러질 것 같고 바스러질 것 같다. 그것은 온실의 화초나 선반 가장자리의 유리잔 같은 것이고, 그래서 보는 이에게 보호하고 싶은 욕망을 불러일으킨다. 연약하고 부드러운 것 앞에서 사람은 조심스러워진다. 여기서 조심스러워진다는 것은 경계심을 갖게 된다는 뜻이 아니라, 섬세해진다는 뜻이다. 그러니까 그때의 조심이란 무딤의 반어다. 저 스스로가 섬세하기도 한 가냘픔은 제 둘레를 섬세하게 만든다. 그럼으로써 섬세한 마음의 공간을, 사랑의 공간을 장만한다.

가냘픔은 일종의 결핍이다. 그것은 존재의 모자람이고, 생기의 부족이다. 가냘픔 앞에서, 사람들은 거기 생기를 불어넣어야 한다는 책임감을, 활기를 나누고 싶다는 욕망을 느낀다. 가냘픈 것은 가련하고 서러운 것이니.

'어여쁘다'의 본디 뜻이 '불쌍하다, 가련하다'였다는 사실은 연민

'사랑은 가장 원초적인 감정이고, 고유어는 그 원초적 감정들의 우물'이다.
그 우물 안을 가만히 들여다보는 일은 신비로우면서도 흥미진진하다.
그 우물은 절대 고요하지 않으니까.
그 우물은 '서로 수줍게 사랑하고 사납게 질투하며 격렬히 춤추는'
그 모든 양상을 품고 있으니까.

과 미감美感을 너그럽게 포갠 한국인들의 상상력 한 자락을 보여
준다. 굵고 둔중하고 실하고 우람차고 굳센 것이 판치는 세상에
서 가냘픈 것은 사람들의 '어여삐 여기는 마음'을 북돋운다. 그들
의 연민과 미감을 자극한다. 훈민정음은 제 백성을 '어엿비' 여긴
세종의 마음을 질료로 삼아 만들어졌다. 세종의 백성은 가냘팠고,
그래서 그는 그들을 어여삐 여겼다. 불쌍하게 여겼을 뿐만 아니
라 예쁘게, 사랑스럽게 여겼다.

어쩌면 사람들은 제 깊은 곳의 가냘픔을 숨기고 감싸기 위해 자
기 바깥의 가냘픔을 사랑하는지 모른다. 그때의 사랑은 넓은 뜻
의 자기애일 것이다. 그게 아니더라도 상관없다. 만인 대 만인의
투쟁은 궁극적으로 만인 대 일인의 투쟁이므로, 그리고 파스칼이
아니더라도 이 무한한 공간의 영원한 침묵이 두렵지 않을 사람은
없을 터이므로, 사람은 궁극적으로 누구나 가냘프다. 그것이 사
랑의 다함없는 연료다. 자기애든 아니든.

이 책을 읽다 보면 우리말이 이토록 에로틱했나(우리말 바로 다음
에 '에로틱'이라는 말을 붙이는 게 좀 걸리지만 '에로틱'을 대체할 우리말이
잘 생각나지 않는다) 싶어 새삼스러워진다. 저자가 책머리에 밝힌 대
로 이 책은 종종 '로맨스와 에로스의 경계'를 넘나들고 몇몇 글은 꽤
야하다. 일단 표지부터 심상치 않아서, 지하철에서 이 책을 읽으려고
꺼내는 순간 주변의 관심을 한 몸에 받았던 기억이 떠오른다. 그렇지
만 이건 저자의 선택이라기보다 사랑에 관한 이야기를 하다 보면 어
쩔 수 없는 일 아니겠는가. 성숙하고 완전한 사랑은 '플라토닉 러브'

가 아니라 정신과 육체가, 말과 행위가 조화롭게 결합된 사랑이니 말이다.

저자가 말한 대로 '사랑은 가장 원초적인 감정이고, 고유어는 그 원초적 감정들의 우물'이다. 그 우물 안을 가만히 들여다보는 일은 신비로우면서도 흥미진진하다. 그 우물은 절대 고요하지 않으니까. 그 우물은 '서로 수줍게 사랑하고 사납게 질투하며 격렬히 춤추는' 그 모든 양상을 품고 있으니까. 그러니 그 우물에 과감하게 두레박을 던져 보자. 시원한 샘물은 물론이고 사랑의 지혜까지 덤으로 마실 수 있을 테니.

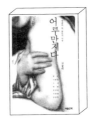

어루만지다 _고종석

저널리스트이자 소설가이며 언어학자이기도 한 고종석이 2009년에 낸 언어 에세이집. '사랑의 말, 말들의 사랑'이라는 부제를 달고, 40개의 고유어에서 울리고 퍼지는 사랑의 빛깔, 소리, 냄새, 촉감, 맛을 그려냈다.

잊을 수
없는
인격

+

나무를 심은 사람
_장 지오노

고등학교 1학년 때 과목 시간표에 '철학'이라는 이름이 붙은 수업이
있었다. 일주일에 여덟아홉 시간씩 되던 영어나 수학 수업은 이미 기
억 속에서 희미해졌지만, 한 주에 달랑 한 시간이었던 이 수업은 아
직도 생생하다. 나 역시 이 땅의 고등학생이었던지라 아침 7시 반에
등교해서 밤 10시에 하교하는 생활을 반복하고 있었고, 그러다 보니
문화생활이라곤 주말에 잠깐 보는 텔레비전 쇼 프로나 드라마가 전
부였다. 그런데 철학 수업 시간엔 뭔가 다른 것이 있었다. 가톨릭계
학교여서 수녀님이 그 수업을 담당하셨는데, '명작'이라 불리는 옛날
영화들을 종종 보여주셨다. 덕분에 찰리 채플린의 〈모던 타임스〉나
〈키드〉 같은 무성영화도 그때 처음 볼 수 있었다.

〈나무를 심은 사람〉은 당시에 본 영화들 가운데 가장 인상 깊었
던 작품이다. 이 작품은 프레데릭 바크라는 화가가 장 지오노의 소설
《나무를 심은 사람》을 읽고 감명을 받아 만든 애니메이션이다. 바크
는 무려 5년 동안 2만 장의 그림을 그려 이 작품을 완성했으며, 여러

영화제에서 수상한 명작이라고 했다. 당시 이런저런 배경지식 없이 이 애니메이션을 처음 보는데도 '이런 게 바로 장인 정신이라는 거구나' 하는 생각이 들면서 그 아름다운 깊이를 보여주는 장면 하나하나에 뭉클한 감동을 받았던 기억이 난다.

애니메이션에 특별한 감동을 받았음에도 원작을 읽은 건 한참 시간이 흐르고 서른 살이 되었을 때다. 서른 살이라는 나이는 인간이 본질적으로 이기적 존재임을 머리가 아닌 가슴으로 알게 되는 때가 아닐까. 그럴듯해 보이는 한 꺼풀만 벗겨내면 다 거기서 거기인 지질한 욕망의 덩어리가 바로 대다수 인간이라는 걸 알게 되는 나이. 5년 넘게 직장 생활을 하면서 나 자신과 다른 사람들에게 실망하느라 정신없던 그때, 이 책의 개정판이 나왔다는 걸 알고 어디까지나 내 마음의 평온에 도움이 되지 않을까 하는 다분히 '이기적인' 목적의식을 갖고 이 책을 사서 읽었다.

작가인 장 지오노는 프랑스 남부의 고산지대를 여행하다가 한 양치기를 만난다. 그의 이름은 엘제아르 부피에. 하나뿐인 아들이 죽고 사랑하는 아내마저 죽자 그는 홀로 양을 치면서 살아간다. 그리고 그는 누구의 땅인지도 모르는 황무지에 도토리를 심는다.

그는 쇠지팡이로 땅을 꾹꾹 찔렀다. 구멍이 파이자 도토리를 넣곤 다시 구멍을 메웠다. 참나무를 심고 있었던 것이다. 난 그의 땅이냐고 물었다. 아니라고 했다. 주인을 아느냐고 물었다. 모른다고 했다. 그는 그런 데에 무관심했다. 그는 도토리 100알을 하나하나 정성스럽게 심어나갔다. 지난 3년간 그는 이 아무도 살지 않는 땅에 나무를 심어왔다고 했다. 10만 그루를 심었다고 했다. 그 10만 그루 중에서 2만 그루가 싹을 틔웠다. 하지만, 그 2만 그루 중 절반은 다람쥐에게 갉혀 먹히거나 프로방스 특유의 환경 때문에 잃게 될 거라고 했다. 그렇다면 앞으로 1만 그루의 참나무들이 자라나게 될 것이었다. 그 황무지에서 말이다.

황무지에서 사는 사람들은 황무지만큼이나 황폐한 내면을 지닌 채 서로를 미워하며 살아간다. 아무도 부피에가 하는 일에 관심을 갖지 않는다. 도무지 희망이 보이지 않는 땅이고 사람들이었다. 그런데 어느새 그곳에 나무들이 자라고 새들이 지저귀며 샘이 다시 흐르는 기적이 일어난다.

창조란 꼬리를 물고 새로운 결과를 가져오는 것 같았다. 하지만 엘제아르 부피에는 그런 데에는 관심이 없었다. 아주 단순하게 자신이 할 일을 고집스럽게 해 나갈 뿐이었다. 마을로 다시 내려오다가 나는 개울에 물이 흐르는 것을 보았다. 사람들이 기억하는 한 그 개울은 언제나 말라 있었다. 자연이 그렇게 멋진 변화를 잇달아 만들어 내는 것을 나는 처음 보았다. (중략)
그러나 그 모든 변화는 아주 천천히 일어났기 때문에 습관처럼 익숙해져서 사람들에게 아무런 놀라움도 주지 않았다. 산토끼나 멧돼지들을 잡으려고 이 적막한 산 속으로 올라온 사냥꾼들은 작은 나무들이 무성하게 자라고 있는 것을 분명히 보았으나, 그것을 그저 땅이 자연스럽게 부리는 변덕 탓이라고만 여겼다. 그래서 아무도 부피에가 하는 일에 간섭하지 않았다. 사람들이 그가 한 일이라고 의심했다면 그의 일에 훼방을 놓았을 것이다. 사람들은 그를 의심할 수 없었다. 마을 사람들이나 관리들이나 누군들 그처럼 고결하고 훌륭한 일을 그렇게 고집스럽게 계속할 수 있다고 어찌 상상이나 할 수 있었겠는가?

'한 사람의 인재가 10만 명을 먹여 살린다.'

한 재벌 회장이 한 말이라고 하는데, 보수 언론에서는 이 얘기를 무슨 대단한 진리의 말씀이나 되는 것처럼 자주 인용한다. 특히나 평준화 교육을 하루빨리 폐기하고 교육의 수월성을 제고해야 한다고 주장할 때 이 말은 단골 논거로 등장한다. 그런데 말이다, 누구 말마따나 만약 그 한 사람의 인재가 10만 명을 먹여 살릴 생각이 없다고 하면 그땐 어찌할 것인가. 더 나아가 그가 10만 명을 착취할 생각을 한다면?

한 사람이 참으로 보기 드문 인격을 갖고 있는가를 알기 위해서는 여러 해 동안 그의 행동을 관찰할 수 있는 행운을 가져야만 한다. 그 사람의 행동이 온갖 이기주의에서 벗어나 있고, 그 행동을 이끌어 나가는 생각이 더없이 고결하며, 어떤 보상도 바라지 않고, 그런데도 이 세상에 뚜렷한 흔적을 남겼다면 우리는 틀림없이 잊을 수 없는 한 인격을 만났다고 할 수 있다.

작가는 책의 서문에서 이렇게 말한다. 11월의 어느 날, 나무를 올려다보는데 갑자기 '잊을 수 없는 인격'이라는 장 지오노의 말이 떠올랐다. 알록달록하던 잎이 남김없이 떨어져 앙상한 가지만 남은 나무를 보노라니 자신을 장식하는 일체의 모든 것을 다 버리고 오로지 자기 자신으로만 서 있는 고귀한 존재를 보는 것 같았기 때문이다. 불가항력적인 불행 앞에서도 자존을 버리지 않고 꿋꿋하게 버티고 있는 존재. 자신의 모든 것을 다 내주었음에도 어떠한 보상도 기대하지 않고 그저 자신의 슬픔으로 세상의 슬픔을 덜어내기 위해 애쓰는 존재. 우리는 아주 가끔 이런 존재를 만나는 기적을 맞이한다.

10만 명을 육체적, 정신적으로 먹여 살리는 사람은 바로 이러한 11월의 나무 같은 '잊을 수 없는 인격'일 것이다. 생존경쟁에서 살아남은, 또는 생존경쟁 따위는 애초부터 할 필요도 없었던 1퍼센트가 아니라.

나무를 심은 사람 _장 지오노

1895년 프랑스에서 태어나 20세기 프랑스의 대표적 작가로 일컬어지는 장 지오노의 대표작이다. 1953년 〈리더스 다이제스트〉에 처음 발표된 후 〈보그〉에서 《희망을 심고 행복을 가꾼 사람》이라는 이름으로 첫 출간했으며, 화가 프레데릭 바크에 의해 동명의 애니메이션으로 만들어져 더 유명해진 작품이다.

아이 : 숟가락을 구부리려고 하지 마세요. 그건 불가능해요.
     대신에 오직 진실을 깨달으려고 노력하세요.
네오 : 무슨 진실?
아이 : 숟가락은 없다는 진실요. 그러면 당신은 알 수 있을 거예요.
     구부러지는 것은 숟가락이 아니라 단지 당신 자신이라는 것을.

                    - 영화 〈매트릭스〉 중에서

스펙이   아닌   통찰

+

PART 4

더 깊게,
더 낮게,
더 천천히

+

자전거 여행
_김훈

내가 '김훈'이라는 작가를 알게 된 건 1995년 5월이었다. 당시 대학 2학년이었던 나는 학교 도서관 서고를 어슬렁거리다가 우연히 눈에 띈 《풍경과 상처》라는 책을 다른 책 몇 권과 함께 대출해 집에 가져왔고, 늘 하던 대로 자기 전에 누워서 읽을 요량으로 첫 장을 열었다. 그런데 몇 페이지 읽다 말고 나도 모르게 벌떡 몸을 일으켜 똑바로 앉을 수밖에 없었다. 낱낱의 문장들에는 온통 고압 전류가 흐르는 것 같았고, 난 그 자리에서 감전된 느낌이 들었으니까. 그의 문체는 그만의 개성과 자의식으로 가득 차 있었고, 그래서 독자들에게는 절대 친절하지 않아 보였지만 난 그때 예감했다. 바로 그 순간부터 난 그의 충성스러운 독자가 되리라는 것을.

당시 그는 신문기자로 '밥벌이'를 하면서 틈틈이 에세이와 소설을 쓰는 사람이었는데, 그로부터 6년 후인 2001년, 그 신문기자는 《칼의 노래》라는 작품으로 '동인문학상'을 수상함과 동시에 '한국 문단에 벼락처럼 떨어진 축복'이라는 찬사를 받으며 화려하게 문단의 전면에 등장한다. 그 《칼의 노래》가 베스트셀러에 이름을 올린 이후, 그는 비교적 소수 마니아들의 열광을 받는 글쟁이에서 텔레비전에서 도 가끔 얼굴을 볼 수 있는 '국민 작가' 비스름한 존재가 되었다.

　앞서 말한 대로 나는 김훈의 충성스러운 독자이기에 그가 쓴 책 은 내 책장에 거의 꽂혀 있다. 그의 작품은 크게 에세이와 소설로 나 눌 수 있는데, 굳이 고르라면 나는 그의 소설보다 에세이를 더 좋아 하고, 그의 에세이에서 또 굳이 하나를 고르라면 10여 년 전에 출간 된 《자전거 여행》을 꼽고 싶다.

　《자전거 여행》은 김훈이 1999년 가을부터 2000년 여름까지 자 전거로 전국을 여행하며 남긴 기록이다. 그런데 여행을 하면서 뭐 엄 청난 문화유산이나 천혜의 절경을 보느냐 하면 그렇지 않다는 것. 그 가 보는 건 우리도 흔히 봐왔던 것들이다. 이 책의 첫 장에 나오는 곳 이 '여수 돌산도 향일암'인데, 여기서 그는 동백, 매화, 산수유, 목련 이 피고 지는 것을 묘사한다. 그 가운데 산수유 부분.

　산수유는 다만 어른거리는 꽃의 그림자로서 피어난다. 그러나 이 그림자 속에는 빛이 가득하다. 빛은 이 그림자 속에 오글오글 모 여서 들끓는다. 산수유는 존재로서의 중량감이 전혀 없다. 꽃송 이는 보이지 않고, 꽃의 어렴풋한 기운만 파스텔처럼 산야에 번 져 있다. 산수유가 언제 지는 것인지는 눈치 채기 어렵다. 그 그 림자 같은 꽃은 다른 모든 꽃들이 피어나기 전에, 노을이 스러지 듯이 문득 종적을 감춘다. 그 꽃이 스러지는 모습은 나무가 지우

개로 저 자신을 지우는 것과 같다. 그래서 산수유는 꽃이 아니라
나무가 꾸는 꿈처럼 보인다.

처음 이 대목을 읽었을 때 감탄을 넘어 살짝 당혹스러웠다. 전
에 산수유를 보지 못했으면 모를까 나처럼 보고도 별다른 느낌이 없
었던 사람이라면 왜 내가 당혹스러웠는지 공감할 것이다.

김훈은 이 책에서 냉이, 달래, 쑥, 미나리 등 얼핏 사소하기 짝
이 없어 보이는 각종 봄나물에 대한 느낌도 풀어놓는다.

쑥은, 그야말로 '겨우 존재하는 것들'이다. 그것들은 여리고 애달
프다. 이 여린 것들이 언 땅을 뚫고 가장 먼저 이 세상에 엽록소
를 내민다. 쑥은 낯선 시간의 최전선을 이끌어간다. 쑥들은 보이
지 않게 겨우 존재함으로써, 이 강고한 시간과 세월의 틈새를 비
집고 나올 수가 있는 모양이다. 그것들에게는 이 세상 먹이 피라
미드 맨 밑바닥의 슬픔과 평화가 있다. 된장국물 속에서 끓여질
때, 쑥은 냉이보다 훨씬 더 많이 된장 쪽으로 끌려간다. 국물 속
의 쑥 건더기는 다만 몇 오라기의 앙상한 섬유질로만 남는다. 쑥
이 국물에게 바친 내용물은 거의 전부가 냄새이다. 그 국물은 쓰
고 또 아리다. 먹이 피라미드 맨 밑바닥의 아린 냄새가 된장의 비
논리성에 퍼져 있다. 그 냄새는 향기가 아니라, 고통이나 비애에
가깝다. (중략) 쑥된장국의 냄새는 그것을 먹는 인간에게 괜찮다,
다 괜찮다고 말하는 것 같기도 하고, 마침내 돌아가야 할 곳의 정
갈함을 일깨우기도 한다. 그 풀은 풀의 비애로써 인간의 비애를

헐겁게 한다.

이 글을 읽은 뒤로 나는 쑥 된장국을 먹을 때마다 어김없이 이 글이 떠오른다. 분명 이 글을 읽기 전에도 수없이 쑥 된장국을 먹었을 것이다. 그런데 이 글 덕분에 나는 '다 괜찮다'며 위로하는 쑥 된장국을 먹게 되었다.

사람들이 여행을 하는 가장 중요한 이유는 일상을 살아가며 무뎌진 감각과 사고에서 탈출하고 싶어서일 터. 그렇다면 김훈은 일상의 삶이 그대로 여행인 사람이다. 반면 버스에서 우르르 내려 사진만 찍어대는 여행자들에겐 여행도 낡은 일상의 한 부분일 뿐이다. 정말이지 김훈의 글을 읽고 있으면 내 자신이 너무 빨리빨리 대충대충 사는 사람처럼 느껴진다.

> 한자에는 간看·견見·관觀·시視·도睹·찰察 등 여러 표현이 있다. 간看이나 견見은 눈을 뜨고 있으니 보이는 것이다. 관觀이나 시視, 또는 찰察은 저게 뭔가 싶어 눈여겨 보는 것이다. 따라서 관찰觀察과 시찰視察이라는 말은 있어도 간찰看察과 견찰見察이라는 말은 없다. 보는 데도 등급이 있고 수준이 있다.
>
> — 정민, 《책 읽는 소리》 중에서

지금 우리가 살고 있는 세상은 가히 정보의 홍수 시대라고 할 수 있다. 잠깐 사이에 엄청난 정보가 쏟아져 나오고, 그 정보에 대한 사

김훈은 다만 무엇이든지 낮은 자세로 깊고 천천히 오래 보고자 할 뿐이다.
그는 관觀하고 시視하고 도睹해서 마침내 찰察하는 사람이다.
정말이지 낮은 자세로 포복하면서 대지의 숨결을 느끼는 사람만이 가질 수 있는
어떤 위엄 같은 것이 그에게는 있다.

실 여부나 가치를 판단하기도 전에 또 다른 정보들이 휘몰아치다 보니 너도나도 자신의 순발력과 적응력을 자랑하기 바쁘다. 그래 봤자 간看이나 견見밖에 안 되는 줄도 모르고. 간看과 견見으로 포착 가능한 것은 기껏해야 신호등이나 교통 표지판 정도가 아닐까. 운전이야 할 수 있겠지만 자신만의 콘텐츠를 만들어내는 것은 어림도 없는 일이다.

김훈은 이런 세태에 부화뇌동하지 않는다. 그는 다만 무엇이든지 낮은 자세로 깊고 천천히 오래 보고자 할 뿐이다. 그는 관觀하고 시視하고 도睹해서 마침내 찰察하는 사람이다. 정말이지 낮은 자세로 포복하면서 대지의 숨결을 느끼는 사람만이 가질 수 있는 어떤 위엄 같은 것이 그에게는 있다.

'숲'이라고 모국어로 발음하면 입 안에서 맑고 서늘한 바람이 인다. 자음 'ㅅ'의 날카로움과 'ㅍ'의 서늘함이 목젖의 안쪽을 통과해 나오는 'ㅜ'모음의 깊이와 부딪쳐서 일어나는 마음의 바람이다. 'ㅅ'과 'ㅍ'은 바람의 잠재태이다. 이것이 모음에 실리면 숲 속에서는 바람이 일어나는데, 이때 'ㅅ'의 날카로움은 부드러워지고 'ㅍ'의 서늘함은 'ㅜ'모음 쪽으로 끌리면서 깊은 울림을 울린다.

그래서 '숲'은 늘 맑고 깊다. 숲 속에 이는 바람은 모국어 'ㅜ'모음의 바람이다. 그 바람은 'ㅜ'모음의 울림처럼, 사람 몸과 마음의 깊은 안쪽을 깨우고 또 재운다. '숲'은 글자 모양도 숲처럼 생겨서, 글자만 들여다보아도 숲 속에 온 것 같다.

단어 하나에까지 모든 감각을 집중해 천천히 음미하는 그의 모
습에서 이성선 시인의 〈다리〉라는 시가 떠오른다.

다리를 건너는 한 사람이 보이네
가다가 서서 잠시 먼 산을 보고
가다가 쉬며 또 그러네

얼마 후 또 한 사람이 다리를 건너네
빠른 걸음으로 지나서 어느새 자취도 없고
그가 지나고 난 다리만 혼자 허전하게 남아 있네

다리를 빨리 지나가는 사람은 다리를 외롭게 하는 사람이네

나는 얼마나 많은 다리를 외롭게 하며 살고 있는가. 그런 주제
에 시시때때로 잘난 척까지 한다. 이것 보라고, 난 척 보면 다 안다
고! 빨리 보면 많은 것을 볼 수 있을 거라 착각하지만 사실은 아무것
도 볼 수 없는데 말이다.

자전거 여행 _김훈

김훈이 1999년부터 2000년까지 여수 돌산도를 시작으로 전국의 산천을
'풍륜風輪'이라 이름붙인 자전거를 타고 여행하며 쓴 에세이집. 소위 '김훈
체'라 불리는 김훈 문장의 정수를 엿볼 수 있는 책이다.

가짜가
가짜인
이유

+

비슷한 것은 가짜다
_정민

2007년도엔가 〈황진이〉라는 영화를 봤다. 솔직히 영화는 내가 기대
했던 바와 달라서 별로 공감하지 못했는데, 그 영화 포스터만큼은 지
금도 기억에 남아 있다. 주연인 송혜교의 검은색 한복이 강렬한 느낌
을 주었고, 거기에 적힌 문구가 무척 인상적이었다. 그 문구는 바로
'16세기에 살았던 21세기의 여인'.

　내가 만약 영화감독이라면 '18세기에 살았던 21세기의 남자'를
주인공으로 하는 영화를 만들어보고 싶다. 그는 바로 연암 박지원
(1737~1805년). 난 연암과 관계있는 책이면 무조건 사고 본다. 그가
남긴 글뿐만 아니라 그에 관해서 쓴 연구자들의 책까지 손에 넣어야
직성이 풀린다. 이 정도는 관심만으로 되는 일이 아니라 '팬심'이 있
어야 가능한 일이다. 사실 내가 그에 관한 책을 살 때의 심정은 좋아
하는 뮤지션의 음반을 사거나 좋아하는 배우의 영화를 보러 극장에
달려가는 것과 크게 다르지 않다.

난 어쩌다가 연암의 팬이 되었는가. 이게 다 정민 교수의 《비슷한 것은 가짜다》라는 책 때문이다. 물론 그 전에 연암에 대해 아예 몰랐던 것은 아니다. 우리나라에서 고등학교를 다닌 사람이라면 연암이 쓴 몇몇 소설(〈허생전〉, 〈호질〉, 〈양반전〉 등)을 배웠을 것이다. 나 역시 고등학생 때 그의 소설을 처음 접했고, '고전소설치곤 꽤 재밌군' 정도의 느낌을 가졌던 것 같다. 그런데 스물다섯 살에 만난 《비슷한 것은 가짜다》라는 제목의 책은 연암이 얼마나 매력적인 인물인지를 제대로 알려주었고, 더 알고 싶게 만들어주었다. 사실 매력적이라고 말했지만 만일 연암의 글만 읽었다면 그 매력을 잘 못 느꼈을 것이다. 그의 글은 선명하지만 단순하지 않기 때문이다. 비록 국문학을 전공하긴 했으나 고전문학에 대해 깊이 공부하지 못한 나로서는 정민 교수의 빛나는 해설이 아니었다면 읽다가 포기했을지도 모른다.

'연암 박지원의 예술론과 산문미학'이라는 부제가 붙은 이 책은 정민 교수가 가려 뽑은 연암의 산문과 그에 대한 감상과 해설이 교차되는 구조로 되어 있다. 해설이라고 해서 지루하고 평면적인 설명의 나열이라고 생각하면 오산이다. 그 해설 자체도 한 편의 고급스러운 에세이로 완결되니까. 모든 글에서 시간을 뛰어넘는 연암과 정민의 아름다운 소통과 그 소통 가운데 만들어진 통찰과 에스프리를 느낄 수 있지만, 여기서는 이 책의 제목이기도 한 '비슷한 것은 가짜다'와 관련한 대목만 인용한다.

옛것을 본떠 글을 지음을 마치 거울이 형상을 비추듯 하면 비슷

하다 할 수 있을까? 좌우가 서로 반대로 되니 어찌 비슷함을 얻
으리요. 그렇다면 물이 형체를 그려내듯 한다면 비슷하다고 말할
수 있을까? 본말이 거꾸로 보이니 어찌 비슷하다 하리오. 그림자
가 형상을 따르듯 할진대 비슷하다 할 수 있을까? 한낮에는 난장
이 땅딸보가 되고, 저물녘에는 꺽다리 거인이 되니 어찌 비슷하
다 하겠는가. 그림이 형체를 묘사하듯 한다면 비슷하다 할 수 있
을까? 길 가는 자가 움직이지 않고, 말하는 자는 소리가 없으니
어찌 비슷함을 얻겠는가.

그렇다면 끝내 비슷함은 얻을 수가 없는 것일까? 말하기를 대저
어찌하여 비슷함을 구하는가? 비슷함을 추구한다는 것은 진짜는
아닌 것이다. 천하에서 이른바 서로 같은 것을 두고 반드시 '꼭
닮았다'고 하고 구분하기 어려운 것을 또한 '진짜 같다'고 말한다.
대저 진짜 같다고 하고 꼭 닮았다고 말할 때에 그 말 속에는 가
짜라는 것과 다르다는 뜻이 담겨 있다.

　연암의 〈녹천관집서綠天館集序〉의 일부이다. 이에 대한 정민의 해
설은 다음과 같다.

연암은 글의 처음을 '방고倣古', 즉 옛날을 모방하는 문제로 시작
한다. 글을 짓는데 사람들은 자기의 말과 뜻으로 하지 않고 옛것
을 모방하여 짓는다. 옛것을 모방함은 옛사람과 거의 분간이 가
지 않을 만큼 꼭 같게 하면 되는가? 그 결과 읽는 이가 이것이 옛
글인지 지금 글인지 알아볼 수 없을 정도가 되면, 우리의 글쓰기

는 성공한 것일까?

거울에 비추듯 하면 될까 싶어도, 거울 속의 나는 언제나 왼손잡이다. 물 위에 어리는 모습은 항상 거꾸로 보이니 탈이고, 그림자는 해의 길이에 따라 난장이도 되었다가 꺽다리가 되기도 한다. 그러니 이것들은 모두 '사似' 즉 비슷하기는 해도 진짜는 아니다. 이와 같이 아무리 옛것을 흉내 내봐도 결국 비슷함에 그칠 뿐 종내 옛것은 될 수가 없다. 그러면 어찌할까? 글쓰기를 그만둘까? 곤혹스러워하는 내게 연암은 이렇게 찔러 말한다. "와! 진짜 같다. 정말 꼭 같다." 이런 말들 속에는 이미 가짜라는 의미가 포함되어 있다. 다르다는 뜻이 내포되어 있다. 왜 비슷해지려 하는가? 왜 '진眞'을 추구하지 아니하고, '사似'를 찾아 헤매는가? 비슷한 것은 이미 진짜가 아니다. 비슷한 것은 가짜다. 그러니 비슷해지려 하지 말아라.

　인용한 부분을 천천히 음미하노라니 언젠가 읽었던 배우 최민식의 인터뷰가 떠오른다. 그는 자신을 훌륭한 배우라고 평한 선배의 칭찬에 대해 이렇게 말했다. "훌륭한 배우란 없다. 배우와 '배우 비슷한 사람', 둘이 있을 뿐이다." 최민식이 말하는 '배우 비슷한 사람'이란 어떤 사람인가. '배우인 것처럼 보이지만 실제로는 배우가 아닌 사람', 한마디로 가짜다(그러고 보니 연암에 관한 드라마나 영화를 만든다면 최민식이 연암 역에 어울릴 것 같다).

　책에서 연암은 '진짜처럼 보이는 가짜'에 대한 혐오를 자주 피력

짝퉁과 오리지널이 갈리는 결정적 근거는 외양이 아닌 그 안에 들어간 정신이다.
짝퉁에는 무엇인가를 창작하면서 흘린 땀과 쏟은 눈물이 결여되어 있다.
그저 진짜처럼 보이려는, 그리하여 이득을 취하려는 욕심밖에 없다.

한다. 그는 글쓰기 방법론의 맥락에서 이 말을 언급했지만, 이는 사실 우리 삶의 전반에 관련된 문제이기도 하다. 누가 봐도 가짜로 보이는 것은 무관심 또는 경멸의 대상일 뿐이다. 그에 반해 '진짜 같은 가짜'는 매우 위험하면서 사악하다. 그것은 가짜이면서 종종 진짜 대접을 받으며, 각종 이득(돈, 명예, 권력)을 부당하게 취한다. 무엇보다 문제는 그것이 사람들의 판단을 흐리게 하고, 이 세상을 가짜가 판치는 세상으로 만든다는 것이다.

흔히 말하는 '사이비似而非'란 무엇인가. 비슷하지만 결국 가짜라는 말 아닌가. 이 사이비가 끼친 해악이 어느 정도인지는 역사를 조금만 들여다봐도 금방 알 수 있다. 민주주의라는 말을 입에 달고 다녀도 자신과 다른 의견을 탄압하는 지도자는 독재자 그 이상도 그 이하도 아니다. 아무리 그럴듯한 고담준론을 떠들어도 권력에 자신의 학문적 양심을 팔아먹는 인간은 지식인이 아니라 시정잡배일 뿐이다. 눈으로는 식별이 불가능할 정도로 겉모양을 똑같이 베껴도 모조품은 결국 모조품인 것이다.

짝퉁은 왜 짝퉁인가. 겉모양이 오리지널과 미세하게 달라서일까? 그렇지는 않을 것이다. 언뜻 눈으로 보면 오리지널보다 더 오리지널 같은 짝퉁도 많지 않은가. 짝퉁과 오리지널이 갈리는 결정적 근거는 외양이 아닌 그 안에 들어간 정신이다. 짝퉁에는 무엇인가를 창작하면서 흘린 땀과 쏟은 눈물이 결여되어 있다. 그저 진짜처럼 보이려는, 그리하여 이득을 취하려는 욕심밖에 없다. 그런 이유로 오리지널(眞)로 사는 것은 짝퉁(似)으로 사는 것과는 비교도 할 수 없는 많은 노력과 인내와 용기가 필요하다.

연암이 살았던 18세기에도 지금처럼 진짜 같은 가짜들이 돈과
권력을 쥐고 세상을 마음대로 주물렀나 보다. 그들을 혐오하며 진짜
글을 쓰고 진짜 삶을 살았던 연암은 지금 우리에게 준열한 목소리로
묻는다. 너는 진짜와 '진짜 같은 것'을 구별할 안목과 통찰력을 갖고
있느냐고. 너라는 존재는, 너의 인생은, 너의 욕망은 진짜와 진짜 같
은 것 중 어느 쪽이냐고. 너는 진짜로 살기 위해 어떤 노력을 하고 있
느냐고.

비슷한 것은 가짜다 _정민

한양대 국문과 교수로 재직 중인 정민 교수가 연암 박지원의 대표적 산문
40여 편을 추려 원문과 그에 대한 해설을 쓴 책이다. 단순한 번역과 해설에
서 그치지 않고 저자는 연암과의 적극적인 소통을 이루어낸다.

중립을
중용이라 여기는
착각

+

장정일의 공부
_장정일

한국인들이 빈번하게 꾸는 3대 악몽이 있다고 한다. 첫 번째는 전쟁
이 터져 피난을 가거나 죽는 꿈. 지금은 덜하지만 나 역시 철저한 반
공 교육 때문인지 초등학생 시절엔 이 꿈을 자주 꾸곤 했다. 두 번째
는 군대에 다시 가게 되는 꿈. 난 여자라 경험을 못했지만 내 주변
'군필 남성'들의 증언을 들어보면 꽤 끔찍한 꿈인가 보다. 마지막은
바로 공부는 하나도 못했는데 시험을 보게 되는 꿈. 고등학교를 졸업
한 지 20년이 다 되어가는데도 뭔가 심란한 일이 있으면 난 어김없
이 이 꿈을 꾼다. '시험공부'라는 이름의 트라우마가 이토록 센 것이
었다니 놀랍기까지 하다.

　공자는 '모르는 게 너무 분해서' 공부를 한다고 했다. 무지를 참
을 수 없다는 자발적인 욕구와 앎의 필요를 느껴서 하는 게 공부라는
것이다. 하지만 이 말은 지금 우리의 현실에 비춰 보면 어디까지나
'공자님 말씀'일 뿐이다. 대한민국을 살아가는 대다수 성인에게 공부

는 그저 시험과 엮여 전쟁, 군대와 함께 3대 악몽의 소재가 되어버렸다. 그러다 보니 많은 사람들이 학교를 졸업하면, 더 정확히 말해 시험 볼 필요가 없게 되면 공부와는 빛의 속도로 멀어진다.

이런 상황에서 소설가 장정일은 감히(?) 책 제목을 《장정일의 공부》라고 붙였다. 도대체 무슨 생각으로?

평소 존경받던 지식인이나 원로들이 가끔씩 그야말로 이치에 닿지 않는 발언으로 우리를 실망시키는 일이 있다. 갑작스레 세계관을 바꾸거나 어딘가로 전향을 해서일까? 내가 보기에 그런 경우는 대부분 잘못된 중용을 취하려고 했기 때문이다.
실로 우리는 어려서부터 부모에게, 자라서는 학교의 선생님으로부터 '항상 중용을 취해라', '한쪽으로 너무 치우치지 마라', '균형을 잡는 게 중요하다'고 배우고 그렇게 살도록 다짐받는다. 하지만 그 잘난 중용이나 균형이란 것을 잘못 취하다 보면, '한쪽으로 치우치지 마라'고 주의받던, 바로 그 극단에 가 있는 수가 있다. (중략)
중용이 미덕인 우리 사회의 요구와 압력을 나 역시 오랫동안 내면화해 왔다. 이 말을 믿지 않는 사람도 있을지 모르지만, 한 번 생각해보라. 모난 사람, 기설을 주장하는 사람, 극단으로 기피받는 인물이 되고 싶은 사람이 어디 있겠는가? 나는 언제나 '중용의 사람'이 되고 싶었다.
그런데 어느 날 알게 되었다. 내가 '중용의 사람'이 되고자 했던 노력은, 우리 사회의 가치를 내면화하고자 했기 때문도 맞지만, 실제로는 무식하고 무지하기 때문이었다는 것을! 그렇다. 어떤 사안에서든 그저 중립이나 중용만 취하고 있으면 무지가 드러나지 않을뿐더러, 원만한 인격의 소유자로까지 떠받들어진다. 나의 중용은 나의 무지였다.

중용의 본래는 칼날 위에 서는 것이라지만, 많은 사람들에게 그것은 사유와 고민의 산물이 아니라, 그저 아무것도 아는 게 없는 것을 뜻할 뿐이다. 그러니 그 중용에는 아무런 사유도 고민도 없다. 허위의식이고 대중 기만이다. 그런데도 우리 사회에는 무지의 중용을 빙자한 지긋지긋한 '양비론의 천사'들이 너무 많다.

머리말의 일부다. 저자가 말하는 공부란 바로 잘못된 중용과 공허한 양비론에서 벗어나기 위한 유일한 길이다. 저자는 단언한다. '공부는 좋은 시민이 되기 위해 필요한 것'이라고. 시민이란 무엇인가. '민주 사회의 구성원으로 권력 창출의 주체로서 권리와 의무를 가지며, 자발적이고 주체적으로 공공 정책 결정에 참여하는 사람'이라고 한 백과사전에 정의되어 있다. 그렇다면 대한민국이라는 '민주공화국'에 살고 있는 우리는 모두 시민인가.

《맹자》 '공손추' 편을 보면 이런 말이 나온다.

맹자가 말했다.

"화살을 만드는 사람이라고 어찌 갑옷을 만드는 사람보다 어질지 않겠는가? 그러나 화살을 만드는 사람은 오직 사람을 해치지 못할까 걱정하고, 갑옷을 만드는 사람은 오직 사람을 해칠까 걱정한다.”

맹자 하면 먼저 성선설이 떠오르듯, 그는 사람의 타고난 본성이 악해서 죄를 짓는다고 생각하지 않았다. 다만 사람이 어떤 ‘일’을 하느냐, 즉 그가 어떤 사회적 ‘조건’에 처해 있고, 어떤 ‘입장’을 취하느냐에 따라 (결과적으로) 선을 행할 수도, 악을 행할 수도 있다는 점을 간파했다.

시민은 다름 아닌 이 ‘화살’과 ‘갑옷’을 분별하기 위해 노력하는 사람이 아닐까. ‘화살이나 갑옷이나 모두 전쟁에 쓰이는 것이므로 둘 다 나빠’라고 주장하는 사람이라면 사이비 종교인은 될지언정 시민은 될 수 없다. 만약 모든 사람들이 화살을 만들고 있는 암울한 상황이라면 그것을 천 개 만드는 사람(더 나쁜 놈)과 열 개 만드는 사람(덜 나쁜 놈)을 구별하는 것도 시민의 책임일 것이다. 그런데 현실은 어떠한가. 저자의 표현을 빌리자면 이 땅은 시민이 아닌 ‘양비론의 천사’들로 우글거린다.

어떤 사안에 대해 각기 다른 입장들이 첨예하게 대립할 때, 가장 편리하면서도 폼 나는 포지션은 그 입장들보다 뭔가 더 높은 위치로 스스로 올라가 이렇게 말하는 것이다.

“다들 똑같은 놈들이 진흙탕에서 개싸움을 하고 있구먼. 쯧쯧쯧……”

저자가 말하는 공부란 바로 잘못된 중용과
공허한 양비론에서 벗어나기 위한 유일한 길이다.
저자는 단언한다.
'공부는 좋은 시민이 되기 위해 필요한 것'이라고.

하지만 나 역시 수없이 목격했다. 이런 말을 하는 사람들 대부분은 실상 그 사안에 복잡하게 얽혀 있는 수많은 쟁점과 그 쟁점을 둘러싼 맥락을 이해할 능력이 절대적으로 부족하거나, 이해해보려는 의지 자체가 없다는 것을.

물론 이해력이나 의지가 부족하다는 이유만으로 그들을 무작정 비난할 수는 없을 것이다. 다만 "그 문제가 나에겐 좀 어렵더라. 그래서 뭐가 뭔지 잘 모르겠어" 또는 "먹고사느라 너무 바빠서 그런 것까지 관심을 둘 엄두가 안 나네" 정도의 이유라면 어느 정도 이해할 수 있다. 문제는 자신의 능력과 의지의 부족을 그럴듯한 논리로 포장하려는 시도이며, 바로 이때 등장하는 것이 '양비론'이라는 돼먹지 않은 논리다.

사실 얼마나 유혹적인 논리인가. 이 논리는 자기 손은 전혀 더럽히지 않은 채 진흙탕에 있는 사람들을 싸잡아 매도할 수 있게 한다. 이 논리는 자신이 진흙탕에 있는 사람들보다 뭔가 도덕적이고 지적으로 우월하다는 달콤한 착각에 빠지게 한다. 지적, 도덕적 태만함의 결과일 뿐인 이 착각에서 벗어나려면 우선 '시민으로서의 공부'가 필요한 것이다. 무엇보다 시민은 선거권을 갖는다. 선거가 최선을 고를 수 있는 것이라면 가장 좋겠지만, 때론 최악을 피하기 위해 차악을 선택하는 것이 선거이기도 하다. 흡족하지는 않더라도 그 차악을 선택하는 게 시민의 책임일 것이다.

'장정일의 인문학 부활 프로젝트'라는 부제가 붙은 책답게 저자가 이야기하는 내용의 주제는 다양한 편이다. 특히 우리나라 현대사와, 그 시기에 국가기구의 이름을 빌려 행해진 부도덕한 지배 권력의 반민주적이고 반인륜적인 폭력을 구체적으로 언급한 대목이 자주 나온다. 그 폭력이 자행된 지 30년도 더 지난 시점에서 어떤 사람들은 그 일에 대해 '역사의 판단에 맡기자'라는 말을 한다. 생각할수록 기묘한 말이다. '판단'이라는 정신 활동을 할 수 있는 건 오로지 사람뿐이다. '맡기자'라는 말 앞에 판단 주체가 빠진 이 공허한 말은 사실 중용과는 거리가 멀다. 그것은 그저 중용의 덕으로 포장된, 무책임하고 비윤리적이며 허황된 말일 뿐이다. 시민에게 역사 공부가 필요한 이유는 현재가 과거의 집적이며, 미래는 현재의 집적이기 때문이다. 과거를 제대로 아는 사람만이 미래를 제대로 살 수 있다.

장정일의 공부 _장정일

'장정일의 인문학 부활 프로젝트'라는 부제가 붙은 장정일 특유의 관점이 담긴 인문학 에세이로, 23개의 화두와 이에 대한 그의 분석으로 구성되어 있다. 지독한 독서광이자 부지런한 서평가인 그의 면모가 잘 드러난 책이다.

편견의
울타리를
부숴버리고

\+

잠들면 안 돼, 거기 뱀이 있어
_ 다니엘 에버렛

다름을 인정해야 한다고 말한다. 물론 옳은 말이다. 다름을 인정하지 않는 태도야말로 비극의 씨앗이며, 평화의 최대 걸림돌이니.

그런데 말이다, 아무리 다름을 인정한다고 해도 그 범위가 과연 무한할 수 있을까. 물론 사람마다 정도는 천차만별이겠지만 결국 인간이란 자신의 인식과 감수성의 한계에 갇힌 존재이지 않은가. 어쩌면 사람들이 책을 읽는 궁극적인 이유도 이 한계 때문이 아닐까. 독서의 최종 목적이 어떤 지식을 얻으려는 것이라면 좀 허무하다. 책이 줄 수 있는 가장 큰 선물은 지식 자체가 아닌 인식과 감수성의 확장이며, 다른 말로 하면 자신이 갇혀 있는 편견의 울타리를 부수는 일일 터. 그런 의미에서 최근 몇 년 동안 읽은 책들 가운데 내 내면의 울타리를 가장 세차게 흔들었던 책에 관해 이야기하고 싶다.

《잠들면 안 돼, 거기 뱀이 있어》라는 다소 특이한 제목의 이 책은 일리노이 주립대학교 언어-문학-문화학과 학장인 다니엘 에버렛이 체험한 아마존 정글 생활의 기록이다. 다니엘 에버렛은 가난한 노동자 집안에서 태어나 방탕한 어린 시절을 보내다 열일곱 살 때 기독교인으로 거듭난다. 그는 1976년 시카고 신학교에서 해외선교 학위를 받고 1년 동안 포르투갈어 수업과 혹독한 밀림 적응 훈련을 받은 후, 1978년 아마존 마이시강에 있는 피다한 종족의 마을로 들어간다. 그는 그 마을에서 원주민들과 함께 생활하며 그들의 삶과 문화, 언어에 대한 연구와 함께 본격적인 선교 활동을 시작한다. 그리고 이 생활은 무려 30년 동안 이어진다.

혹시 어떤 익숙한 서사가 떠오르면서 결말이 대충 예상되지는 않는가. 신앙심과 선함으로 똘똘 뭉친 백인 선교사의 헌신적인 활동으로 짐승이나 다름없던 '야만인들'이 감화되어 마음을 열고 기독교인으로 다시 태어나는 과정, 뭐 그런 거 말이다. 그런데 결론부터 말하자면, 이 책은 정반대의 이야기를 펼쳐놓는다. 원주민이 기독교인이 되는 것이 아니라 선교사가 무신론자가 되니까.

다니엘 에버렛이 맡은 임무는 성경을 피다한 말로 번역하는 것이었다. 문제는 피다한 말이 너무나도 특이하다는 사실인데, 겨우 열한 개뿐인 음소와 복잡하기 짝이 없는 음조 때문에 처음 듣는 사람들에겐 도무지 사람의 말이라기보다 동물의 울음소리로 들린다고 한다. 그러다 보니 그 전에 피다한 마을에 들어간 학자들이나 선교사들은 많았으나 아무도 그 말을 배우지 못했다. 하지만 에버렛은 필사적인 노력으로 해낸다. 그리고 녹음기에 피다한 말로 성경을 번역해 녹음

하는 데 성공한다. 에버렛은 선교 활동을 시작할 때 확신한다. 번역
만 제대로 해서 그들이 하느님을 '영접'하기만 하면 그들을 기독교인
으로 거듭나게 할 수 있다고. 지난 200년간 수많은 선교사들이 시도
했지만 단 한 명도 개종시키지 못했다는 사실도 그의 사명감과 의욕
을 불타오르게 한다. 그러나 그는 선교에 실패한다. 이 책은 말하자
면 왜 실패할 수밖에 없었는지 그 이유를 피다한 사람들의 삶과 그들
의 언어에서 규명한 결과물인 셈이다.

 에버렛이 피다한 마을에 들어간 지 얼마 안 되어 그의 아내와 어
린 딸이 말라리아에 걸려 거의 죽을 뻔한 사건이 벌어진다. 그런데
피다한 사람들은 그에게 어떤 도움도 주지 않고, 하다못해 동정조차
보내지 않는다. 그는 피다한 사람들이 자신에게 친절하고 호의적이
라고 믿었기에 그들의 태도에 깊은 상처를 받지만, 시간을 두고 지켜
보면서 그들에 대해 제대로 이해하지 못했던 것들을 깨닫게 된다.

 피다한 사람들이 기대하는 수명은 서양 사람들이 기대하는 것의
 절반 정도밖에 되지 않는다. 이들은 이러한 차이를 알지 못한다.
 우리는 오래 살기를 바랄 뿐만 아니라 그것을 당연한 권리로 생
 각한다. 피다한 사람들의 인식에 비춰보면 특히 미국인들의 삶의
 의지는 욕심에 가깝다. 그렇다고 해서 이들이 죽음에 무관심하다
 는 이야기는 아니다. 죽어가는 아이를 살릴 수 있다면 이 사람들
 도 도움을 받기 위해서 며칠이 걸리더라도 노를 저어 갈 것이다.
 아이나 아내가 아프다면서 밤중에 나를 찾아와 도움을 요청하는

경우도 많았다. 그럴 때 이들의 얼굴에 나타나는 근심과 고통은 다른 어떤 사람들과도 다르지 않다. 하지만 세상이 마땅히 자신을 도와줘야 한다고 생각하거나 그렇게 행동하는 피다한 사람은 한 번도 보지 못했다.

이러한 깨달음은 오랜 시간 그들의 삶과 언어를 접하면서 시시때때로 그에게 다가온다. 피다한 사람들은 무엇을 소유하려는 욕망 자체가 없다. 그들은 물건들을 별로 만들지 않을뿐더러, 만들더라도 그 물건이 오래가게 만들지 않는다. 음식을 비축하지도 않고 많이 먹지도 않는다. 그들의 언어엔 놀랍게도 숫자와 색깔을 나타내는 말이 없으며, 비교를 나타내는 말, 친교를 위한 말이 없다. 고마우면 고맙다는 말을 하는 대신 나중에 그 고마움을 나타내는 행동을 하면 된다. 또한 그들에겐 창조 신화도 없고 장례식이나 결혼식 같은 의례도 없으며, 특별히 마을의 우두머리라고 할 수 있는 사람도 없다. 그들 사이에서는 누군가에게 명령하는 모습을 보기 힘들고, 심지어 부모도 자식에게 명령하지 않는다. 그럼에도 그들은 의사소통의 불편함을 전혀 느끼지 않으며 평화로운 공동체 생활을 영위한다.

언뜻 이러한 특성들은 스스로 문명인으로 자부하는 사람들에겐 '미개인의 결핍'으로 느껴질 수 있다. 하지만 저자는 오랜 시간 그들과 함께 생활하면서 그들의 언어와 문화적 패턴을 일관되게 설명할 수 있는 하나의 원칙을 통찰해낸다.

경험의 직접성 원칙 – 피다한 사람들의 진술문에는 지금 말하는

'순간'과 말하는 사람의 '경험'과 직접 연관되어 있는 주장만을 담을 수 있다. 이러한 경험에는 화자가 직접 경험한 것은 물론, 다른 사람이 경험한 것도 모두 포함된다.

피다한 사람들에게 의미 있는 것은 오직 '지금 바로 여기'에서 '직접 경험'한 일들이다. 그러므로 뭔가를 추상적으로 개념화(대표적으로 숫자와 색깔)할 필요가 없으며 현재 시제를 행복하게 사는 게 무엇보다 중요하다. 그들의 말엔 '과거'나 '미래'를 의미하는 단어 자체가 없다. 무엇보다 '걱정'을 의미하는 단어가 없다! 그러니 그들에게 그들이(심지어 에버렛 자신조차) 실제로 본 적도 없고 들은 적도 없는 예수에 대해 아무리 이야기한들 씨알이 먹히지 않는 거다.

그리하여 에버렛은 '간증'이라는, 그의 말에 따르면 '예수를 받아들이기 이전의 삶은 최대한 불행하게 이야기하고, 구세주 예수를 받아들이는 순간 마치 기적이 일어난 것처럼 모든 것이 행복해졌다고 꾸밈으로써 믿지 않는 사람들에게 예수를 믿도록 유혹하는' 전도 기법으로 피다한 사람들에게 복음을 전파하기로 결심한다. 자신이 예수를 '영접'하기 전에 술과 마약에 빠져 방탕하게 살았으며 수많은 여자를 범했노라고 과장해서 말하고 나서, 급기야 새엄마가 자살한 불행한 과거를 아주 심각하게 이야기한다. 그러나…….

이야기를 마치고 나자 피다한 사람들은 일제히 웃음을 터뜨렸다. 황당한 반응이었다. 아니, 신경질 나는 반응이었다. 이전에 다른 사람들 앞에서 이런 이야기를 했을 때는 하나같이 깊은 감명을

받고는 '오! 주여!' '하나님, 감사합니다!'와 같은 말을 연발했기
때문이다.

"왜 웃어?"

"네 엄마가 자살했다고? 우하하! 참 바보 같다. 피다한 사람들은
자살하지 않아."

　고민에 빠진 에버렛은 자신의 스승을 찾아가 도움을 청한다. 그
스승은 '사람들을 구원하려면, 그들의 삶에 무엇인가 부족하다는 인
식을 심어'주라고 조언한다. 하지만 이를 어쩌나. '피다한 사람들에
게는 자신들이 부족하다는 느낌, 타락했다는 느낌, 구원받아야 한다
는 생각이 눈곱만큼도 없었'던 것이다. 무엇보다도 그들에게는 죄의
식, 절대자, 정의로움, 성스러움, 죄악, 소유 같은 개념 자체가 없다.
한마디로 그 어떠한 강박도 없는 상태. 그런 상태로 그들은 행복한
내면과 '고매한 인성'을 유지하며 하루하루를 즐기면서 산다. 에버렛
은 책의 말미에서 다음과 같이 말한다.

　우리는 종교와 진리라는 가치를 버리고도 충분히 행복하게, 아니
　훨씬 행복하게 살아갈 수 있다. 피다한 사람들은 그것을 증명한
　다. (중략) 피다한 사람들은 지금 이 순간에 모든 것을 집중한다.
　따라서 어떠한 욕구도 쌓일 틈이 없다. 오늘날 현대인들이 거의
　모두 앓고 있는 걱정, 두려움, 좌절의 근원이 피다한 사람들에게
　는 존재하지 않는다.

가톨릭 신자인 나로서는 에버렛의 무신론자 전향에 100퍼센트 공감되지는 않는다. 하지만 그에게 뜨거운 존경과 지지를 보내고 싶다. 그는 그 전까지 자신에게 덕지덕지 붙어 있을 수밖에 없었던 모든 편견, 신념, 가치관, 사고 체계, 보편 이론 등등을 완전히 버린 채 있는 그대로의 현실과 자신의 내면을 치열하고 정직하게 바라봤으니까. 자신이 이해할 수 없을 정도의 다름을 이렇게 바라보기란 정말이지 어려운 일이기에.

잠들면 안 돼, 거기 뱀이 있어 _다니엘 에버렛

일리노이 주립대학교 언어-문학-문화학과 학장인 다니엘 에버렛이 아마존의 오지 피다한 마을로 들어가 생활하며 쓴 일종의 보고서다. 읽다보면 논픽션임에도 여느 소설 못지않은 박진감 넘치는 서사 진행에 빠져들게 된다.

잔혹한
진실

+

지금은 없는 이야기
_최규석

약간의 활자중독 증상이 있다 보니 책 한 권 없이 지하철을 타게 되는 사태는 생각하고 싶지도 않고, 하다못해 식당에 들어가도 메뉴판은 물론이고 눈에 띄는 모든 글자를 나도 모르게 죄다 읽고 있는 지경이다. 그런데 이런 나도 어지간하면 읽지 않으려고 버티는 두 가지가 있다. 첫 번째는 바로 각종 전자제품 사용설명서. 워낙 기계치인지라 어쩔 수 없이 읽긴 읽는데, 그럴 때마다 너무나도 싫어하고 못하는 과목을 내일 당장 시험이라서 억지로 공부해야 할 때의 기분이 들곤 한다.

두 번째는 '이렇게 하면 성공할 수 있다'고 알려주는 자기계발서나 처세서다. 그런 책의 효용 자체를 무시해서가 아니라 그냥 너무 지루하다. 나는 그런 책들이 꼭 전자제품 사용 매뉴얼 같다. 이 버튼을 누르면 이렇게 되고 저 버튼을 누르면 저렇게 된다는 식인데, 사람과 삶과 세상은 전자제품이 아니지 않은가.

그런 책들은 대개 긍정적인 마음가짐을 지닌 채 부지런하고 계획적이고 도전적인 습성이 몸에 배면 누구나 성공할 수 있다고 주장한다. 물론 나 역시 매사 부정적인 사람보다는 긍정적인 사람이 좋고, 나 자신도 그렇게 되려고 노력한다. 문제는 긍정적 마인드와 바람직한 습관이 성공을 보장해준다는 식의 논리가 지금 우리가 살고 있는 이 땅의 진실에 얼마나 부합하느냐 하는 점이다. 한 사람의 실패를 오로지 그 개인의 게으름이나 무능함 탓으로 돌리는 것, 반대로 한 사람의 성공이 전부 그 개인의 뛰어난 능력이나 좋은 습관에서 기인했다고만 바라보는 것이 얼마나 위험하고도 비윤리적인 사고일 수 있는지 우리는 종종 간과할 때가 있다. 한 사회에서 아무리 지배력을 획득한 주장이라 하더라도 그것은 어디까지나 주장일 뿐 진실은 아니지 않은가.

자, 여기 이 땅의 진실을 가차 없이 보여주는 책이 있다. 만화가 최규석이 펴낸 우화집 《지금은 없는 이야기》.

세상은, 불평불만 하지 말고 알아서 살아남으라고 말하는 이야기들로 차고 넘친다. 그래도 예전에는 삶의 고통을 견디는 굳건한 의지, 앙다문 이빨 정도는 허용해 줬지만 요즘에는 그조차 허락하지 않는다. 요새 떠도는 이야기들에 따르면 고통조차 웃으며 견뎌야 한다. 아니 애초에 고통을 고통으로 받아들여서도 안 된다. 고통을 고통이라 여기는 부정적 태도를 갖는 순간 우주의 에너지는 당신을 못 보고 지나칠 것이다. 그리고 성공과 실패에 대한 모든 책임은 오직 개인에게 있다. 치즈가 갑자기 사라지면 치즈가 왜 사라졌는지, 누가 갖고 갔는지 고민하지 말고 재빨리 다른 치즈를 찾아 나서야 하고, 아무리 고난을 웃음으로 긍정하며 극복해도 인생이 잘 안 풀린다면 그건 당신의 긍정이 충분하지 못했기 때문이다. (중략) 문제는 그런 얘기들이 너무 많다는 거다. 너무 많아서 당연하게 생각되고, 당연한 것이 되다 보니 다르게 생각해야 할 나머지 절반의 상황에서도 같은 관점으로만 사태를 바라보게 된다. 그러나 절이 싫으면 중이 떠나야 할 때도 있지만 중이 절을 고쳐야 할 때도 있는 게 세상 아닌가.

책 첫머리에 나오는 작가의 말이다. 이 책엔 이런 문제의식을 바탕으로 창작된 20가지 우화가 실려 있다. 우화라고 하니까 우리가 예전에 읽었던 착한 사람(동물)은 복을 받고, 나쁜 사람(동물)은 벌을 받는 훈훈한 스토리를 기대할 수도 있겠지만, 이 책은 이런 기대를 여지없이 무너뜨린다.

이를테면 이런 이야기다. 불행한 집에서 태어난 불행한 소년이 있었다. 다른 아이들은 그 소년을 마구 괴롭히고 소년은 그 아이들을 때려주려고 한다. 그때 소년에게 천사가 나타나서 네가 먼저 참고 용서하면 그 아이들도 자기 잘못을 뉘우칠 거라고 말한다. 불행한 소년은 자라서 불행한 청년이 되고, 사람들은 그를 부당하게 착취한다. 청년이 분노와 절망에 빠져 있을 때 또 천사가 나타나서 힘을 내라고 위로한다. 청년은 어느덧 늙고 병들어 아무도 보살펴주는 사람 하나 없는 불행한 노인이 되고, 오직 천사만이 그의 곁을 지키며 위로한다. 그래도 당신의 삶은 가치 있는 삶이었다며. 노인은 천사의 말에 조금 안심이 되지만 잠시 후 이유를 알 수 없는 분노와 슬픔에 사로 잡히고, 어떤 깨달음이 그의 머릿속을 스쳐 지나간다. 그다음에 어떻게 되었느냐고? 노인은 그 천사를 죽여버린다.

두 번째 우화인 '불행한 소년'의 줄거리다. 다분히 충격적이고 불쾌해지기까지 하는 결말이다. 그렇지만 '천사'가 상징하는 바가 무엇인지를 곰곰 생각해본다면 이 우화는 우리로 하여금 어떤 진실에 한 걸음 다가서게 한다. 이 우화에 등장하는 천사는 무책임하고 기만적인 위로를 상징한다고 할 수 있다. 고통과 위험이 명백하게 존재한다면 가장 중요한 일은 그걸 제거하려는 구체적인 실천일 터. 그런데 지금 우리 사회는 값싼 위로가 그 실천이 있어야 할 자리를 차지하고 있는 듯하다. 어떻게 된 게 치료약보다 진통제가 더 비싼 가격이 매겨져 더 잘 팔리고 있는 형국이다. 진통제가 필요 없다는 말이 아니라, 진통제가 병을 치료하는 것처럼 인식되고 있는 현실이 문제라는 얘기다. 이러한 현실에 대한 작가의 태도는 아주 단호하다.

이런 이야기도 있다. 어느 날 조물주는 심심해서 자신을 즐겁게 해줄 개를 만든다. 아름답고 온순하면서 용맹하기까지 한 그 창조물을 조물주는 마음에 들어 한다. 그런데 그 개들 역시 조물주처럼 심심해한다. 조물주는 심심해하는 개들을 위해 돼지를 만든다. 개들은 자신들의 용맹과 당당함을 증명할 수단으로 돼지들을 이용한다. 때문에 돼지들은 매일 다치거나 죽어간다. 고통을 참을 수 없었던 돼지들은 조물주에게 개들을 없애달라 간청한다. 하지만 조물주는 자신

진실을 직시하는 일은 아프다.
하지만 이 아픔은 마땅히 견뎌내야 하는 아픔이 아닐까.
직시하지 못하는 무심함과 직시하지 않으려는 비겁함은 병을 키우기만 하니까.
아픔을 제대로 느껴야 더 병들기 전에 치료할 수 있으니까.

이 개들을 아낀다는 대답만 한다. 돼지들은 그렇다면 자신들과 개들을 멀리 떼어놓아 달라고 부탁한다. 하지만 조물주는 자신이 개들을 아끼고 개들이 너희들을 (괴롭히는 걸) 즐긴다는 점을 들어 부탁을 거절한다. '개와 돼지'라는 제목이 붙은 이 우화는 이렇게 끝난다.

"그렇다면 저희에게 이 고통을 이길 무언가를 주십시오."
연민을 느낀 조물주는 돼지들에게 두 가지 선물을 주었다.
망각과 웃음.
선물을 받은 돼지들은 여전히 고통 받았지만 개처럼 웃을 수 있었다.
웃으면서 잊었고 잊으면서 웃었다.
그래서 개처럼 행복했다.

이 책은 우리 사회가 당면한 여러 문제들을 다루고 있다. 법이란 것이 사회적 약자에게 어떻게 적용되고 있는지('가위바위보'), 약자들끼리 서로 연대하지 못하게 만드는 권력의 술수에 개인들이 어떻게 놀아나는지('원숭이 두 마리', '늑대와 염소'), 무한 경쟁이라는 체제가 공동체를 어떤 식으로 황폐하게 하는지('숲') 등등에 대해 생각해 보게 만든다.

마음만 먹으면 한 시간 안에 읽을 만한 적은 분량이고 우화 형식이다 보니 쉽게 읽을 수는 있지만 절대 쉽게 잊히지 않는 책이다. 분명 이 책은 불편하고 무섭고 잔혹한 면이 있다. 진실이란 것이 원

래 그러하므로. 물론 그 진실을 직시하는 일은 아프다. 하지만 이 아
픔은 마땅히 견뎌내야 하는 아픔이 아닐까. 직시하지 못하는 무심함
과 직시하지 않으려는 비겁함은 병을 키우기만 하니까. 아픔을 제대
로 느껴야 더 병들기 전에 치료할 수 있으니까. 더 이상 '웃으면서 잊
었고 잊으면서 웃었'던 돼지로 살 수는 없으니까.

지금은 없는 이야기 _최규석

2008년 대한민국 만화대상 우수상, 2010년 부천국제만화대상을 수상한
만화가 최규석이 펴낸 우화집으로, 어린이 교양지 〈고래가 그랬어〉에 연재하
던 것을 보완해 묶은 책이다. '오르지 못할 나무를 찍는 열 번의 도끼질 같은
이야기'라는 부제가 달려 있으며, 세상을 보는 작가의 서늘하면서도 올곧은
시선이 돋보이는 책이다.

남자
보는
눈

+

남자들에게
_ 시오노 나나미

여자인 내가 서점에서 책 표지를 보자마자 《남자들에게》라는 책을 집어 든 이유는 제목 때문이 아니라 순전히 시오노 나나미라는 작가 때문이었다. 《로마인 이야기》나 《십자군 이야기》 같은 역사소설을 쓰는 이 무시무시한 이야기꾼 여자가 남자들에게 하고 싶은 말은 과연 뭘까 궁금했기 때문이다.

사실 나는 (어디까지나 이성애자에 한하여) 한 사람이 이성을 바라보고 대하는 방식에서 그 사람의 취향 및 성격, 더 나아가 가치관이나 세계관까지를 가장 적나라하게 알 수 있다는 믿음을 갖고 있다. 예를 들어 매우 진보적인 신념을 설파하는 남자가 자신의 아내에겐 가부장적 권위를 휘두른다면, 그는 단지 권위를 얻고 싶은 욕망에 진보적인 신념을 '선택'했다고 볼 수 있다. 그런 의미에서 이 책엔 작가 시오노 나나미가 아닌 인간 시오노 나나미의 취향이나 가치관이 고스란히 드러나 있다. 그리고 결론부터 말하자면 이 책을 읽는 내내 나는 그녀에게 굉장한 동질감을 느꼈다.

작가가 생각하는 남자의 스타일, 멋, 매력에 대해 경쾌하고 유머
러스하게 풀어놓은 이 책은 일단 재밌다. 소제목부터 '남자 표본에
관한 연구', '매력 없는 남자에 대한 고찰', '멋있는 남자가 되기 위한
전술 10과 2분의 1', '머리 좋은 남자에게 건배' 등등 여자인 나조차
도 도저히 읽지 않고는 못 배기게 만드는 글들이 곳곳에 박혀 있다.

우선 남자라는 존재를 멋부리는 것을 기준으로 분류해보자.

1. 한눈에 멋쟁이로 보이는 남자
2. 멋쟁이로 보이지 않으나 실은 멋부리는 남자
    ① 다른 사람들과 같은 것이 싫은 남자
    ② 다른 사람들과 같아도 좋은 남자
3. 귀찮은 것이 싫어서 멋부리지 않는 남자
4. 천연기념물

이 정도로 나뉘지 않을까. 하나씩 풀어가 보자.
한눈에 멋쟁이로 보이는 남자를 우선 도마 위에 올려보자. 이런
부류의 남자들이야말로 자타가 인정하는 멋쟁이다. 그들 멋의 기
준은 의외로 최대공약수적이다. (중략)
멋쟁이란 남녀를 불문하고 자기 과시욕이 강한 사람이다. 그러나
한눈에 멋쟁이로 볼 수 있는 남자의 자기 과시 방법은 실로 솔직
하고 굴절이 적다. 다른 사람이 멋쟁인 줄 알아버리는 멋을 좋아
하다니 귀엽지 않은가. 이런 종류의 남자들은 우리 여자들에게도

쉽게 굴복한다. 재능이 모자란다는 뜻이 아니라, 이렇게나 쉽게
속이 들여다보이는 남자란 여자들이 '다루기'가 무척 쉽다는 뜻
이다.

(중략)

다음, 세 번째 타입으로 넘어가자. 남자들 중에는 귀찮아서 멋부
리지 못한다고 변명하는 사람을 본다. 나는 그런 말을 들을 때마
다 차라리 그런 말은 하지 않는 편이 낫다고 충고하고 싶다. 왜냐
하면 귀찮다는 말은 멋뿐만 아니라 모든 것에 관련되는 것이기도
하고, 감수성이나 호기심이 부족하다는 것을 위장하기 위해 쓰는
경우가 많기 때문이다. 시간이 없다는 변명과 비슷하다. 나는 시
간이 없어서 책을 읽지 못한다는 변명을 절대로 믿지 않는다.

'남자 표본에 관한 연구'라는 제목이 붙은 이 글을 읽는 동안 나
도 모르게 몇 번이나 피식거리며 '맞아, 맞아'를 연발했는지 모른다.

그런데 이런 식의 분류와 논평을 하면서도 그녀는 정작 '멋'이
무엇인지에 대해서는 명확하게 규정하지 않는다. 사실 그럴 수밖에.
'멋'이라는 개념을 도대체 무엇으로 규정할 수 있단 말인가. 다만 누
군가가 나에게 멋을 무엇이라고 생각하느냐 묻는다면 들려주고 싶은
사례가 있다.

형님들과 함께 경상북도 의성군에 있는 먼 일가 댁을 방문한 적
이 있다. 숙항叔行인 어른은 세상 떠나시고 내외가 초등학교 교
사인 손아래 동항同行이 지키는 집이었다. 내게 아우뻘이 되는

주인 내외는 논을 매고 있었다.

이름을 불러 그 아우를 논 한가운데다 일으켜 세우고 이쪽 이름을 대었다. 깜짝 반가워하면서 논둑으로 걸어 나올 줄 알았는데 반응이 뜻밖이었다. 아우는 이렇다 저렇다는 말 한마디 없이 논둑 옆으로 흐르는 개울가로 뚜벅뚜벅 걸어갔고, 계수 역시 아무 말 없이 마을 쪽으로 잰걸음을 내달았다.

논둑에서 기다렸다. 기다리고 있었더니, 아우는 개울에서 세수 말끔하게 하고, 둥둥 걷었던 바짓가랑이 내려 단정하게 옷 손질한 연후에야 논둑으로 나왔다. 옷매무새 바로잡은 계수는 집에서 돗자리를 한 닢 들고 나왔다. 아우와 계수는 그 돗자리를 논둑에다 편 다음 우리를 앉히고 절한 뒤에야 비로소 안부를 물었다.

자존심 강한 사람들에게 의관을 정제하지 않은 '나'는 '내'가 아니다. 자존심 강한 '나'는, 배잠방이 차림으로는 바깥사람을 만날 수 없다. 내 젊은 아우 내외가 그랬듯이, 논물이 튀어 얼룩진 얼굴, 바지 둥둥 걷어올린 차림으로는 족내族內 형님들을 만날 수 없었던 것이다.

−이윤기,《무지개와 프리즘》중에서

　　나에게 멋있는 남자란 아르마니 슈트를 입은 남자가 아니라 위의 글에 나오는 '아우' 같은 남자다. 멋의 기본 바탕은 '세심함'이다. 사실 우리가 문화라고 부르는 모든 것들은 바로 이 세심함에서 나오는 것이 아닌가. 남자든 여자든 자유로움과 무례함을 혼동하는 사람, 무신경함을 소탈함이라고 우기는 사람과는 절대 친해지고 싶지 않다.

이 책에 실린 모든 글에서 작가 특유의 촌철살인이 넘실대지만 굳이 백미를 꼽자면 '인텔리 남자는 왜 매력이 없나'라는 제목의 글 이다.

이들의 공통적인 네 번째 특징이지만, 도대체 이 남자들은 무엇을 생각하고 있는지 나로서는 도통 모르겠다는 점이다. (중략) 이런 남자들이 얼마나 써대고 지껄여대든, 자기 자신의 생각을 드러내기보다는 '해설'하는 쪽에 열심이기 때문이리라. 이런 남자들의 입버릇은 '학문적으로 말하자면'이라는 한마디다. 그러나 사실은 비학문적인 것을 언뜻 학문적으로 정리하여 말할 뿐이다. (중략) 해설쟁이가 흔해지는 요즘의 현상이야말로 지적이지 못한 현상의 두드러진 점이라고 말하고 싶어진다. 해설쟁이가 해대는 말을 들으면 어느 부분도 이거다 싶은 곳이 없다. 그들 육체도 과연 찌르면 빨간 피가 흐를까 싶다. 이런 남자들의 다섯 번째 특징은 수라장을 거쳐 오지 않은 약함 이라고나 할까. 늘상 머릿속에서만 처리하는 것에 익숙해진 인텔리는 상대방의 체험에 근거한 생각에 부딪치면 의외로 간단히 허점을 보인다. 정치든 외교든 경제세계도 좋다. 수라장은 인간이 사는 어느 곳에나 있다. 수라장을 거친 체험을 가진 사람은 '배수진' 속을 뚫고 나오는 괴로움이나 쾌감도 알고 있다. 그리고 마지막 카드를 어디서 어떻게 쓰는지도 알고 있다. (중략) 인텔리 남자의 마지막 특성은, 조그만 야심밖에 없다는 점이다.

욕망은 있으나 그것이 콩알만한 크기밖에 안 된다. 그러나 정치가가 뭐라 부추기면 창피할 정도로 홀랑 넘어간다. 실업계의 어느 위인이 접대해준다면 기생보다 먼저 뛰어가는 판이다. 기생은 화대라도 받으나 인텔리는 하룻저녁 얻어먹을 뿐인 것을, 이보다 궁상스런 행위가 있을까.

무언가 자기 맘의 것을 표현하고 싶은 것이 있어 그것을 하기에 권력이 필요하다면 그것은 상관없다. 회색이든 검정이든 권력을 이용한다면 그것은 개의치 않겠다. 그러나 이용되는 것에 자기만족을 하고 있다면 그건 그저 봐주기 힘든 꼴불견이란 말이다.

'정치의 계절'이 한바탕 이 땅을 휩쓸고 지나갔다. 그러는 동안 수많은 '해설쟁이'들이 여기저기서 뛰쳐나왔다. 지금 이 순간도 호시탐탐 정치권력과 자본 권력의 줄을 잡기 위해 혈안이 되어 있는, 그래 봤자 그들에게 실컷 이용만 당하다 폐기 처분될 '해설쟁이'들이 제발 이 책을 읽으면 좋겠건만. 그들은 이런 책을 읽지 않으려나.

여고생들을 가르치면서 종종 '사랑과 결혼'이라는 교과목이 있으면 정말 좋겠다는 생각을 했다. 교육의 중요한 목적 가운데 하나가 '안목 형성'이라면 남자(여자) 보는 눈을 갖추도록 하는 것도 교육의 책무가 아닐까. 세상에 별 남자(여자)없다는 말은 물론 일면적 진실을 담고 있다. 하지만 결혼이란 결국 어떤 남자(여자)와 하느냐가 가장 큰 관건인 것도 엄연한 사실이 아닌가. 어떤 짝을 만나느냐에 따라 삶의 질은 천양지차일 수 있다. 이 책을 읽는 동안 예쁘고 똑똑하고 착하기까지 한데도 남자를 잘못 만나 고생하는 몇몇 여자들의 얼굴이 떠올랐다. 설령 삼라만상을 꿰뚫는다 한들 남자(여자) 보는 눈이 없으면 말짱 도루묵일 수 있다. 이 책을 멋있어지고 싶은 남자들과 남자 보는 눈을 키우고 싶은 여자들에게 권하고 싶다.

남자들에게 _시오노 나나미

《로마인 이야기》로 우리에게 친숙한 작가 시오노 나나미. 이 책은 그녀가 '스타일', '매력', '관계', '본능 또는 관능', '언어 또는 사유'의 다섯 파트로 나누어 '멋진 남자'에 대해 이야기하고 있는 책이다. 그녀 특유의 에스프리와 촌철살인으로 읽는 재미가 있다.

자유가 없는 행복
VS
불행할 수 있는 자유

+

멋진 신세계
_올더스 헉슬리

사람들은 누구나 행복하기를 원하지만, 삶이 그렇고 사랑이 그렇듯이 행복 또한 정확히 어떤 것인지 모르겠다. 사전을 보니 '생활에서 충분한 만족과 기쁨을 느끼어 흐뭇함. 또는 그러한 상태'라고 정의했는데, 그 '충분한 만족과 기쁨'이라는 말도 참 애매모호하지 않은가. 무엇인가에 무아지경으로 몰입했을 때, 열심히 노력해서 무엇인가를 이루어냈을 때, 예상치 못한 행운이 떨어졌을 때, 아무런 근심 걱정 없이 편안할 때 등등 사람들이 행복하다고 느끼는 상태는 참으로 개별적이면서 다양하다.

그런데 여기, 지배 권력에 의해 철저하게 '기획된' 행복이 있다. 그 기획의 완성도가 너무 완벽해 감탄이 저절로 나올 만큼.

겨우 34층밖에 되지 않는 나지막한 회색 빌딩. 중앙현관 위에는 '런던 중앙 인공부화·조건반사 양육소'라는 간판이 붙어 있고 방

패 모양의 현판에는 '공유·균등·안정'이라는 세계 국가의 표어가
보인다.

올더스 헉슬리가 1932년에 발표한 소설 《멋진 신세계》의 첫 장
이다. 이 소설의 시간적 배경은 '포드 632년'. 이 소설에 나오는 미래
사회는 오로지 단 하나의 세계 국가로 이루어져 있는데, 자동차 왕인
헨리 포드의 탄생 연도를 기원으로 삼는다. 헨리 포드로 상징되는 '효
율성'이 최고의 가치로 숭앙되고 과학기술이 극도로 발달한 문명사
회로서, 굳이 계산해보면 서기 2500년 정도 된 시대가 이 소설의 배
경이다.

이곳에서 인간은 시험관에서 대량으로 생산되고, 배아 단계부터
알파, 베타, 감마, 델타, 엡실론의 다섯 계급으로 분류된 채 '병'에서
태어난다. 각각의 계급에 따라 산소 영양분을 조절해서 하층 계급으
로 갈수록 산소를 덜 공급받아 지능이나 체격이 열등한 상태가 된다.
태어나기 전부터 다양하고도 치밀한 조건반사 훈련과 수면 교육법을
통해 세뇌된 아이들은 자신의 계급과 직업에 아무런 불만도 갖지 않
는다. 또한 '만인은 만인의 공유물'이라는 기치 아래 자유로운 성생
활이 당연시되고, 오히려 한 사람만을 사랑하는 게 추문이 되는 사회
다. 혹시나 뭔가 따분하거나 울적하거나 걱정이 되거나 비참한 기분
이 들어도 걱정 없다. '소마'가 있으니까. 무려 열 가지 우울증을 한
꺼번에 치료한다는 소마는 모든 불편한 생각과 감정을 없애주는 마
법의 약이다. 사람들은 이 소마를 항상 휴대하고 다니면서 필요할 때
마다 먹고 마음의 안정을 유지한다.

그렇지만 어느 사회나 이방인은 있기 마련. 인공부화소에서 근무하는 심리학자 버나드 마르크스는 알파 계급임에도 왜소한 체격을 갖고 있다. 그가 태어였을 때, 즉 병 속에 있을 당시에 담당자가 그를 감마 계급인 줄 잘못 알고 보조 혈액에 알코올을 주입했다는 소문이 있는 남자다. 그는 사회에 불만이 있고 스스로에 대한 열등감에 시달리는 인물로, 어느 날 자신이 마음속으로 좋아하는 여자 동료 레니나와 함께 '야만인 보호구역'(불리한 기후 조건이나 지리적 조건 또는 천연자원 결핍 때문에 문명화할 비용을 투입할 가치가 없는 지방)에 갔다가 존이라는 청년을 만나 그를 문명사회로 데려온다.

존은 사실 인공부화소 소장과 베타 계급의 '린다'라는 여자의 아들인데, 예기치 않은 사고로 그곳에서 태어나 성장했던 것이다. 존은 자신을 배척하는 원주민들에게 받았던 상처가 컸기에 문명사회로 가게 된 걸 매우 기뻐한다. 그는 이미 문명사회에서는 금서가 된 셰익스피어의 작품들을 어릴 적부터 반복해 읽은 나머지 일상의 대화에서도 줄줄 인용해 말하는 습관이 있는데, 문명사회에 대한 기대를 이렇게 표현한다. '인간이란 얼마나 아름다운 존재인가! 오오, 멋진 신세계여!'(《템페스트》 5막 1장 중에서)

그렇지만 막상 그의 눈에 비친 문명사회는 멋진 신세계가 아니었다. 그가 보기에 문명사회의 사람들은 어떤 감정이나 의심도 품지 않은 채 주어진 일만 하면서 소마에 중독된 존재들이고, 자신이 바보인 줄도 모르는 바보들이다. 사회는 극도로 안정적이고 개인들은 자신들이 행복하다고 느끼지만, 존이 보기에는 행복한 것이 아니라 아무런 감정도 못 느끼는 것일 뿐이다. 결국 존의 어머니인 린다는 소마 중독으로 죽고, 그 죽음에 충격을 받은 그는 소마 배급을 위해 모인 사람들 앞에서 창밖으로 약을 집어던지다가 체포되어 총통 앞에 불려 가게 된다.

이 소설은 문명사회에 대한 온갖 기발한 묘사가 상당히 실감 나고 정교해서 읽는 재미를 주지만, 무엇보다 압권은 후반부에 나오는 총통과 야만인 존의 대화다.

"왜 그것이 금서가 되었나요?" 야만인이 물었다. 세익스피어를 읽어본 인간과 만났다는 흥분으로 인해 그는 모든 것을 순간적으로 망각하고 있었다.

총통은 어깨를 움칠했다.

"낡았기 때문이지. 그것이 주된 이유일세. 이곳에서는 낡은 것은 전혀 쓸모가 없단 말일세."

"그것들이 아름다워도 그렇습니까?"

"특히 아름다운 것이면 더욱 그렇지. 아름다움은 매력적이거든. 그런데 우리는 낡은 것에 사람들이 매혹되는 것을 원치 않아. 사람들이 새로운 것을 좋아하기를 바라는 입장일세."

(중략)

"하지만 저는 불편한 것을 좋아합니다."

"우리는 그렇지 않아." 총통이 말했다.

"우리는 여건을 안락하게 만들기를 좋아하네."

"하지만 저는 안락을 원치 않습니다. 저는 신을 원합니다. 시와 진정한 위험과 자유와 선을 원합니다. 저는 죄를 원합니다."

인간존재에 대한 성찰 없이 행해지는 과학기술의 진보는 어떤 의미가 있는가,
개인의 자유가 거세된 사회의 안정이 진정한 행복인가,
일방적으로 주어지는 안락이 불행해질 수도 있는 자유보다
가치 있는 것인가에 대해 이 책은 기발하면서도 무거운 질문을 던진다.

"그러니까 자네는 불행해질 권리를 요구하고 있군 그래."

"그렇게 말씀하셔도 좋습니다." 야만인은 반항적으로 말했다. "불행해질 권리를 요구합니다."

"그렇다면 말할 것도 없이 나이를 먹어 추해지는 권리, 매독과 암에 걸릴 권리, 먹을 것이 떨어지는 권리, 이가 들끓을 권리, 내일 무슨 일이 일어날지 몰라서 끊임없이 불안에 떨 권리, 장티푸스에 걸릴 권리, 온갖 표현할 수 없는 고민에 시달릴 권리도 요구하겠지?"

긴 침묵이 흘렀다.

"저는 그 모든 것을 요구합니다." 야만인이 마침내 입을 열었다.

　나는 비 자체보다 '비의 전조前兆'를 좋아한다. 갑자기 바람이 불면서 먹구름이 깔려 사방이 어두워지고 번개가 번쩍이고 천둥이 울리는 형태로 찾아오는 비 오기 직전의 징후 말이다. 물론 전조만 있고 비는 안 오는 경우도 있지만 그것이 주는 순식간의 반전에서 묘한 긴장과 설렘을 느끼곤 한다. 그때마다 '그래, 비가 오려면 적어도 이 정도 드라마틱한 서사는 마땅히 갖춰야지!' 하는 생각을 한다. 사실 이 전조는 때때로 고마운 역할을 한다. '비가 오려고 하거나 올 때, 비에 맞으면 안 되는 물건을 치우거나 덮는 일'을 비설거지라고 한다. 잠깐이라도 전조가 있어줘야 이 비설거지를 하지 않겠는가.

　그런데 가끔 소설을 읽으면서 이 전조를 느낄 때가 있다. 한마디로 작가의 예견 능력이 가히 비의 전조 못지않다는 감탄이 저절로 나오는 소설들 말이다. 무언가를 예견하고 통찰해내려면 상상력은 기

본이고 무엇보다 '지금 여기'에 대한 날카롭고도 깊은 혜안이 있어야
하는데, 그 혜안에 소름이 끼치는 것이다. 차이가 있다면 그것은 비
의 전조처럼 마냥 즐길 수만은 없다는 점이다.

　　그런 소설들을 읽다 보면 흥미진진하면서도 한편으로는 그 속에
펼쳐진 어둠 때문에 심란해진다. 그렇지만 그 심란함은 마땅히 견뎌
야 하고, 견딜 수 있는 것이다. 그것은 마치 비설거지를 채근하는 신
호이면서, 우리와 우리 후손들이 살아야 할 이 세상을 덜 어둡게 하
기 위한 예방접종 같은 것이기에. 말하자면 《멋진 신세계》도 그런 소
설들 가운데 하나라고 할 수 있다.

　　이 책을 읽다 보면 인간에게 가장 중요한 그 무엇이 결여된 채
만들어지는 안정, 안락, 행복이란 것이 얼마나 우스꽝스러우면서도
끔찍한지를 알게 된다. 가장 중요한 그 무엇은 바로 인간의 자유의지
라고 할 수 있다. 인간존재에 대한 성찰 없이 행해지는 과학기술의
진보는 어떤 의미가 있는가, 개인의 자유가 거세된 사회의 안정이 진
정한 행복인가, 일방적으로 주어지는 안락이 불행해질 수도 있는 자
유보다 가치 있는 것인가에 대해 이 책은 기발하면서도 무거운 질문
을 던진다. '멋진 신세계'라는 지독하게 반어적인 제목을 달고서.

멋진 신세계 _올더스 헉슬리
영국 출신의 소설가이자 비평가인 올더스 헉슬리가 1932년에 발표한 작품으
로, 과학기술의 진보가 전체주의 사상과 결합될 때 어떤 일이 벌어지는지를
풍자적으로 그린 미래소설이다. 20세기에 나온 미래 소설 가운데 가장 현실
감 있는 작품으로 손꼽힌다.

잔인한
리얼리스트의
눈

+

1984년
_조지 오웰

1984년이라. 1984년 대한민국은 어땠을까. 그해 나는 겨우 아홉 살이었으니 당시를 총체적으로 인식하는 건 물론 불가능하리라. 그러나 여러 기록과 증언들을 참조해본다면 대략 이렇지 않았을까. 광주를 피로 물들이고 헌법을 유린하며 권좌에 앉은 자가 4년째 이 나라를 통치하고 있었고, 그 사실을 견딜 수 없었던 일부는 정권에 대항해 투쟁해야 했고, 그러다 보니 화염병과 최루탄과 지하조직과 언론 통제와 납치와 고문이 난무했던 시절. 하지만 대다수 국민들은 그러거나 말거나 먹고사느라 정신이 없었고, 때마침 집집마다 보급된 컬러텔레비전과 프로야구에 열광하며 일상의 고단함을 잊었던 시절.

나는 1984년 LA올림픽에서 우리나라 선수들이 금메달 따는 장면을 지켜보며 환호성을 지르는 평범한 초등학생으로 비교적 평범하고 평화로운 가정에서 안온하게 성장해가는 아이였지만, 그 시절을 회상하면 좀 우울해진다. 학교 분위기나 교사들의 교육 방식이 딱 군사독재 스타일이었으니까. 각각의 아이들에 대한 섬세한 고려 따위는 찾아보기 힘들었고 폭력이라고밖에 볼 수 없는 체벌이 비일비재했다. 뭐 내가 다닌 초등학교만 유독 그랬는지는 모르겠지만.

대학 1학년 때 도서관을 어슬렁거리다가 《1984년》이라는 책을 집어 든 건 그러니까 순전히 제목 때문이었다. 당시엔 이 책의 자자한 명성에 대해 아는 바도 없었고 내용에 대한 사전 정보도 전혀 없었다. 그저 호기심으로 첫 장을 열었는데 마지막 장까지 손을 뗄 수 없었고, 다 읽고 나서도 며칠간 그 여운에서 벗어나지 못했던 기억이 난다. 1948년에 조지 오웰이 그려낸 1984년의 세계는 1984년의 대한민국과 유사해 보이면서도 백배는 더 끔찍했으니까.

소설 속에서 세계는 한바탕 핵전쟁을 벌이고 난 뒤 오세아니아, 유라시아, 이스트아시아라는 거대한 세 국가로 재편되어 여전히 전쟁 중이다. 런던은 오세아니아 제1 공대에 속하고, 주인공 윈스턴 스미스는 런던에 있는 '진리성'에서 일하는 직원이다. 정부에는 4부처가 있는데, 전쟁을 담당하는 평화성, 불순분자를 체포해 고문하는 애정성, 빈곤하기 짝이 없는 경제를 관장하는 풍부성, 온갖 보도와 역사 기록을 날조하는 진리성으로 이루어져 있다. 이 나라는 '전쟁은 평화, 자유는 예속, 무지는 힘'이라는 슬로건 아래 국민들을 철저히 감시하고 통제한다. 그 감시와 통제의 수단 가운데 최고봉은 바로 '텔레스크린'이다.

윈스턴의 등뒤에서 선철銑鐵과 제9차 3개년계획의 초과달성에 대해 텔레스크린이 지껄이고 있었다. 이 텔레스크린은 저쪽에서 오는 걸 방송하는 동시에 이쪽 것을 전송한다. 윈스턴이 내는 소리가 아무리 작다 할지라도 모두 걸려든다. 그뿐 아니라 이 금속판의 시계視界 안에 들어있는 한, 윈스턴이 하는 행동은 다 보이고 들린다. 물론 언제 감시를 받는지 알 수도 없다. (중략) 그래서 사람들은 자기가 내는 모든 소리가 포착되고 캄캄할 때 외에는 사람들의 모든 동작이 세세히 감시되고 있다는 전제 아래 살아가야 했고 또 그게 본능처럼 습관화되어 있었다.

비단 텔레스크린뿐만이 아니다. 곳곳에 마이크로 칩이 있고, 누가 사상경찰일지 모르는 데다가 아이들이 자신의 부모를 사상불순자로 고발하는 사회다. 결정적으로 여기저기 '대형大兄, Big Brother은 당신을 감시하고 있다'라는 문구가 적힌 커다란 얼굴의 포스터가 걸려 있다. 말하자면 나치즘과 공산주의가 결합된 형태이다.

주인공 윈스턴은 이러한 현실에 염증을 느낀다. 그는 진리성에서 뉴스를 조작하는 일을 하기에 지배 권력이 얼마나 현실을 왜곡하는지를 잘 알고 그것에 저항 의식을 갖고 있다. 그는 처음에는 겁을 내고 망설이지만 줄리아라는 여자를 만나 금지된 연애를 하고 저항 단체의 주요 인물이라고 추정되는 오브라이언과 비밀리에 접촉한다. 하지만 자신과 뜻을 함께하는 동지라고 믿었던 오브라이언은 정부 고위 관리였고, 윈스턴은 곧바로 사상경찰에 체포되어 줄리아와 함께 '애정성'에 끌려간다. 그리고 애정성에서도 가장 잔인한 곳으로 알려진 101호실에 끌려가 상상을 초월하는 참혹한 고문을 받는다.

뭐 여기까지는 독재국가에서 흔히 벌어지는 일이다. 우리나라도 과거 군사정권 시절엔 납치와 고문이 횡행했으니까. 그런데 이 소설 속의 지배 권력은 여기서 한 걸음 더 나간다. 겉으로 드러나는 말과 행동뿐 아니라 개개인의 사고와 감정까지 완벽하게 통제하려고 하니까. 그리고 그 작업의 출발은 다름 아닌 사고의 기반이 되는 단어를 재조직하고 삭제하는 일이다.

"말을 없앤다는 건 멋있는 일이야. 물론 버려야 할 말은 동사와 형용사에 많지만 명사도 수백 어騙는 되지. 없애는 건 동의어뿐이 아니지. 반대어도 있어. 도대체 단어란 게 단순히 다른 말의 반대어라면 무슨 의미가 있겠는가? 한 낱말에는 그 자체 내에 반대어를 포함하고 있네. 예를 들어 '좋다good'라는 말을 생각해 보게. '좋다'라는 말이 있으면 구태여 '나쁘다bad'는 말이 필요하겠나? '안 좋다ungood'로 충분하지. 아니, 오히려 그게 다른 말보다더 정확한 반대어라 할 수 있지. '좋다'는 것을 더욱 강조하고 싶을 때 '훌륭하다excellent'느니 '멋있다splendid'느니 하는 따위의말들이 필요할까? '더 좋다plusgood'라는 말이면 충분하고 그걸더욱 강조하고 싶으면 '더욱더 좋다doubleplusgood'로 하면 되지. 물론 이런 형태의 단어를 이미 쓰고는 있지만 신어사전 최종판에서는 이 말 한 마디만 남을 걸세. 결국 좋다는 것과 나쁘다는 것에 대한 모든 개념은 다만 여섯 개의 낱말로, 실제로는 단 하나의 말로 표현되는 거지. (중략) 신어의 목적이 사고의 폭을 줄이는 것이란 걸 알고 있나? 결국 우리는 사상죄도 문자 그대로 불가능하게 만들 거야. 왜냐하면 그걸 표현하는 말이 없어질 테니까. 필요한 개념은 단 한 마디 말로 표현되며 그 말은 정확히 정의되어 다른 곁뜻은 없어져 버리고 말지. 제11판에서 우리는 벌써 그 정도로 해놓았어. 그러나 그 과정은 자네나 내가 죽고 난 뒤에도 계속될 거야. 한 해 한 해 어휘는 줄어들고 그럴수록 의식의 한계도 좁아지겠지. (중략) 혁명은 언어가 완성될 때 완성돼."

윈스턴의 동료이자 신어新語 전문가인 사임의 말이다. 작가는 아예 작품 말미에 '신어新語의 원리'라는 제목으로 별도의 부록을 첨부했는데, 이에 따르면 명예, 정의, 덕성, 국제주의, 민주주의, 과학, 종교 같은 단어들은 아예 사라지고 없다. 물론 지배 권력이 이런 짓을 하는 이유는 언어가 사고를 관장하기 때문이다. 언어의 한계는 결국 사고의 한계로 이어진다는 것을 그들은 그 누구보다 잘 알고 있는 것이다.

"자네는 견본에 난 흠과 같아. 윈스턴. 씻어 버려야 할 오점이지. 우린 과거의 처형자들과 다르다는 걸 지금 막 말하지 않았나? 우린 소극적인 복종이나 비굴한 굴복으로 만족하지 않아. 자네가 우리한테 결국 항복한다 해도 그것은 자네의 자유의지로 돼야 해. 우린 이단자가 우리한테 반항한다고 해서 그들을 처형하는 게 아니야. 우리한테 반항하는 한 그를 처형하지 않는다. 우린 그를 전향시켜 그의 속마음을 장악해서 새로운 사람으로 만들어. 그로부터 모든 죄와 환상을 불태우지. 외양만이 아니라 진짜로 그의 마음과 영혼까지 우리 편으로 만드는 거야. 그를 죽이기 전에 우리와 같은 사람으로 만든다. 잘못된 생각이, 비록 알려지지 않고 무력하더라도 이 세상 어딘가에 존재해야 한다는 것은 참을 수 없어. 죽는 순간에라도 어떤 탈선이든 용서하지 않아. 옛날에는 이 단자들이 여전히 이단자인 채 화형장으로 끌려가며 자기는 이단자라고 선언하고 환희에 차 처형당했어. 소련의 숙청 희생자들도 총살장으로 가면서도 머릿속에 반항의식을 갖고 있었어. 그러나 우리는 없애기 전에 두뇌를 완전히 새로 만들어."

오브라이언이 윈스턴을 고문하며 하는 말이다. 그리고 윈스턴은 정말 오브라이언 말대로 된다. 그는 힘껏 저항하지만 결국엔 사랑하는 줄리아를 감정적인 차원에서까지 배신하고 자신의 죄를 참회하며 '대형'을 진심으로 사랑한다고 느끼면서 죽는다. 즉 완벽하게 세뇌되어 뼛속까지 노예가 된 다음 처형되는 것이다. 작가는 거기까지 이르는 과정을 대단히 구체적이고 실감 나게 묘사한다. 나는 그 묘사에 진저리치면서도 윈스턴이 비록 겉으로는 굴복할지언정 자신의 생각과 감정은 끝내 고수하기를 얼마나 빌었는지 모른다. 하지만 조지 오웰은 정말이지 잔인한 리얼리스트였다.

이 작품이 탄생한 1948년에 1984년은 먼 미래로 느껴졌겠지만 지금은 거의 30년 전의 과거가 되었다. 물론 여전히 지구상엔 공화국이라는 이름을 버젓이 내건 채로 3대 세습을 이어가는 북한을 비롯해 몇몇 암울한 나라들이 존재하지만, 전반적으로 볼 때 다행스럽게도 《1984년》에 묘사된 세계로 역사가 진행되지는 않았다. 나치즘과 공산주의는 역사의 뒤안길로 사라졌거나 사라지고 있고, 많은 나라들이 절차적 민주주의를 완성해가고 있다.

그렇지만 조지 오웰이 이런 작품을 쓴 진짜 목적은 '예언'이 아니라 '경고'였을 것이다. 알다시피 제1차 세계대전 패전 후 독일에서 나치는 쿠데타 같은 걸로 권력을 잡지 않았다. 독일 국민들의 열렬한 지지를 등에 업고 당당하게 선거에서 승리했다. 나치로 상징되는 전체주의는 사회 구성원의 공포와 불안 심리를 먹고 자라는 경우가 많다. 불안정한 사회에서 살아가는 나약한 자신을 잡아줄 절대 권력을 희구하는 퇴행적 심리 말이다. 그러니 이런 심리를 지능적으로 활용한 집단이 언제든지 권력을 잡을 수 있다. 아무려면 역사의 수레바퀴가 그 정도로 뒤로 가겠느냐는 의문이 들 수도 있겠지만, 우리는 최근 몇 년간 순식간에 그 수레바퀴가 20~30년 전으로 갈 수도 있음을 이미 경험하지 않았는가. 서구 선진국에선 천인공노할 중범죄에 해당하는 민간인 사찰이나 도청을 대수롭지 않게 생각하는 사회는 언제든 《1984년》에 펼쳐진 저 끔찍한 디스토피아가 될 수 있다.

1984년 _조지 오웰

조지 오웰의 대표작이자 마지막 작품으로 절대 권력의 지배 체제가 개인을 어떻게 통제하고 말살하는지를 그려낸 디스토피아 소설. 오웰은 지난 1999년 영국 BBC가 조사한 '지난 1천 년간 최고의 작가' 부문에서 셰익스피어, 제인 오스틴에 이어 3위에 선정되기도 했다.

99개의 절망과
한 개의
희망

+

눈먼 자들의 도시
_주제 사라마구

어릴 적에 텔레비전에서 지옥을 묘사한 영화를 봤는데, 말도 못하게 충격적이었다. 지금 돌이켜보면 주제 의식이나 화면 구성이나 참으로 조잡하기 짝이 없는, 제목도 알 수 없는 삼류 영화였지만 그 표현 강도만큼은 얼마나 셌던지 몇몇 장면은 지금까지도 잊히질 않는다. 활활 불타오르는 유황불이나 뱀이 우글거리는 웅덩이도 무서웠지만 그 무엇보다 강렬했던 건 절규하는 사람들의 눈빛(더 정확히 말하면 배우들의 신들린 눈빛 연기)이었다. 어린 마음에도 그걸 보면서 지옥을 완성시키는 건 불이나 뱀이 아니라 서로를 잡아먹을 듯이 노려보는, 도저히 사람이 사람을 쳐다보는 것이라고는 믿기 힘든 그 눈빛이 아닐까 생각했었다.

노벨문학상을 받은 포르투갈 출신 작가 주제 사라마구가 1995년에 발표한 이 작품을 읽다 보면 지옥이 어떤 모습인지 확실하게 알 수 있다.

어느 날 운전하던 한 남자가 신호 대기 중에 세상이 온통 하얗게 보이는 '백색 실명' 상태가 된다. 그리고 이 백색 실명은 전염병처럼 순식간에 퍼져나간다. 이 남자를 진료했던 안과 의사도 같은 상태가 된다. 정부는 이것을 심각한 전염병으로 간주하고 실명한 사람들과 실명할 가능성이 있는 사람들을 한 정신병원에 격리 수용한다. 그러고는 딱 굶어 죽지 않을 만큼의 음식만 넣어주고 어떠한 보호나 배려도 하지 않은 채 무장한 군인들에게 보초를 서게 한다. 군인들은 눈먼 사람들과 눈만 마주쳐도 자신들 또한 눈이 멀 거라는 공포 때문에 이들이 건물 밖으로 나오기만 해도 사살해버린다. 눈먼 사람들은 물론 충격과 공포와 절망에 몸부림치지만 그래도 처음엔 나름의 규칙과 질서를 존중하면서 생활한다. 하지만 시간은 흐르고 수용되는 사람들이 기하급수적으로 늘어나면서 그곳은 점차 지옥으로 변해간다. 누군가는 그 와중에 식량을 빼돌리고, 쓰레기는 엄청나게 쌓이고, 화장실뿐만 아니라 곳곳에 똥오줌이 즐비하고, 매장하지 않은 시체들이 방치된 지옥.

이 지옥을 맨 정신으로 볼 수 있고 봐야 하는 유일한 사람이 있다. 바로 최초로 눈먼 남자를 치료했던 안과 의사의 아내. 그녀는 남편이 걱정되어 자신도 눈이 멀었다는 거짓말을 해서 그곳에 들어온 것이다. 그녀는 자신도 눈이 먼 척하면서 조심스럽게 다른 이들을 도와주지만 역부족이다. 그런데 뒤늦게 수용소에 들어온 사람들 가운데 이 지옥을 몇 배 더 끔찍한 지옥으로 만드는 무리가 생겨난다. 총과 곤봉으로 무장한 눈먼 깡패들은 배급되는 식량을 모조리 탈취해 그걸 미끼로 사람들에게 금품을 약탈하고, 급기야는 여자들을 참혹하게 강간한다. 결국 유일하게 앞을 볼 수 있는 의사의 아내는 날카로운 가위로 깡패 두목을 죽이고, 다른 여자들은 깡패들이 모여 있는 방에 불을 지른다. 병원은 불에 타고, 의사의 아내는 자신의 남편을 비롯해 같은 방에 격리되었던 몇몇 사람들을 화염 속에서 인도해 무사히 그곳을 탈출한다.

　어렵사리 탈출했건만 바깥세상은 수용소보다 더 나을 것이 없다. 도시의 모든 사람들이 눈이 멀고, 거리는 쓰레기와 배설물로 가득 차고, 수도나 전기는 당연히 끊겨 있고, 버려진 시체들을 개와 쥐들이 파먹고, 살아남은 사람들은 길거리의 개나 쥐보다 못한 삶을 살고 있다. 인간의 품위나 존엄 따위는 온데간데없이 사라진 현실 앞에서 의사의 아내는 유일하게 눈이 멀지 않은 사람으로서 그 모든 것을 봐야 하는 고통을 겪는다.

　관찰하지 않고 인간을 사랑하기는 쉽다.
　그러나 관찰하면서도 그 인간을 사랑하기란 얼마나 어려운가.
　　　　　　　　　　　　　　-서준식, 《서준식 옥중서한》 중에서

　이 소설을 읽다 보면 어쩔 수 없이 인간의 바닥, 그 추악함과 나약함을, 그로 인해 절망과 공포로 뒤덮인 세상을 '관찰'하게 된다. 그것도 아주 자세하고도 생생하게. 그러기에 이 소설을 읽는 건 분명 고통스럽다. 하지만 작가는 이 압도적인 절망 속에서도 끝끝내 가냘프지만 질긴 희망 하나를 붙잡아서 보여준다.

사모님도 눈이 멀면 우리와 똑같아질 거예요. 우리는 모두 아래
층 할머니처럼 되고 말 거예요. 오늘은 오늘이야, 내일 일은 또
내일 걱정하지 뭐, 어쨌든 오늘은 내가 책임져야 해, 내가 눈이
멀면 내일은 책임지지 못하겠지만. 책임이라니, 무슨 뜻이죠. 다
른 사람들은 시력을 잃었는데 나는 내 시력을 잃지 않았다는 데
서 오는 책임감. (밑줄-인용자)

‘우리는 이미 죽은 거나 다름없다’며 절망하는 젊은 여자에게 의
사 아내는 담담하게 대답한다. 그녀는 절망과 두려움과 환멸에 진저
리치면서도 자신이 해야 하고 할 수 있는 일을 한다. 그녀는 자신의
남편뿐만 아니라 다른 이들도 자신의 집으로 데려가 보살핀다. 그리
하여 마침내 그들은(비록 소수지만) 서로에 대한 신뢰와 연민, 공동체
적 관계를 회복한다.

이 작품은 최초로 눈이 멀었던 남자부터 눈이 보이게 되면서 모
든 사람들의 시력이 회복되는 ‘해피엔딩’으로 끝난다. 하지만 의사 아
내는 마지막에 남편에게 이렇게 말한다.

"나는 우리가 눈이 멀었다가 다시 보게 된 것이라고 생각하지 않
아요, 나는 우리가 처음부터 눈이 멀었고, 지금도 눈이 멀었다고
생각해요. 볼 수는 있지만 보지 않는 눈먼 사람들이라는 거죠."

몇 년 전에 다음과 같은 말을 해대는 텔레비전 광고를 보고 충

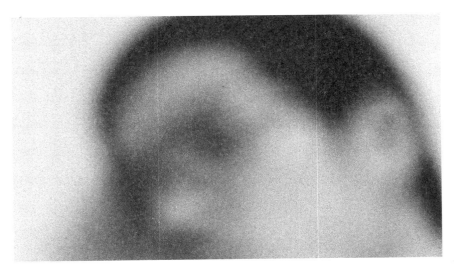

지금 우리가 보는 것은 무엇이고, 보지 못하는 것은 무엇인가.
우리가 슬퍼하는 것은 무엇이며, 슬퍼하지 않는(못하는) 것은 무엇인가.
우리 내부 가장 깊숙한 곳에는 무엇이 있으며,
그 무엇이 바로 우리 자신이라는 건 언제 알게 될 것인가.

격을 받은 적이 있다.

'당신이 사는 곳이 당신이 누구인지 말해줍니다.'

물론 천민자본주의를 성찰하는 임무를 광고 카피 같은 것에 기대할 수는 없을 것이다. 그렇지만 어떻게 감히 저런 말을 누구나 무방비로 들을 수 있게 한단 말인가. 사람이 부동산의 가치를 결정하는 것이 아니라 부동산이 사람의 가치를 결정하는 사회. 당신이 사는 곳은 궁금하지만 당신이 누구인지는 궁금하지 않은 사회.

나는 이 소설을 읽으면서 저 광고 카피가 계속 떠올랐다. '눈이 보지 못하는 것에 대해서는 마음도 슬퍼하지 않는다'라는 말이 소설에 나온다. '우리 내부에는 뭔가가 있다. 그 뭔가가 바로 우리다'는 말도 나온다. 지금 우리가 보는 것은 무엇이고, 보지 못하는 것은 무엇인가. 우리가 슬퍼하는 것은 무엇이며, 슬퍼하지 않는(못하는) 것은 무엇인가. 우리 내부 가장 깊숙한 곳에는 무엇이 있으며, 그 무엇이 바로 우리 자신이라는 건 언제 알게 될 것인가.

내가 어릴 적 보았던, 지옥의 불구덩이 속에서 서로를 잡아먹을 듯이 노려보던 눈과, 이 소설 속에 수없이 등장하는, 서로 보지도 못하면서 서로를 불신하고 약탈하는 눈과, 오로지 어떤 사람이 가진 것만 보이고 그 사람 내면의 무언가는 보이지 않는 눈은 어쩌면 본질적으로 같은 눈이 아닐까. 그리고 이 눈이야말로 인간을 인간 이하로 만드는 가장 강력한 '백색 실명'이 아닐까. 이 백색 실명을 치료할 수 있는 유일한 약은 이 소설을 온통 뒤덮고 있는 99개의 절망 가운데 단 한 개의 희망이었던 것, 약자에 대한 연민과 공동체에 대한 책임과 비슷한 처지의 사람들끼리 갖는 연대 의식일 것이다.

우리의 눈은 마음이 이해할 준비가 되어 있는 것만 본다.

— 앙리 베르그송

눈먼 자들의 도시 _주제 사라마구

포르투갈 출신의 노벨상 수상 작가인 주제 사라마구가 1995년에 발표한 소설. '백색실명'을 모티브로 삼아 인간의 적나라한 야만성과 그것을 극복할 대안으로서의 연대 의식을 표현한 작품으로, 동명의 영화로도 제작된 바 있다.

사진 김강민 k2m0112@gmail.com
다음 페이지들에 김강민의 사진이 실려 있습니다. (p23, p55, p62, p92, p93, p99, p107, p126, p154, p162, p177, p184, p193, p201, p208, p285, p317)

대학교 3학년 때 장 그르니에의 《섬》이라는 책을 도서관에서 빌려와 첫 장을 열었는데 이런 서문이 적혀 있었다.

길거리에서 이 조그만 책을 펼치고 그 처음 몇 줄을 읽다 말고는 다시 접어 가슴에 꼭 껴안고, 마침내 아무도 보는 이 없는 곳에 가서 미친 듯이 읽고 싶다는 일념으로 내 방까지 한 달음으로 뛰어가던 그날 저녁으로 나는 되돌아가고 싶다. 나는 아무런 회한도 없이, 부러워한다. 오늘 처음으로 이 《섬》을 펼쳐보게 되는 저 낯모르는 젊은이를 뜨거운 마음으로 부러워한다.

이 서문을 쓴 사람은 그 유명한 《이방인》의 작가 알베르 카뮈다. 장 그르니에와 알베르 카뮈, 이 프랑스를 대표하는 두 지성은 장 그르니에가 32세, 알베르 카뮈가 17세이던 1930년에 고등학교 철학교사와 학생으로 처음 만났다. 그 학생은 어느새 스승만큼이나 유명한 작가가 되었고, 스승의 작품에 저토록 아름다운 찬사를 서문으로 남겼다. 나를 감히 카뮈와 비교하는 건 어불성설이겠지만 지금 이 글을 쓰는 심정만큼은 카뮈처럼 뜨거움을 말하고 싶다. 이 책에 등장한 서른여섯 권의 책을 아직 읽지 않은, '낯모르는 젊은이'가 나는 이 순간 진심으로 부럽다. 그리고 이 달콤한 부러움을 최대한 만끽하고 싶다.

습관으로 시작한 책 읽기가 나에겐 구원이 되었던 것처럼 이 책이, 그리고 이 책에 담긴 서른여섯 권의 책이 지금 이 글을 읽는 모두에게 조그만 힘이라도 될 수 있으면 더 바랄 게 없겠다.

이번에도 책을 내면서 많은 이들에게 빚을 졌다. 이 책의 최초 독자이자 영민한 조언자인 정현미 팀장과 이혜진 씨, 책을 이렇게 예쁘게 만들어준 박보희 디자이너, 귀한 사진을 아낌없이 내어준 남동생 강민에게 각별한 고마움을 전한다.

책 읽는 어린 나를 변함없이 사랑해주고 자랑스러워 해준 부모님께 감사의 큰절을 올린다. 두 분이 아니었다면 결코 이 책을 쓸 수 없었으리라. 이 책이 두 분께 기쁨이 될 수 있다면 좋겠다.

나의 지음知音인 남편이 내게 보내주는 따뜻한 지지와 공감은 나로 하여금 더 좋은 사람이 되고 싶다는 생각을 하게 만든다. 나 역시 그에게 그런 사람이 되고 싶다. 아들 비주가 어느새 자라 이제 초등학교에 들어간다. 아이의 눈을 바라볼 때 나는 이 세상을 더 사랑하고 싶어진다. 내 안에 남아 있는 냉소가 녹여지고 이 세상이 더 좋아지기를 열망하게 되는 것이다. 지금처럼 시부모님에게 존중과 사

랑을 받는 며느리이기를 염치없지만 소망하고, 두 분이 오래 건강하
시길 기도드린다. 나이를 먹을수록 가장 친한 친구가 되어가는 여동
생 명진과 나에게 대화의 지극한 기쁨을 선물하는 내 소중한 친구들
에게도 마음 속 깊은 우애와 우정의 말을 전한다.